# 红色抗日先遣队殉难纪实

HONGSE KANGRI XIANQIANDUI
XUNNAN JISHI

郜建辉 著

人民出版社

# 序

在中共党史资料征集研究园地里默默耕耘十余年的青年学者郜建辉，近年来在中国工农红军北上抗日先遣队的历史资料征集、出版中崭露头角。最近，他的《红色抗日先遣队殉难纪实》与读者见面了。

这是一部以史话见长，反映当年红军北上抗日先遣队斗争史的作品。它的问世，为中共党史、军史长卷增添了有价值的一页。

中国工农红军北上抗日先遣队，是中共中央、中革军委在主力红军长征前三个月从中央苏区派出的，向敌后进军以"吸引和调动一部分'围剿'中央苏区的敌军，配合中央军主力实行战略转移"的一支拥有数千人、枪的队伍。它在方志敏、寻淮洲、刘畴西、粟裕等率领下，转战闽、浙、赣、皖四省数十个县（市）的广大地区，行程5000余里，历时六个多月。其间，不断冲破国民党军队的围追堵截，大小战斗不下数十次，一度逼近国民党统治区福州、南京、杭州等大城市和区域，为牵制国民党军队，配合中央红军战略转移，付出了极大牺牲；他们沿途揭露日军侵略罪行和蒋介石不抵抗政策，宣传共产党的抗日救亡主张，为扩大党和红军的影响，促进闽东、闽北、浙西、浙南、皖赣、皖南苏区和游击区的发展，作出了不可磨灭的贡献。但是由于王明"左"倾教条主义的错误领导、组织上的宗派主义、战略战术决策上的严重失误，以及孤军深入、敌我力量悬殊、环境恶劣等原因，最后陷入绝境，除粟裕等800多人突围外，余部包括方志敏、寻淮洲、刘畴西等主要领导人在内，先后阵亡、被俘、就义。

这段历史已成为过去。讴歌它也好，批评它也好，唯其如此，毋宁说最重要的应该是从中吸取经验教训。应当说，红军北上抗日先遣队的斗争史，首先是一部惊天动地的无产阶级革命战争的英雄史；同时也突出地反映了土地革命战争时期王明"左"倾路线严重危害的一个侧面，给后人留下了十分深刻而沉痛的历史教训。这笔血的教训有力地证明：在任何情况下，只要犯了"左"倾错误，革命事业就必然会遭受挫折和失败。

这样一部英勇而悲壮、胜利又失败的历史，要全部容纳进篇幅有限的书稿内，是着实困难的。然而作者独辟蹊径，仅采用22个篇目，抓住某些"特写镜头"，由小到大、由点到面，纪实写来，回答了这支队伍及其领导人的成败、功过、是非的一些具体情节，便于后人评说。据我看，这是该书稿的一大特色。书稿还有一些值得称道的特点：所据资料翔实，其中大多是过去未曾发掘的未曾公开的，研究价值较高；作者在同四省的同志协作过程中，曾经大体上沿着先遣队军事行动路线进行过实地考察，这对于作者形成书稿的写作思路是大有帮助的，以至于笔下能做到史料运用自如，粗写细叙得当，真切感人，可读性较强。这与作者多年的孜孜以求，虚心好学，潜心研究是分不开的，全书成功之处，也许就在于此。

　　当今改革开放形势喜人，史坛百花争艳，人才辈出，中共党史研究这块园地更非一般。感慨之下，读完了全部书稿，得益颇多。且不惭浅陋写了几句话，表示乐于将这朵鲜花奉献给读者。

# 目　录

# 第 1 章　血战中诞生的新军团

## "美国英国不如兴国，南京北京不如瑞金"

1933 年，赣南，一座小城。

"美国英国不如兴国，南京北京不如瑞金"，高亢自信的歌声在红都瑞金城上空回荡。在县城附近的一片旷地上，一队队红军官兵正在紧张兴奋地操练着，还有一圈圈的红军官兵正围坐在一起联欢。红军官兵在以这种独特的方式欢庆打破国民党军队第四次"围剿"的胜利。

这个位于中国江西省南部的瑞金县，东与福建毗邻，西界呈东北西南走向的风景胜地——武夷山。县城四周群山环抱，中间沃野阡陌，犹如一块红色盆地。即使今天的游客来到这里，仍不难想象，为什么在军阀混战的年代，羽翼未丰的工农红军会屯集到这块交通闭塞的山地里来。

就在这块红壤覆盖的土地上，1931 年 11 月 7 日，即日本军队在中国东北发动"九一八"事变一个多月后，诞生了中国历史上第一个苏维埃政权——中华苏维埃共和国临时中央政府，它拥有领土 5 万平方公里，直辖赣南、闽西 21 个行政县，人口约 250 万人。由选举产生的临时中央政府主席是早年就读于湖南长沙师范学校，受过中国传统教育的毛泽东，他出生于湖南湘潭县韶山冲，身材魁梧，时年 38 岁。领导这个临时中央政府的中共临时总书记是秦邦宪，别号博古。他是由中国共产党驻苏联共产国际代表王明及共产国际东方部部长米夫临时指定的。博古与王明是同学，博古1907 年出生于江苏无锡市，经常蓄着西式头，戴着一副深度近视眼镜，颇有学者风度。远在苏联的王明，1904 年出生于安徽省六安县，后为莫斯科中山大学高才生，本名陈绍禹。身体显得有些发育不良，但头脑很灵活，时时显出他那种特有的振奋的精神状态。1931 年夏，他作为中共驻共产国际代表前往苏联，至 1937 年他还在斯大林领导下的共产国际执行委员会担任东方部副部长。直接掌握这个临时中央政府军事指挥权的则是朱德、周恩来。第四次反"围剿"正是由他们直接指挥的。

临时中央政府的军队即"红军"。在中国的《辞海》里，红军一词被释为"中国工农红军的简称"。反映色彩的"红"字被引进政治军事领域，起源于哪个朝代已很难说准，但在中国农民起义史上，却早已出现过"红巾军"和"红袄军"的称谓。事实上，中国共产党作为莫斯科共产国际的一部分，将苏联红军的称呼移植到中国的山区军队中来也是一件十分自然的事情，甚至连红色政府机关也称"苏维埃"，不也是移植称谓的又一例证吗？红军的称谓来历已经明了，人们想要弄清中国红军的前身就不是一件困难的事情。很多资料证明，在与国民党的第一次合作中，共产党积极扩展了自身组织，但几乎都未将建立自己独立的军队问题写上某个正式文件或提交到某个会议的桌面上。1927 年 4 月 12 日，蒋介石首先在其发迹的上海滩从背后向共产党猛砍一刀，从而使共产党惊醒并痛感有必要借鉴数千年以来武装夺取天下的经验。在中国历史上，有众多的农民起义者夺取了政权，占领了天下。如今，时代虽不同了，但拥有武装力量的威力是不言而喻的，至少在一定的历史时期内是这样的。深通中国历史的毛泽东生动通俗地称之为"枪杆子里面出政权"。

认识到武装力量重要性的共产党人，立即开始了积极壮大武装力量的行动。首先，共产党中央号召地方各级党组织要尽最大能力去组织暴动，建立起自己的军队，共产党中央的号召，得到了许多勇敢并具有卓越组织才能的共产党人的响应。在一段不太长的时间内，贺龙、周逸群在湘鄂西，潘忠汝、吴光浩在鄂豫皖，唐澍、刘志丹在陕甘边等地各自先后创建了工农革命军。毛泽东在湘赣边建立了工农革命军；方志敏、邵式平、黄道在赣东北建立了土地革命军。当然还有其他贫困地区建立起的革命军，如彭湃建立的海陆丰革命军，都可算作中国工农红军的前身。自此，建立了一支由饱受剥削与压迫、大部分被剥夺了受教育权利的农民为主的反帝反封建的军队。当时斯大林领导的共产国际对此并不是十分满意，他们认为中国共产党不应从贫困的农民、无产者及社会最底层的人员中去组建，而认为只有城市工人才是唯一理想的因子。他们认为工人具有较好的组织性纪律性和建设才能。显然，斯大林忽视了中国革命的第一阶段是夺取政权，而夺取政权的关键在于必须有众多的敢死队员之类的因子。至于谈建设，那是掌握政权后再重新调整的问题。由此也可看到，斯大林对于中国革命胜利所抱的急躁态度。当然，人们也可看到共产国际对中国革命急躁指挥的由来。

## 临时中央迁往瑞金后的险局

1930 年 5 月，共产党中央的实际领导人李立三在上海召开全国苏维埃区域代表会议，研究了红军与苏维埃区域现状，提出要迅猛地扩大红军。就连这位曾被称为书生的湖南醴陵的留法学生李立三也知道共产党必须发展武装力量。6 月，毛泽东在福建长汀县城主持召开中共红四军前委和闽西特委联席会议，研究红军整编问题，接着就有了红军第一军团的诞生，朱德任总指挥，毛泽东任政治委员。差不多同时，邓小平统率的红七军与何长工统率的红八军奉命在中国中部的湖北省大冶县合编为红军第三军团，彭德怀任总指挥，滕代远任总政委，总兵力 17000 余人。7 月初，红四军与红六军在湖北省公安县陡湖堤会师，组建红军第二军团，贺龙任总指挥，周逸群任总政委，总兵力 10000 余人。迅速地组建军队，当然首先是作战或备战的需要。李立三对此十分满意，然而却似乎忘记了这是一支力量并非十分雄厚的武装，竟急功近利地命令部队去进攻赣州、抚州、吉安、南昌、九江等国民党军固守的大中城市。后来的事实证明，这一系列仓促的行动是有些自不量力的，虽然是与共产国际的急躁指示有关联。

国民政府主席蒋介石一向器重他的嫡系部队，即以黄埔军校毕业生为骨干指挥者的部队，而对非嫡系部队则往往采取利用、牵制与吞并的态度。在 1931 年春天来到的时候，蒋介石命令由原西北军改编的第二十六路军离开苦心经营数年的西北地区开赴山清水秀的江西南部，"围剿"具有深厚农工基础的中央苏区。面对第二十六路军的"围剿"，中共领导人深知国民党军队之组成内幕，尤其明了最有利用价值的是第二十六路军与蒋介石同床异梦，决定委派中革军委副主席、总政治部主任王稼祥与刘伯坚、左权等携带电台到固村，负责指导起义行动。由于有王稼祥等人卓有成效的秘密行动，且在国民党第二十六军中有共产党员参谋长赵博生秘密地联合旅长季振同和董振堂发动宁都起义并取得成功，所以迅速地组成了红军第五军团，以季振同任总指挥，下辖以董振堂任军长、何长工任政委的红十三军，以赵博生任军长、黄火青任政委的红十四军和黄中岳任军长、左权任政委的红十五军。当然，总指挥还是朱德、周恩来。两年多的艰苦扩军，红一方面军各军团负责人也发生了变动。1933 年春，第四次反"围剿"开始时，中央苏区已拥有80000 多名红军官兵。其指挥机构构成，红一方面军总指挥朱德，总政委周恩来，参谋长叶剑英，政治部主任王稼祥。下辖有林彪任军团长、聂荣臻任政委的红一军团，军团辖有彭雄的红七师、李聚奎的红九师、陈光的红十师、刘海云的红十一师。红三军团由彭德怀任军团长、滕代远任政委，下辖邓国涛的红二师、彭鳌的红三师和楚雄任军长、张纯清任政委的红七军。当红五军团的创始者季振同阵亡以后，董振堂继任了军团长，萧劲光、朱瑞先后担任政委，下辖有陈伯钧任军长、朱良才任政委的红三十九师。此外，江西军区，由如同彭德怀一样性格耿直而豪爽的陈毅任司令员，李富春任政委，郑天民任参谋长，年轻热情敢作敢为的邓小平担任政治部主任，下辖有刘畴西任军长、李井泉任政委的红二十一军和萧克任军长、贺昌任政委的红二十二军。闽西军区，由周子昆任司令员，谭震林任政委，下辖张宗逊任军长的红十二军和后期以萧劲光任司令员的建黎泰警备区及毛泽覃任司令员的瑞金卫戍区。邵式平任司令员的闽赣军区，辖有周建平任军长、方志敏任政委的红十军。此外，在项英主持的赣南军区，还有叶剑英任军长、杨尚昆任政委的红十九军。从这里人们不难看到，共产党中央不仅注重正规部队的发展，同时还十分注意扩展地方红军。

鄂豫皖苏维埃区域的红军力量，在徐向前、沈泽民、李先念等领导指挥下，历经实战锻炼迅速壮大，自张国焘从共产国际来到鄂豫皖苏区担任了中央分局书记兼苏区军委主席以后，部队仍然是在大规模扩充着。在湖北黄安县七里坪，红四方面军在蒋介石的"围剿"部队面前充分显示出了威力，使蒋介石暗暗吃惊。由徐向前任总指挥、陈昌浩任总政委的红四方面军，下辖有徐向前、陈昌浩兼任军长、政委的红四军，邝继勋、王平章兼任军长、政委的红二十五军，还有四个独立师和一个共产国际团，总兵力近 30000 人。

事实已相当明了，共产党临时中央机关迁往瑞金后，红军取得了卓著战绩。1933 年 4 月 26 日，由张闻天主持的临时中央人民政府人民委员会根据中共中央决议召开了第 40 次常务会议，会议决定：巩固闽赣交界地区的军事地位，在福建的光泽、邵武、建宁、泰安和江西的黎川、金溪、闽北苏区，以及信抚两河间一带地区成立闽赣省。同年 6 月 7 日，朱德、周恩来领导的中央革命军事委员会发布了《关于改编红军第一方面军所属独立军的通令》，决定编组红六军团、红七军团，分别作为湘赣省和闽赣省的基础武装。中共临时中央和苏区中央局随后派遣任弼时前往湘赣省任省委书记和军区政委，紧接着就将红八军改编成红六军团，由红十七师师长萧克、政委蔡会文兼任军团长、政委。

与此同时，具体承担红七军团组建任务的闽赣省委也积极行动，于 6 月中旬颁布了《关于创造红七军团的决议》。接着，闽赣省苏维埃政府又发布了《关于创造红七军团的第七号训令》。

　　初夏将至的 7 月，闽赣省委在黎川召开了红七军团成立大会。邵式平根据中革军委的命令宣布将闽赣省武装升级组建为红二十一师，外加中央拨给的红五军团的红十九师，以两师创造红七军团，由历经了大革命北伐的闽赣省军区司令员兼政委萧劲光担任军团长和政委。也许人们会认为，红七军团最初创立的来源，除了邵式平领导的闽赣省委地方武装外，其余是来自董振堂的红五军团。然而，再翻一下历史资料，就会更加明白。早在 1933 年年初，方志敏领导的闽浙赣省所属的红十军奉中央革命军事委员会之命调入中央苏区配合第四次反"围剿"。次年 11 月底，即与红三十一师合编为红十一军，归属了闽赣苏区，由周建屏任军长，方志敏、萧劲光先后担任政委，粟裕任参谋长，刘英任政治部主任，下辖红三十一师、三十二师、三十三师。第四次反"围剿"结束后，红军进行大整编，红十一军即被改编成了红五军团的第十九师，周建屏任师长，萧劲光任政委，下辖李金铭任团长、李鸣凤任政委的第五十五团，黄开长任团长、林德清任政委的第五十六团和王永瑞任团长的第五十七团。也就是说，红七军团的红十九师最初也是来源于方志敏创建的赣东北红色根据地，自然可以使人理解为当这支部队返回赣东北后便不乐意再度离开，而表现出朴素的中国农民的恋土情结。

　　红七军团统辖的红二十师则由原闽北独立师改编的第五十八团，原邵武、兴泽独立团改编的第五十九团，原建黎泰独立师改编的第六十团所组成。师长由闽北独立师师长黄立贵担任。众所皆知，胜利后的扩军比失败后的扩军要轻松得多。首先，农工民众从现实中看到了参加红军是件光彩威武而且很实惠的事情；其次，有相当数量的农工民众一刻也未忘记要推翻那些剥削或压迫自己的人。7 月 5 日，红七军团向中央革命军事委员会送呈了《关于红七军团编制及装备的报告》。朱德、周恩来领导的中央革命军事委员会对于红七军团的组建是极为重视的，但考虑到红七军团初创建制还未就绪，特别是兵力部署尚未集中，故未予立即批准。但红七军团和红十九师、红二十师的番号已开始使用。

## 林彪指挥中央军作策应，彭德怀率东方军横扫闽西，蔡廷锴不愿为蒋介石卖命

为了集中优势兵力，迅速取得更大的军事胜利。8月中旬，红一军团与红十四师以及独立第一、第二、第三、第四团等正式组成中央军，中革军委命令中央军在抚州一带积极行动以牵制国民党军，破坏其进攻计划，同时命令由彭德怀的红三军团红四师、红五师和红七军团的第十九师组成东方军，以彭德怀兼司令员、滕代远兼政治委员，进入福建后，红五军团红三十四师和福建军区的宁（化）清（远）归（化）军分区①及所属独立团，也悉归东方军指挥。

彭德怀率东方军一部由江西省广昌县头陂、横田地区东进向福建宁化以西地区前进。红七军团红十九师先在将乐县、光明、白莲一线监视将乐县城、沙县城及延平县城方向的国民党军，保证东方军左翼安全，7月16日，又奉命两天内赶到宁化县泉上接替红三军团主力担负围攻土堡的任务。三个月后，东方军迅速进攻宁化县泉上、清流县城、明溪县城。红七军团红十九师协同红三军团第十五团攻陷泉上土堡，全歼敌卢兴帮部一个团，毙俘国民党军1000余人，缴枪800余支。东方军根据中革军委的命令，由清

---

① 宁化、清远、归化三县简称为"宁清归"。

流、明溪地区南下，向连城、朋口方向进攻。红十九师协同红四师、红五师、红三十四师解放了连城县朋口、营溪，重创国民党第十九路军第七十八师 1000 余人，缴枪 700 余支。8 月初，东方军终于又占领了连城。之后，红十九师与红四师、红三十四师追击逃敌第七十八师余部，并且在连城县姑田至永安县小陶一线再歼敌一个团。东方军入闽作战一个月，顺利完成第一阶段任务，歼敌三个团，共俘获国民党军士兵 3000 余人，并乘胜占领了宁化、明溪、新泉等地区。

当红七军团在前线酣战的时候，闽赣省又编组了红二十一师第六十一团。

中央革命军事委员会 8 月 10 日命令东方军北上继续执行第二阶段任务，并且规定从连城地区出发，经明溪、夏茂前出至顺昌县洋口，并将增补的红三军团红三师用作进攻将乐县，以红五军团和红一军团各一部在广昌、黎川和抚西以西地区牵制国民党军。红一方面军根据中央革命军事委员会的命令，以红三军团及红七军团红十九师和红二十一师第六十一团为东方军主力，在彭德怀指挥下向着闽北挺进；另以新增加的红五军团红十三师和红七军团红二十师为抚东支队，由董振堂、朱瑞统率，在黎川县城配合东方军作战，以红一军团和红十四师为中央军，以红十五师为总预备队协同主力军行动。中央军首先向南平、建阳、将乐地区发起进攻。此时，国民党第五十六师部驻守南平县城，第一六六旅驻守南平顺昌地区，第一六七旅则驻守邵武。顺昌城与将乐城均是三面临水，工事坚固，易守难攻。红七军团红十九师与红二十一师第六十一团随东方军主力离开连城到达沙县夏茂后，即以一部监视顺昌城与将乐城之国民党军，红十九师主力攻占顺昌县洋口镇以及南平县碛口镇，击溃国民党第五十六师刘和鼎部的三个团，真是一件幸运喜事。月底，东方军又开始了围攻南平城的行动，守城的国民党军刘和鼎部在南平遭受了红军的进攻后，立即向国民党第十九师路军总指挥蔡廷锴发出了求援电报。蔡廷锴当即命令部属第六十师由龙岩向永安推进，第六十一师由泉州向沙县集中，自己亲率补充师由福州赶到古田县符洋、尤溪口地区。东方军获悉蔡廷锴部增援，即以一部兵力继续围攻南平，同时集中主力攻打援敌。

深沉而有谋略并主张抗日的蔡廷锴一向与蒋介石貌合神离，慑于蒋介石的权势，只得率部前来江南"围剿"主张抗日的红军，同时慑于四处密布的蒋介石特务的密报，在接到友军的求援电报后，只得出兵，谨防被人在蒋介石面前参上"按兵不动，剿匪不力"的罪名。蔡廷锴机灵地率部前来，小心地战斗，谨慎地保存着实力。其所部不愿为蒋介石卖命残杀红军，是十分显而易见的。

## 塞克特与李德——两个德国人在中国的较量

为了洗刷掉四次"围剿"红军惨败的耻辱，蒋介石在江西庐山开办了军官训练团，聘请希特勒的高级僚佐塞克特为首席军事顾问，此外还有大批的法国、意大利军事顾问。蒋介石面对受训的军官，既是鼓励又是训诫地说："现在，已经是我们每个人，我们革命军和我们国家的成败生死到了最后关头，而目前一切的一切，其最大的关键就在于剿匪。"紧接着他又在庐山召集部将开了个军事会议。一向与蒋介石或明或暗地争夺正统地位的汪精卫，在反共反红军问题上，竟与其是如此一致，以异常兴奋的神色赶来参加并积极筹备"围剿"红军的第五次大行动。会议决定：除在华北留驻一部分国民党军之外，将其余的全部调往江西集中"剿匪"。

蒋介石忙碌了数日，终于完成了以 50 万兵力来对中央苏区"围剿"的部署。以蒋鼎文为前敌总指挥，下辖第一、第二、第三路军（五、七、八纵队和守备队）和总预备队。主力北路军，以久战沙场的顾祝同为总司令，指挥着 33 个师 3 个旅的庞大武装，集结于江西北部南昌、吉水、永丰、乐安、宜黄、南丰、硝石、南城、临川等地区；西路军协助，以湖南省主席何键为总司令，指挥 9 个师 3 个旅，分别集结于峡江、吉安、泰和、万安以西地区，担任围攻中央苏区西部湘赣、湘鄂小苏区并阻断该地区红军向闽赣苏区的联合；南路军，以广东省主席陈济棠为总司令，指挥第一军、第二军、第三军共 9 个师 1 个旅，集结于中央苏区南部上杭、武平、寻邬、安远以南地区，阻击中央红军向南突围退却，实行三面合击，具体采取步步为营、稳扎稳打的堡垒推进战术，以消灭红军有生力量为目的。

正在前线指挥红军的中革军委副主席周恩来于 9 月 2 日获悉国民党欲南下合围分击的战略计划，急电中共临时中央总书记秦邦宪和主持中共苏区中央局工作的项英，拟令东方军红三军团、红七军团以主力消灭金溪地域国民党军后，即以红七军团大部相机占领浒湾，直逼进贤、贵溪，红三军团则回击硝南道移动之国民党军，红五军团仍然牵制资溪、硝石国民党军，打破其隔断广昌红军与抚河以东红军联系的阴谋。此时，闽赣省在邵式平领导下，以最大限度开展扩充红军运动，并把红七军团的创建放在所有工作的第一位，明文下发所属的各级党组织。

面临国民党军即将开始的新进攻，中革军委决定由红七军团红二十一师和赣南军区原中央警卫师组建为红八军团，以周昆任军长、黄更生任政委、唐浚任参谋长、罗荣桓任政治部主任，下辖周昆兼任师长的红二十一师和孙超群任师长的红二十三师。

红军被迫展开对国民党军的反击，这时经苏联而来的红军高级军事顾问李德冒险来到了中央苏区。尽管原先的约定人并不是他，但现在既然是他来了，理当受到同样热情的接待。这位奥地利人，有着一双深邃的蓝眼睛，金黄色的头发，身高足有 6 英尺，1900 年 9 月 28 日出生于德国慕尼黑城郊斯马宁镇，原名奥托·布劳恩，20 岁时因政治问题被德国政府逮捕，判处 11 年有期徒刑。29 岁经德共组织营救，逃往苏联，参加苏联红军，后被送往伏龙芝军事学院学习，通晓德文、俄文和英文。33 岁离开莫斯科经满洲里、上海、香港转入中央苏区。此后，他即成为希特勒极为恼火的人物之一，因为这位"纯雅利安人"竟支持了中国的红色共产主义运动。人们知道，一旦生死抉择的战争爆发，为求生存的双方都渴求得到真正的军事人才挽救危局获取全胜，不管在和平时期是如何地压制人才或对其不屑一顾，然而此时此刻，都将自觉不自觉地认识到必须使用军事人才。作为军事人才的李德随着红军危急局面的出现而显得不可缺少，同时又因中共临时中央负责人秦邦宪对军事业务的生疏，以至于不得不频频地请教这位德意志人。十分自然，李德就将自己熟悉的阵地战与骑兵战业务知识变作支持中国红军的力量。遗憾的是他既没有山地战、游击战经验，而且又未认真学习，致使后来的中国红军遭受了重大损失。

## 血战中诞生的红七军团

从四次"围剿"失败教训中获取经验的蒋介石，于 9 月 25 日密令北路军第八纵队第五师、第六师、第五十六师、第九十六师悄然由南城经硝石向东方军红七军团驻守的黎川进攻。蒋介石如此神速的动作，极大地震动了中共的领导层。当夜 24 时，中革军委断然命令："第一方面军（东方军）应结束东方战场战斗，集中泰宁出其西北地带，消灭进逼之赣敌。"27 日，又令红三军团撤出对福建将乐、顺昌城的进攻，协同红三师、红十九师、红十五师增援黎川，歼灭进攻之敌。次日，国民党军乘虚攻占黎川。闽赣军区司令员萧劲光带领 70 余人的教导队后路被截断，为了保存实力，毅然决定撤回黎川城外溪口地区。与此同时，东方军主力开始集中转移。红七军团红十九师和红三军团红四师、红五师被编为左纵队，在彭德怀、滕代远的率领下急返江西，以红七军团红二十师编组的抚东支队则奉命在小竹、竹油一带配合行动，红七军团红二十一师第六十一团留在顺昌河两岸开展活动。

蒋介石在攻占黎川以后，立即高兴地召开了高级军事将领会议，筹划新的进攻方案。同时强调，对苏区实行全面的物资、邮电、交通封锁。

10 月 6 日，红三军团在黎川河地区与国民党第六师第十八旅遭遇，歼灭了其三个团。红军取得胜利，这是令人兴奋不已的。中革军委领导喜滋滋地于 9 日发出命令：红三军团、红七军团立即转攻硝石。此时，硝石正由一名十足的反共军人许克祥驻守。当蒋介石在上海发动"四一二"反共事变时，许克祥即在长沙发动"马日"反共事变，因而与蒋介石齐名。许克祥带第二十四师两个团，在硝石构筑两道碉堡封锁线。红一方面军总司令朱德、总政委周恩来立即致电中央军委代主席项英："依彭（德怀）滕（代远）10 日 3 时电，认为硝石东南为河北（水）所阻，恐也不易强攻，东方军应以一部继续做有力佯攻，催促敌援，主力集结机动消灭援敌，并努力求得打其策应部队。同意否，请电复，以便命令。"但是，项英还有秦邦宪、李德却并未同意朱德、周恩来、彭德怀、滕代远的积极而富有实事求是精神的建议，仍然命令红三军团继续进攻硝石。其结果令人大失所望，东方军连续进攻 4 次都以失败告终。13日，南城国民党第九师、第十一师、第十九师、第九十四师 4 个师增援部队赶到。东方军被迫撤出战斗。硝石战斗后的 17 日，国民党"围剿"指挥发出训令，要求各部队采取"战略攻势，战术守势"的原则，构筑起了绵密的碉堡封锁线，逐步推进，随后，以 4个师分别进到了汕头市、黎川、资桥等地区。国民党在硝石至资桥东西不到 20 公里的战线上，竟然集中了 7 个师 1 个旅的强兵，希望红军不断进攻，以便消灭红军。显然，红军再向硝石发起进攻是不妥当的。然而，听任李德摆布的临时中央以及项英仍然命令红军进攻硝石。18 日，红一军团由抚河以西进到以东，欲集中红一、红三、红五军团以及红七军团红十九师在资桥地区与敌展开决战。

　　1933 年 10 月 28 日，为适应艰难困苦的血战需要，中革军委正式决定，组建红军第七军团，以寻淮洲为军团长，萧劲光为政治委员，下辖第十九师、第二十师、第三十四师。第十九师由原赣东红十军（1933 年 1 月调入信江中央苏区改为红十一军，现又改为红七军团第十九师）改编而成，以红十一军军长周建屏为师长，下辖第五十五团（团长李金铭、政委李鸣风）、第五十六团（团长黄开发、政委林德清）、第五十七团（团长王永瑞）；第二十师是由闽赣省部分地方武装组编而成的，由闽北独立师师长黄立贵任师长，下辖原闽北独立师改编的第五十八团（团长黄主、政委李柱民），原邵光独立团改编的第五十九团（团长宾同梅、政委柯真），原建黎泰独立师改编的第六十团；红三十四师是原福建军区独立红七师、红八师改编而来的，由周子昆兼任师长、谭震林兼任政委，由第一〇〇团（团长韩伟、政委范世英）、第一〇一团（团长陈树湘）、第一〇二团（团长吕官印）构成。

# 第2章　先遣队秘密出师

## 红一军团长林彪、红七军团长寻淮洲是令国民党军胆寒的苏区"两雄"

激烈残酷的战争造就了一批又一批英勇善战的红军指挥员。与红一军团长林彪齐名的被国民党称为中央苏区"两雄"的寻淮洲，就是其中的一位。这位年轻的军团长英俊刚强，两眼炯炯有神。他诞生在辛亥革命胜利和中华民国创立的鞭炮声中。1912年辛亥革命胜利的消息传到湖南闭塞的山区后，湖南浏阳县老实清贫的农民寻余盛的妻子胡聘秀在一个骄阳似火的日子生下一个瘦弱的男孩，取名寻淮洲。幼儿时代，他由于营养不良，身体矮小到了令人可怜的地步。寻余盛所在的莲溪乡黄狮塘村虽然有着很好的自然条件，但是他们却只习惯于男耕女织，加上地主榨取地租，生活一直是艰苦的。幼时的寻淮洲不仅瘦弱而且多病。在贫苦的山村中，医治疾病似乎是穷人的新鲜事，寻余盛家当然也不例外。四个春秋以后，瘦弱多病的寻淮洲仍然不能行走。9岁那年，其父决定把他送到附近的学校去学点文化，用作将来记账签字等用，以防自己的劳动果实被人冒拿了去。谁也未曾料想到，寻淮洲虽然身体矮小但却异常聪明机灵，记忆力特别好，各科成绩均很优异。放学回家，经常主动地帮助体弱多病的母亲做些家务，而父亲是有点心计，常常以突然袭击的方式抽查寻淮洲的功课，他每次都能不慌不忙地予以回答。

1926 年 8 月，黄埔军校校长蒋介石率领国民革命军挥师北伐，其中的一部来到了浏阳县。少数共产党人将党的县委组织建立起来了，农民、工人、妇女、学生各种群众团体夹道欢迎。年仅 14 岁的寻淮洲深受感染和鼓舞，对当时属于政治活动的形式发生了浓厚兴趣，报名参加了儿童团、反日雪耻会、学生联合会和农民协会等多种团体。次年，寻淮洲以优异成绩小学毕业后，就立即被下湖初级小学聘去当一名国文教员。小学的教学，使寻淮洲锻炼出了一套能言善辩的本领。每当他向民众发表演讲时，常使听众像听神话传说一样着迷，总能获得热烈的欢呼和掌声。

国民革命独立第三十三团团长许克祥于 1927 年 5 月 21 日在浏阳县附近的长沙发动了反共的"马日事变"后，被国民革命军赶走的浏阳县地方保安团又卷土重来，肥胖的保安团长声言不杀掉寻淮洲这小子死不瞑目。

当地的民众中普遍流传着"留得青山在，不怕没柴烧"的信条。寻淮洲只得暂时躲避，等候时机。可是，保安团却比以往更加严密地监视着青年农民们，尤其是有文化的年轻人。7 月初的一天，寻淮洲借着月色告别母亲潜往平江。然而，寻淮洲刚出村口，就被保安团清乡队抓住。清乡队员毕竟都是由贫苦的农民组成，为的是养家糊口。寻淮洲面对那些由勤劳朴素的农民组成的清乡队，充分运用他当教员时训练出来的演讲技能，讲述农民应该如何摆脱贫困的道理，使拘捕他的那个农民深受感动，最后有意地放松对寻淮洲的监视。机灵的寻淮洲心生一计，揭开屋顶瓦片伪造逃走现场，以便清乡队队员对其上司好交差。

年轻的寻淮洲只身到了平江县，正值浏阳工农义勇军与平江工农义勇军合编为贺龙统率的国民革命军第二十军独立团，准备参加南昌起义。寻淮洲认为这是千载难逢的好时机，便十分兴奋地来到了工农义勇军的驻地要求参军。负责登记的青年军官看见寻淮洲瘦小的身材，仅有一杆长枪高，便打趣地问道："你多大岁数了？""15岁！"回答是响亮的，但毕竟太小，那青年军官怎么也不愿接收。然而，一向性格倔强的寻淮洲却坚持要求参加，并立誓："我早已立志参加队伍，请允许我效命疆场吧！"在他的一再要求下，工农义勇军一位高级军官过来将其收下了。从此，寻淮洲便开始了他不平凡的戎马生涯。

## 18岁的寻淮洲以过硬的军事指挥才能，迅速升任红三十五师师长

距离南昌起义已经为时不远。寻淮洲跟随部队从长寿街前进到了江西修水、武宁等地向南昌行进。8月5日，部队到达了南昌城外30里远的徐家埠，获悉南昌城已被红军放弃，起义部队正向南方转移的消息，便改向江西的铜鼓进军。恰在此时，中共江西省委指示浏阳工农义勇军受编不受调，暂编入朱培德统辖的江西边防军暂编第一师第三团。

数日后秋高气爽的一天，毛泽东风尘仆仆地来到江西安源传达中共中央在汉口召开的"八七"会议精神，随后又转到铜鼓向浏阳、平江工农义勇军传达了"八七"会议关于准备发动秋收起义等

精神，并且将浏阳、平江两支工农义勇军合编为工农革命军第一师第三团，准备参加湘赣边界的秋收起义。9 月 9 日，毛泽东领导发动了秋收起义，寻淮洲随第三团回到了浏阳。白沙镇首战告捷，使寻淮洲兴奋地一夜未眠。秋收起义成功后，寻淮洲又随毛泽东上了井冈山，开始担任工农革命军第一军第一师第一团第三营第九连副班长，这是他第一次被提升为红军基层指挥员。瑞雪纷飞的时候，他又升为排长。次年春暖花开的时节，他又加入了中国共产党。

硝烟炮火与死伤的威胁伴着寻淮洲成长。1929 年，他升为红军第四军第三十一团第三营第八连连长。次年又升为红十二军红三十四师第一〇〇团团长。第一次反"围剿"时，寻淮洲率领的第一〇〇团担任战役的左翼主攻任务。激战中，寻淮洲始终身先士卒，冲锋陷阵，杀伤大量敌兵。战斗临近尾声，寻淮洲所在团还担任了一项主攻残敌谭道源师的任务。年仅 18 岁的寻淮洲迅速升任红十二军红三十五师师长。一个月以后，蒋介石又发动了第二次"围剿"。寻淮洲统率所部在江西兴国县高兴圩地区成功地狙击了国民党第十九路军。在当年炎夏将至的反第三次大"围剿"中，寻淮洲又率部有效地牵制赣江东岸的大廖、良口地区的国民党第六师等部。当毛泽东统率红军东路军攻克福建漳州地区时，寻淮洲也迅速地占领了附近蛟洋、古田等地。

规模速增的国民党军第四次大"围剿"开始后，寻淮洲率部与友邻部队一同向号称国民党铁军的广东军阀陈济棠部 18 个团展开激烈战斗，取胜后即被升任红二十一军军长，随后又与红七军在江西永丰大湖坪改编为红三军团红五师，以寻淮洲任师长，乐少华任政委，下辖第十二、十三、十四、十五团。

东方军组成以后，寻淮洲以红五师师长身份参加了战斗。当寻淮洲奉命攻打宁化县泉上时，遭到国民党铁桶式堡垒防线的阻击。然而，足智多谋的寻淮洲立即运用坑道作业法，将炸弹装入棺材，推进坑道炸开堡垒，全歼守敌。

## "图上作业"专家李德使红军再一次失去了打破"围剿"的良机

国民党发动第五次大"围剿"时，寻淮洲正沉浸在东方军战场的隆隆枪炮声中。正因如此，中革军委鉴于寻淮洲过硬的军事指挥能力，在10月28日任命了寻淮洲为红七军团军团长后，仍令他率红五师在资溪桥前线作战，红七军团则暂由萧劲光全权代理。

两日后，寻淮洲率领红五师协同红三师、红十三师、红十五师进攻白区资溪桥，以求调动围攻中央苏区之国民党军。然而战斗结果并不是想象的那么乐观，红军失败了。彭德怀、滕代远立即电请中革军委："红军应迅速集中和充实现有主力，集中红一、红三军团及红七军团两个师，战略上向东北突击，北靠资溪县，向金溪、贵溪、东乡挺进，施行解决信江抚河流域赵观涛的部属官兵，用以调动薛周吴各纵队北进。"又两日后，彭德怀、滕代远听到的不是其建议方面内容的答复，而是要求："继续伸展到金（溪）、贵（溪）、东乡以至景德镇。"显然，彭德怀、滕代远的建议是徒劳的。此时，在苏区内的中革军委代主席项英电告正在前线指挥作战的军委主席朱德、副主席周恩来："军委已经决定了战役问题，望转告彭、滕修改建议。"也许人们以为项英修改战役决定，是在起着关键作用，其实，中央红军的一切稍微重大的决定都必须由秦邦宪器重的军事顾问、"图上作业"专家李德来敲定。仅仅几日后，滕代远即被李德调离了前线。当然，也使彭德怀受到了孤立。

无休止的激战较量，使红军日益认识到了现有武装是不敷使用的，便正式决定进行更大范围的扩军活动，以红一军团的红三师和瑞金红三师、地方武装宁都师（即红四师）及独立第一、第四团组成红九军团，以罗炳辉为军团长，蔡树藩为政委，郭天民为参谋长，李涛为政治部主任。

萧劲光统率的红七军团奉命深入到了金溪地区，发挥其诱敌深入的特长，试图将驻守金溪、南城、南丰一线地区的国民党军吸引到北边。虽然国民党军被调动，开始北上，但是，红一、红三军团夹着抚河向北出击，试图在运动中消灭敌军，其结果是国民党军并未完全按照红军的设想行动，红军再次失算。红七军团在攻击左坊时遭受重大挫折。战斗一直持续到雄鸡啼鸣。突然，红一方面军总部急令：红七军团占领琅琚，袭取金溪、浒湾。血战开始的 5 天后，精疲力竭的红七军团再度向浒湾发起进攻，在八角亭一带遭到国民党军第三十六师的前后夹击。危急的信号立即传给了彭德怀统率的红三军团，彭德怀即刻前往援救，同样也受到国民党军猛烈攻击，损失日益增大，最后干脆与红七军团一同撤出了战斗。

寻淮洲刚一撤出东方战线，便正式接任了红七军团军团长的职务。而林彪统率的红一军团和罗炳辉统率的红九军团红十四师却仍然在国民党军堡垒线的宜黄、见贤桥不断发动进攻。激战数日后，红军终因弹药和技术力量的不足，被迫撤出阵地。

旷日的血战，蔡廷锴指挥的国民党军第十九路军也已十分疲倦了。对于攻击红军，蔡廷锴等更多的是反感于蒋介石无休止地对日妥协投降的方针政策，他们毅然成立了与南京政府对立的福建人民政府，并向红军伸出了友谊之手。蒋介石闻讯大为吃惊，急忙从进攻红军的战场上抽调了 9 个师，另外还从老家沪杭地区调配两个师，进攻第十九路军。这时，彭德怀看到第五次反"围剿"不利的情况下出现了反蒋介石的福建人民政府，便致电秦邦宪，建议中央留红五军团保卫中央苏区，集中红一、三军团和红七、九军团，向闽浙赣边区进军，依方志敏、邵式平根据地威胁南京、上海、杭州，支援第十九路军，推动抗日运动，破坏蒋介石的第五次"围剿"计划。然而，红军高级军事顾问李德却悄悄地向秦邦宪说道："蔡廷锴的福建人民政府是最危险的敌人，比蒋介石还要危险，有更大的欺骗性，红军绝不能支援蔡廷锴。"现在已有资料证明：李德的上述言论是代表了共产国际的秘密旨意。秦邦宪便毫不考虑地批评彭德怀这项建议是冒险主义。后来事实证明，红军失去了一次打破"围剿"的有利机会。正在东线积极向永丰地区行动的红军便撤下了刚刚独立的福建人民政府而转去进攻西线的国民党军，蒋介石为保障进攻其第十九路军的侧翼安全，防范红军觉醒后返回东线支援第十九路军，12 月 10 日，即以 3 个师的兵力由黎川向东南进攻团村以及闽赣边界的德胜关。不仅如此，另外还调遣了 4 个师在黎川、三都一线堵截。红一方面军总部面对国民党军的肆虐，命令红三、红五以及红七军团各一部，从东西两个方面对国民党军进行反击。然而可惜的是，红军兵力分散，仅仅击溃其一部分，并未能歼灭国民党军。红三军团、红五军团红十四师西调永丰地区。至16 日，国民党军不仅占领了团村和德胜关，而且还筑起了团村经黄土关至光泽县的碉堡封锁线。

红军节节失利，蒋介石一时精神大振，为了迅速消灭第十九路军和红军，他决定首先扫除被视为内患之内患的"福建人民政府"，前后共调集了 14 个师 2 个旅重点进攻第十九路军。蔡廷锴在蒋介石一手分化收买一手武力进攻的双重打击下，被迫放弃了将乐、顺昌，退到福州南平的一隅之地，并再次请求红军援助。中共临时中央及中央军委决定给予部分支持，由红七军团收回将乐，又令红三军团从广昌调到福建，进攻远离蔡廷锴的国民党沙县地方军新编第二旅，竟意外地筹集到了相当数量的物资和武器弹药。

　　1934 年 1 月 2 日，元旦刚过。中革军委命令彭德怀、杨尚昆统率东方军东征，迅速攻占国民党地方军卢兴邦部盘踞的沙县城。蒋介石顺利地消灭了"福建人民政府"，马不停蹄地将北路"围剿"军分为北路军和东路军两部分。北路军以顾祝同为总司令，陈诚为前敌总指挥，下辖第一路军、第三路军、第六路军、第二十路军及第三、第五、第八和第十纵队；东路军以蒋鼎文为总司令，卫立煌任前敌总指挥，下辖第二、第五路军和第四、第九纵队，对中央苏区重新展开强大攻势。

## 大军压境，擅长军事的毛泽东这一回作的却是"经济报告"

　　蒋介石来势汹汹。中共临时中央立即召开六届五中全会，商讨对策。中共高层领导人认为中共领导的革命已经到了最后较量的阶段，撤销红一方面军总部，将其与中央革命军事委员会合并，方面军所属红军武装由中央革命军事委员会直接领导和指挥。

　　蒋介石命令其部队从北、东、南三面发起进攻，双方的激战开始了。然而，拥有四次反"围剿"胜利历史的工农红军，此刻却以一种悠闲的面目出现了。1 月 22 日，临时中央政府主席毛泽东的住地瑞金沙洲坝中央政府运动场上，连着背后的"老茶亭"，到处红旗飘扬，标语满墙，爆竹声声响，男男女女的青年成群结队跃跃欲试，随时准备献上精彩的节目。第二次全国苏维埃工农兵代表大会在这里隆重召开，有 2000 余名代表冲破艰难险阻汇集在一起。会上，毛泽东为代表们作了"经济报告"①。此外，会议代表还讨论修改了苏维埃的宪法等。不容否认，这一切都为后来建立中华人民共和国提供了极有价值的材料。因为，苏维埃的相当内容是取自红色的苏联。遗憾的是，当隆重而热烈的会议进行得井然有序时，全木结构的会场主席台前台楼板突然塌落下来，当场砸伤了一些兴致正浓的红军代表。

会议刚刚结束，中央革命军事委员会立即指挥红军在城市、集镇、村庄和交通要道大量构筑堡垒，处处设防，以期全面顶住国民党军的进攻，并伺机向敌发起攻击。大血战又展开了，国民党军凭借精良装备与充足的弹药，三步一推五步一进，不求速胜只为稳扎。董振堂统率的红五军团在黎川以南樟村、横村进行防御决战；林彪统率的红一军团与罗炳辉统率的红九军团、红三军团红四师联合向北部进攻邱家隘、坪寮的国民党军发起进攻；慈祥而微微发胖的罗炳辉将军率领他的主力在南丰、樟村之间的鸡公山阵地上进行防御战；红一军团、红九军团另一部则协同红三军团进攻南丰西南三溪圩、三坑的国民党军；红一军团、红三军团另一部在泰宁、新桥一线与国民党军作殊死搏斗。从天明激战到天黑，直战得日月无光，山川变色，成排的尸体堆满在阵地上，微风吹来，即使是伤风鼻塞，也能嗅得出有一股浓浓的异味。林彪、聂荣臻奉命将所部甚至连机关人员都动员起来修筑堡垒防线。董振堂的红五军团也不例

---

① 1934 年 1 月 24—25 日，毛泽东作长篇报告，全文四万字，其中《苏维埃的经济政策》一节，编入《毛泽东选集》时，题为《我们的经济政策》。

外。在凤翔峰，红一军团以其勇猛的精神连续发起攻击，歼灭国民党军第十九师一个营。红一军团继续行动到了黎川西南的三岬嶂，与装备精良的国民党军大部队发生战斗。国民党军第九十四师猛扑而来。林彪、聂荣臻亲自督阵三岬嶂制高点。红一军团在杨得志指挥下勇猛坚强，击退了国民党第五十四师进攻。国民党飞机盘旋阵地上空不断扫射投掷炸弹，野战山炮猛烈轰击红军阵地。红一军团第二营官兵在陈正湘率领下浴血奋战，最后只剩下 100 余人仍坚持不懈，粉碎了国民党军占领三岬嶂以继续进攻红军的计划。为此，杨得志与陈正湘都受到了红一军团的表彰。能文能武的聂荣臻在战场上写下了一篇题为《把一军团顽强抗战的精神继续发扬起来》的社论，发表在军委机关报《红星报》上。

彭德怀率部在泰宁地区峨嵋峰与国民党军苦战数日，已预感到事态发展越来越不利于红军，于是给中共临时中央写信，建议应有长期准备与打算，否则可能招致如鄂豫皖苏区张国焘被迫率部出走的同样命运。然而，建议信杳无回音。2 月上旬时，国民党军北路军即改向广昌方向进攻，由东路军第十纵队汤恩伯部进攻闽西北地区。由于敌我悬殊，驻守的红七军团被迫放弃沙县、将乐、归化县城。

红军失败的晦气像恶魔缠身一样。2 月 14 日，林彪、聂荣臻断然联名向中革军委建议用运动战来消灭敌人，建议电中谈到红一军团坚守的建宁西北的守备阵地，纵横达数十里，但红军兵员显得松散。战斗在继续着，红军的伤亡人数不断上升。红军筑造的简易堡垒被国民党军炮弹炸得七零八落，只剩一垛垛碎石破砖。分散四野的红军以或紧或松的枪声来抵抗国民党的封锁，精心制作的防御工事逐步被国民党军占领。为此，建议电中还提到了红军最好不要再盲目修造工事，而应谨记运用运动战来消灭国民党军。当然这份建议电也如石沉大海般毫无反应。

至 3 月中旬，红一军团、红三军团在南丰县三坑奉命与国民党军进行持续的激战。但是，拥有现代武器装备的国民党军工兵部队，迅速地建筑起一道又一道的强固工事。红军对此似乎毫无良策，虽然数次发起攻击，却都被击退。更为糟糕的是，彭德怀统率的红三军团进攻驻马寨，竟伤亡 2000 余人。损失了相当数量的红军，这使彭德怀将军痛心疾首。为继续执行反击任务，彭德怀向红一军团发出求援电报。远在 30 里外的红一军团接到电报后连夜冒雨到达红三军团最初的阵地，夜间发现了众多的手电光，立即判断出是与国民党军遭遇上了，因为贫困的红军此时是很难拥有如此众多手电的。红一军团谨慎地撤退而后绕道与红三军团胜利会师并一同安然撤出了战场。

4 月初春，在往常和平年景，田野里到处都是绿油油的一片。如今的血战，使众多苏区民众也投入了支前行动，田野里自然显得荒凉冷寂，仅有少数田野泛起一些嫩绿。

## 广昌保卫战：毛泽东谓之“叫化子与龙王比宝”，彭德怀叫骂“崽卖爷田心不疼”

蒋介石面对不断送来的胜利捷报，精神振奋极了，调集了 10 个正规师到南丰以南的白舍、瑶陂地区，以及抚河上游的盱江南岸，向红军的重兵集结地广昌发起了猛烈攻击。中共临时中央总书记秦邦宪与李德秘密商议将前线司令部撤回瑞金，另外组织临时总司令部，由秦邦宪任总政委。稍知一点内情的红军指挥员都知道，李德是事实上的总司令兼总政委。因为，在秦邦宪看来，李德的建议有如金口玉言。尚能博得红军将领一点好感的是，无论秦邦宪还是李德都亲自走上了前线，从而多少也显出了一些无畏牺牲的精神。李德、秦邦宪集中了 9 个师，计划在广昌地区同国民党军进行一场"叫化子与龙王比宝"的决战，十分响亮地提出："为保卫广昌而战，这就是为了保卫中国革命而战。"彭德怀将军直言进谏，广昌不能固守。其理由是，若是两军对抗必须充分估计敌方技术装备及人员诸状况。任性而固执的李德丝毫未去考虑彭德怀的什么意见，坚持在广昌决战，首先命令大量的士兵抢筑工事。彭德怀将军只得向耿直的陈毅进言，请予转告：在红军缺少飞机大炮的条件下，即使修筑的工事比较坚固，也断难阻挡敌军的轰炸与进攻。倘若必须由红三军团固守广昌，多则 3 天，少则 2 天，全军团 12000 余人即将有全部被歼之危险。固守广昌当然只能是句空话。4 月 10 日，当国民党军大举进攻时，中共临时中央向全国发布了《为日本帝国主义对华北新进攻告民众书》，再次举起抗日的旗帜，要求建立国共合作的统一战线，国民党军仍然我行我素地投入了 7 个师及 1 个炮兵旅，空军轮番轰炸广昌城，每天出动的飞机数不少于三四十架。国民党军稳扎稳打，每推进一公里便停下修筑工事，然后再行推进，掩护这一行动的飞机至少每天在 5 架以上。从上午 9 时至下午 4 时，红军构筑的自认为十分坚固的工事几乎全被夷为平地。至此，红军在广昌战斗中所拥有的条件只剩下顽强和不怕牺牲的精神了。连续向国民党军发起数次的攻击，其结果就是红军的死伤数增加到数千人。按照李德的命令固守在所谓"永久性"工事内的红军官兵 500 余人无一幸免于难。严酷的战争消耗，使红军储备物资日益匮乏，同时无情的事实教育了李德、秦邦宪。显然，凭借红军那十分脆弱的经济基础，欲长期固守广昌必将是十分困难的。广昌四周已是重兵紧逼。

当广昌保卫战开始之时，红七军团奉命向国民党军东路军防守较为薄弱的第十纵队与第四纵队的结合部发起了攻击，十分幸运地收复了归化和永安，歼灭地方军卢兴邦部两个团的2000余人，缴枪千余支。这在第五次反"围剿"战役中已属十分显赫的战绩了。当红七军团收复归化正奏起红军胜利的凯歌时，日本帝国外务省发表了4月17日天羽声明，扬言吞并全中国。

中共临时中央和中央革命军事委员会的领导们此时此刻面临着十分严峻的内忧与外患局势：中央苏区四周被国民党军包围与中国北方正受日本军队侵略的威胁。此时，中共中央和红军将领们已开始考虑是否立即秘密地派出一支部队，北上到浙皖地区袭击国民党的腰部，以吸引"围剿"的国民党军回援，减轻中央苏区的压力，从而达到解决一向主张抗日救国的工农红军的生死存亡问题。

在任何时候保持冷静的头脑绝非是一件坏事，而且是十分必要的，假如不识时务地死抱住某种走向灭亡的主张就太让人担心了。4月21日，中共临时中央的总书记秦邦宪、中央革命军事委员会主席朱德与代总政治部主任顾作霖联合署名再次发布了"保卫广昌"的命令，仍然强调"我支点之守备队，是我们战斗之支柱，他们应毫不动摇地在敌人炮火与空中轰炸之下支持着，使用有纪律之火力射击及勇猛的反突击，消灭敌人的有生力量"。显然，此刻红军继续着赔本的战斗。红军在广昌死打硬拼，使一向不愿多问军事的政治局委员张闻天再也无法忍耐下去了，径直指出据有实际军权的李德的种种做法是错误的。然而，固执的李德却斥责张闻天是如同普列汉诺夫式的反对者，即机会主义者。

国民党军是狡猾的，时而停止射击，时而自动后撤，总之是千方百计地引诱红军主动出击，然后躲入碉堡向暴露的红军主力发起猛烈攻击，常使红军伤亡惨重。激战一刻不停地在继续。4 月 28 日，秦邦宪、李德面对尸横遍野的战场，被迫同意红军撤出广昌城。陈城率国民党军蜂拥而入广昌城。红军以损失三分之一参战人数即 5500 余人的代价结束了广昌保卫战。同日，国民党南路军击败了红军数次反攻，占领了筠门岭，红军退往会昌、于都。

战斗实践证明：以毛泽东为代表倡导的诱敌深入各个歼灭的游击战术的实际意义日益显示出来。如果按照毛泽东的游击战术去战斗，也许红军的结局会乐观得多。惨重的失败使秦邦宪、李德都十分难堪。此刻，秦邦宪却电请王明，由王明出面派遣毛泽东到遥远的苏联去养病。而毛泽东却坦然地说道："我身体很好，我不去，我不离开中国。"数日后，共产国际的来电指出：毛泽东对中国红军与苏区有着重要作用。当然就是不同意毛泽东离开苏区去苏联。

红军被迫退出广昌城后，中央革命军事委员会立即连续召开紧急会议，商讨如何继续今后的战斗行动。几乎所有到会的人都认识到了应突围以打破敌军堡垒的封锁。至于如何行动，会议决定仍由"纸上谈兵"的李德草拟一个 5—7 月的战斗计划，主要内容是主力部队突破封锁线，而须派遣有力的独立作战的部队深入国民党军后方，同时部分地放弃前线抵抗。与王明同样忠实于共产国际的李德同时也将草拟的计划经留驻上海的共产党国际代表向共产国际作了汇报。共产国际的俄国人与王明商讨后迅速发回了批准同意的文电。随后，中央革命军事委员会副主席周恩来径直找到文武双全的程子华将军住处，与其进行了一番密谈，告诉程子华：红军面临严重的现实危险，红军很可能将进行一场长途跋涉去建立新的根据地，要求程子华去鄂豫皖苏区统率张国焘出走川陕时留下的坚持战斗的红二十五军。

与此同时，中央革命军事委员会命令红一军团红一师、红二师和红五军团红十三师与红九军团向东行动，会同地方红军红二十二师、红三十四师迅速组织建宁保卫战。统一由红一军团军团长林彪及政委聂荣臻指挥，继续抵抗国民党军的重兵围攻。英勇善战的寻淮洲主要任务是率领其红七军团红十九师协同友军不断向国民党军发起冲锋，然而，面对无休止拼消耗的阵地战，擅长运动战与游击战的寻淮洲也一筹莫展。5 月 16 日，建宁城被国民党军轻松地占领了。

国民党军连续攻城陷地，蒋介石乐不可支，立即将部队集中，以 31 个师的总兵力向中央苏区的"心脏地区"瑞金、兴国一线发起全面进攻。也许秦邦宪对蒋介石部署的强大阵容一无所知，或许认为蒋介石的战略战术不值得重视，他仍然毫无变化地运用分散力量、全面对抗的方针予以迎击，其结果只能是使红军遭致更大的损失。彭德怀将军称此种行为是"崽卖爷田心不疼"。

在西南部兴国、西北村一线，以红六师和红七军团红二十一师对抗国民党第八纵队 6 个师的进攻；在兴国东北古龙岗一线，以红二十二师和原江西军区独立区，对抗国民党第九纵队 4 个师的进攻；在北部广昌、头陂一线，以红十三师对抗国民党第五纵队 4 个师的进攻；在广昌、驿前北部地区，以红四、红五、红三十四师对抗国民党第三纵队、第十五纵队 5 个师的进攻；在东部连城朋口地区，以红一军团、红九军团一部和红二十四师对抗国民党蒋鼎文东路军 6 个师的进攻；在东部会昌、筠门岭，以红二十师一部对抗国民党南路军 3 个师的进攻。

全面对抗的消耗战刚刚打响，彭德怀统率红三军团在石城高虎垴以无畏的精神集中力量发起了猛烈攻击，骄横的国民党军被红军突如其来的攻击打得落荒而逃。秦邦宪，特别是李德对此兴奋不已，立即将高虎垴战斗当作范例，用以证明其对抗的积极作用。彭德怀奉命写下示范文章，然而，在发表时彭德怀写的一些不合李德口味的却是真实反映战斗面貌的文字被删除了。文章尚未传到每位红军指挥员手中时，前线万年亭、驿前、高兴圩等处的惨败消息却接二连三地传到李德耳中。李德对此沉默不语了。红军战场出现了早已被红军将军们预料到的令人心焦的征兆。

## 派一支尖刀部队跳出重围，引开敌人，23 岁的军团长率师出发

严酷的战斗继续展开着。国民党军在不断地蚕食着红军的阵地。红军伤亡日增一日。情况糟糕到连满怀信心的李德也心思沉沉地预感到了事情的不妙。显然，再不立即实施早有的计划，派遣一支尖刀部队跳出重围，红军必将陷于更加险恶的境地。

6 月 24 日，这是一个值得记忆的日子。寻淮洲接到了从前线速回瑞金待命的指示：率红七军团主力师红十九师从福建连城战场撤退速经石城、余家湾到达瑞金军委总部集结待命。当然，对于红十九师如此神秘的行动，建宁地区任何其他的红军部队是一无所知的。至于红十九师的官兵是否了解将向何处行动，同样也是一个谜。

红十九师在瑞金休息两日，立即奉命秘密前往广东攻击陈济棠的地方军。4 天的战斗，红十九师获得了极大成功，不仅没有削

弱自身，相反还扩充了 700 余名新兵。

初夏的瑞金，艳阳高照。激战包围中的瑞金城上空隐隐透着彷徨和神秘。李德此刻已经垂头丧气地从前线返回了瑞金，继续在他那幢竖立在水稻田中的小楼房里，凭借着那些用目测法估算出来的百万分之一的军用地图以及从北洋军阀那里收购来的旧地图，用无线电波操纵指挥着瞬息万变的前方战场，使红军继续付出沉重的代价。

秦邦宪和李德终于秘密决定了立即以红十九师为基干，补充一些新兵，扩编为新的红七军团，担负红军北上抗日的先遣队任务。原红七军团自然消失，另两师因减员严重归入其他战斗部队。新军团仍以寻淮洲为军团长，乐少华为政委，刘英任政治部主任，粟裕任参谋长，另外，委任到中央苏区来汇报工作并参加中共六届五中全会的闽浙赣省委书记曾洪易为中央全权代表，随军北上。

7 月 2 日，新红七军团从广东返回瑞金。临时中央政府的人民委员会主席张闻天立即赶到了红七军团驻地，并在红七军团的团以上干部会议上作了重要讲话。事实上是营以上干部会，他首先介绍了当时国家遭受日本军队侵略和国民党蒋介石反共反红军的严峻形势，紧接着告诉大家自严冬以来第五次反"围剿"连连失败的现状。然而，对于新红七军团官兵的具体要求却只字未提。但是，红军的爱国反蒋情绪还是被大大激发了。会议结束后，张闻天与全体代表合影以作永久的纪念。

两日后，宽阔的红军大学操场上，站列着一排排整齐的军队，官兵们衣着虽然褴褛，精神却异常饱满。寻淮洲正统率着红七军团的数千名官兵接受中央革命军事委员会朱德、周恩来、王稼祥、刘伯承、李德以及临时中央政府主席毛泽东及张闻天等领导的检阅。

毛泽东心情沉重地走在领导检阅队的最后。这使受检官兵清楚了毛泽东在当时所处的地位。不善辞令的朱德将军作了极为简单明了的讲话，要求红军官兵坚决反对蒋介石投降卖国，英勇地为抗日保卫民族独立而顽强作战；随后，检阅红军官兵的中央领导人在前排转了一圈，即在早已放置好的板凳前合影留念。这同样使红七军团的官兵终生难忘。翌日中午，红七军团即得到了 700 余名红军士兵的补充，此外还补充了一个为数不少的随军教导队。新增的士兵差不多都被编到了工兵、运输、侦察连中，使原先的每连 120 人速增为 180 人。至此，红七军团得到了约有 2000 余人的补充，但遗憾的是没能得到多少武器弹药的补充。有相当数量的红军士兵只能肩扛梭标、大刀，担负工兵、运输、侦察等任务。红七军团在建宁地区进行的是同其他红军同样失利的战斗，虽然寻淮洲个人英勇善战，但仍然是无力回天，只要红军的枪支不被国民党军缴获了去，就已是相当不错的成绩了。从国民党军手中夺取枪支来武装自己，此时此刻已属十分困难的事情。然而，寻淮洲对于中央革命军事委员会只增人员不加武器的决定，并未显露丝毫的不解，而是十分自信地表示：没有武器可以从敌军那里缴获。事实上，红七军团只有 3000 余支长短枪。但是，对于宣传武器，中央革命军事委员会却给予了尽可能的支持。为了这支部队的北上行动，中共临时中央和临时中央政府已经秘密地印制了大量宣传品，如标语、传单之类。总数达 160 多万份。因为，在物质条件极为有限的情况下，给予一定的精神鼓励不仅是件轻而易举的事情，而更为重要的是这本身就是一种战斗——攻心战。

前方战场不断传来红军失利的消息，红军在大量减员，阵地在不断缩小。面临严重局势，红七军团就要整装出发了。究竟向何处去？秦邦宪以及朱德、周恩来、王稼祥、项英、李德等在明媚阳光的照射下一同来到了红军大学操场红七军团的驻地，接见了军团主要领导人，当面交代红七军团要立即担负起红军北上抗日先遣队的任务，向福建、浙江、江西、安徽等国民党后方纵深地区出动，沿途广泛宣传中共抗日救国的主张，唤起农工，以求推动抗日运动的发展，并规定最后的目的是到达皖南，支援和发展皖南地区的革命斗争。

7月6日，当黄昏即将来临的时刻，红七军团6000余人以英勇善战的第五十五团为前卫，携带着500多副后勤担子，缓慢而又轻松地向着北方出发了。长长的队列，除去仅有的几匹马驮运着少数行李，500副担子几乎全部由来自农村士兵的肩膀承担着。军团负责人寻淮洲、乐少华、刘英、粟裕以及中央全权代表曾洪易夹杂在士兵队伍中一同行动。他们很难与普通士兵相区别，无论是衣服还是肤色。在行进中，一名好奇的勤务兵侧问面色严肃的曾洪易："我们这次行动的目的地是哪里？有多远？"个头矮小的曾洪易极为有趣地回答道："电报指定的就是目的地。"勤务兵谨慎地低下头，不知自己听到了什么。

# 第3章　突击闽中　围魏救赵

沉静的夜色中，不时地响起稀落的枪声。红七军团正在秘密行进之中。坐镇瑞金的李德始终认为保守秘密是取得胜利的关键。对于红军北上抗日先遣队则更应如此。这支仅有 6000 余人的部队的真实任务到底是什么？当时任军团参谋长的粟裕将军直到 40 年以后，才见到了当年 7 月 5 日中共临时中央及中央革命军事委员会关于红七军团政治与军事任务的秘密训令：《关于开辟浙皖闽赣边新苏区给七军团的政治训令》、《关于派七军团以抗日先遣队名义向闽浙挺进的作战训令》。这两份密电都是在出发前数日即印制好的。政治训令拟出红七军团北上的政治理由是国民党军疯狂攻击红军及其根据地——苏区，日本内阁乘机发表侵占中国的宣言，蓄意制造藏本事件，在华北通车、通邮以及在各大城市公然进行军事演习并扩张到了福建，面对中国的民族危机，国民党政府继续公开无耻地推行投降政策，如出卖黄河以北国土和福建等，从而激起全国民众的强烈愤慨。共产党必须利用这种时机唤起民众并证明共产党是抗日救国的坚决主张者。红七军团出动的军事理由则是绝密的，那就是深入到国民党深远后方，进行广大的游击活动，在国民党最易受威胁的地方，建立新的苏维埃根据地。北上抗日先遣队必须经过国民党军队兵力已经调整的福建，与当地正不断壮大起来的红军游击队取得配合，以顺利地进入国民党军防守相对薄弱的浙皖赣边界地区并相机建立新的苏维埃根据地，积极消灭该地区单个的敌方部队，促使国民党军进行战略部署上的变更，从而有效地配合中央苏区的反"围剿"战争。也即实施中国古代兵书上记载过的"围魏救赵"计划。

## 先遣队希望能像太平天国的陈玉成打破江北大营一样，解除苏区北面的威胁

从中央革命军事委员会发布的作战训令中人们惊异地发现，在国民党占领广昌后，中央革命军事委员会的领导人似乎已看到蒋介石正试图由赣江右翼与石城右翼夹击红军主力，以切断中央苏区与福建的联系；而"围剿"赣东北地区的国民党部队正在不断紧缩其包围圈，赣东北地区周围的国民党兵力似乎已被调空，闽北浙西皖南与皖中以及沿江地区都已没有重兵驻守，从而要求红七军团到福建浙江去最大限度地开展反日运动，经过闽江流域一直到杭（州）、江（山）铁路直到皖南，以猛烈的活动吸引"围剿"中央苏区的国民党军队到浙江皖南去，从而减轻中央苏区的压力。为不使该项艰巨任务成为一句空话，中央革命军事委员会具体地规定了三步作战计划。第一步，7日从瑞金出发，经连城北部、永安东南，于12日到达延平县闽江地区，与坚持当地斗争的红二十四师突击连协同配合继续北上，并根据实际情况消灭国民党第八十师、第三师吴零星的部队，然后即与闽赣独立团取得联系，经尤溪县东，于25日到达闽清地区，准备北渡闽江。第二步，渡过闽江进入白区，

立即打出红军北上抗日先遣队的旗帜，先到达古田与寿宁交界的屏南地区，与福安宁德地区的共产党组织和红军游击队取得联络，巩固加强这一地区的革命斗争，而且要与闽北地区各种可能接触到的游击队特别是活动在建瓯河以西地区和赣东北的红十军保持经常联系，同时积极派出别动队在广大的地域破坏敌军的铁路桥梁。在有利的条件下，红七军团可以协助红十军消灭浙赣边境上的国民党军队。从 8 月下旬开始第三步，要在浙西皖南地区，创立广大的游击地区及苏维埃根据地。并规定，红七军团的具体行动应依情况的变化而定，但必须经军委电令的同意。为了保证以上艰巨而秘密的任务顺利完成，决定由曾洪易、寻淮洲、乐少华三人组成红七军团的军事政治委员会，决断一切重大军事问题。

红七军团向着中央苏区的右翼——闽西苏区方向行进，士兵们迷茫地低头跋涉。军团部的传令兵众口一致地告诉行进的士兵：正在继续着东方战线的胜利。

闽西地区山峦起伏，有着众多的光秃秃的丘陵。当红军势力尚未进入时，这里已经有了一定的区域交换经济。粮食自给，布匹、盐油需要输入。颇有名气的特产有地瓜干。手工业主要以纸张、烟丝、木材、茶叶、香菇为大宗，其中部分地远销印度尼西亚、新加坡等南洋国家。当然，其收入全被商人和地主装进了腰包。少数的地主、高利贷者控制了百分之六七十的土地，贫困的无地农民租种土地除去缴纳上百种捐税外几乎所剩无几。激烈的社会矛盾潜流是可想而知的。当 1930 年春，红军来到了这片贫困与富有尖锐对立的土地上时，闽西地区的苏维埃政府迅速建立，在一段不长的时间里即归入中央苏区的版图。

红七军团在闽西苏区顺利地行进。倘若这时站在某一能够扫视这支部队的高坡上，就能清楚地发现这支松散的行进队伍中共有13 匹战马，全部驮运着物资，轻装的侦察部队作为开路先锋走在大部队前头有数里之距。红军的服装实在乱极了，这是给人留下印象的重要特征之一。有蓝色、黑色，还有灰色、黄色。这支被称为精锐的红军先遣队，却有相当数量的士兵身背梭标与大刀，甚至是赤手空拳。对于前途，知情人也在估测：是否能如太平天国时陈玉成率部打破清王朝军队的江北大营一样成功呢？当然，一切支持和同情红军的人士都希望最好不要像石达开出走而惨败他乡一样。

## "闽道更比蜀道难"

红七军团经古城来到了长汀县城。城内居住着红军一流的曾经留学海外的名医傅连暲先生。自从傅连暲归入红军队伍以后，曾在严酷的战斗中拯救了无数红军官兵的生命，并曾数次为毛泽东、王稼祥等红军领导治过伤病。谁也未能料想，40 年后，这样一名兢兢业业、忠心耿耿并无意官场的医学专家竟然惨死在史无前例的"文化大革命"运动之中。红七军团官兵此时在长汀所能见到的，已非昔日的隆盛，苏区地域正在继续缩小，居民心神不定。红七军团继续前进到了连城县地界。自蒋介石发动"四一二"政变后，共产党就已经开始在这里进行秘密活动，当地共产党人一致认为结婚、出丧、屠宰牲畜要向政府当局纳税是不正确的，并称此为"剥削"，曾暗中号召纳税者起来抗拒地方政府的征税，抗争的结果是国民党地方政府屈服于共产党人指导下的抗税行动。每当天灾降临的时候，聪明的连城县地方共产党人即抓住时机，想出妙计，组织贫困的无产者向政府当局借粮以施加压力。当然，这种政治性借粮，一般是不予归还的，其理由是粮食是由种粮人生产的。共产党人的机智，不仅日益壮大了贫困无产者抗拒地方政府的胆量，而且扩大了共产党的自身组织。1930 年，中共连城县委在中共闽西特委的直接指导下建立了。此后，连城也归入了闽西苏区。而红七军团到连城时却发现县界的半壁江山已归国民党军队。

在闽西，红七军团虽然没有受到国民党骚扰，但在骄阳似火的夏日奔走于崎岖不平的山区小道，却不是一件十分轻松的事情。中国有句古话叫"蜀道难，难于上青天"，然而，福建有称"闽道更比蜀道难"，即便如此，红七军团也还是在 12 日到达了连城。按照原拟的计划，红七军团协同县北的赣南军区红二十四师向着北进的国民党福建守备部队李延年纵队发起攻击。中革军委对此计划极为关注，红七军团刚刚到达，立即发来了敦促的电令。但令人遗憾的是，红二十四师的主力第七十一团在郭地追赶李延年纵队时，被中途杀出来的姑田地方保卫团截住而展开激战。红七军团未能与红二十四师会师，只得改变路线绕道清流县赖坊、官坊又折向连城县西北的塘前、黄沙窑。因为，国民党军为了防止红军逃出中央苏区早已在此设置了层层封锁线，如果不能迅速突破，必将招致很大的麻烦。红七军团领导人对此早有准备，已将实战能力很强的部队作为前卫部队，同时加强了与中革军委的电讯联系。

红七军团进入了闽中地界，面对的地利与人和条件都发生了变化，红七军团军政委员会立即议定：以夜行军方式突破层层封锁线。白天休息，夜晚行军。无论是夜行还是夜战，都可以说是红军的特长。红七军团迅速突破了封锁线，又以急行军的速度于 7 月15 日与担任两翼掩护任务的罗炳辉统率的红九军团数千人在永安县小陶镇胜利会师。两支中央苏区的部队在白区会面虽然是短暂的，但却是极其兴奋的。战争之神促使红七军团急急匆匆向着永安县城方向进发了。中革军委催行其北上的敦促电报再次发来。大田县城如同连城一样是闽中的一个贫困县。红军占领以前，贫困与邪恶缠绕着县城，而且赌场、妓院、烟馆并不罕见。

神秘的红七军团穿过永安县境的上石、林日、隔头进到大田县桃源上京，后又悄悄来到了城外的小湖。县城是狭小的，有着稀落的店铺，但供县太爷们吃喝玩乐还是绰绰有余的。红军的到来打破了财主们的美梦。守卫县城的地方保安团草头司令林维邦，是当地的消息灵通人士，得知红军到来便闻风而逃。县长随后也弃城而去。

## 先遣队攻占闽中大田，蒋鼎文惊呼后院起火

炎夏酷暑，如果降下一场凉雨对于跋涉疲倦的红军也许是最好的享受了，红军士兵似乎感到咽喉在冒烟，他们在竭诚地盼望着。天空骤降滂沱大雨，真正的天从人愿，红军的渴望成了现实。大雨直淋得天街逝尽行路人，家家店铺关上门。机灵的寻淮洲与曾洪易、乐少华以及刘英、粟裕商定：傍晚时分乘机袭击县城，战果将是使人乐观的，但在此之前，必须迅速完成的任务就是弄清城内是否有国民党军驻守。红军的侦察员随后前来报告城中无一兵一卒。滂沱的暴雨，再加上傍晚朦胧的夜色，使红军不费吹灰之力即解除了城门上的护门武装。城内居民不知来了怎样的军队，躲藏在家中不敢露面。红军指挥部设在视野开阔的西门育智小学内，一批又一批的红军出去搜查缴获，当然首先是县府大院。说是大院也实在可怜，只有几间平常的瓦房。但搜查是极有价值的，红军收缴了

县政府收藏的 10 余支步枪。最使红军兴奋不已的是，缴获了一台无线电和一台电话机。去商店搜查的结果也使红军满意，搜缴了食盐 10000 余斤。自从第五次反"围剿"以来，中央苏区已有相当数量的人，特别是后方机关的红军没有和盐见过面了。临时中央政府规定：前方参战官兵，每日五钱，后方人员每日五分，最后连五分盐也没有了。缺少食盐，对于贫困的中国人来说，无异于向死亡靠近。缺少食盐便会四肢乏力。聪明的红军迫于无奈只得从厕所的墙脚中挖取硝盐来熬制以供食用，然而这也并不是一件十分容易的事情。而且，中国南部大都施行独家独门埋地而设的茅坑，这又从何搜刮硝盐呢？红军艰苦到了极限。

打土豪分浮财是红军救济民众和团结争取民众的重要法宝。红七军团立即拿出一部分土豪劣绅的财物当众发给了先后而来的胆大的居民们，立即唤来了成群结队的贫困无产者。因为，迷惑的居民们消除了疑虑。

闽中大田县城被红军占领的消息对于正在获得节节胜利的国民党军来说无疑是当头一棒。国民党军东路军总司令蒋鼎文极为不快，认为在他的后院起火，此将使他在同行们面前丢脸，但他更为关心的则是大田县城中的红军下一步将向何处行动？蒋鼎文权衡利弊以后，决定将北上的红军拖住不使其有一漏网。回想当年，蒋介石在上海滩发动政变：宁可错杀一千，也不使漏网一个，干脆来个一不做二不休，从"围剿"中央苏区外围的兵力中抽出力量较强的第五十二师卢兴邦部罗景星旅；第五十六师刘和鼎部汤邦桢旅和第八十五师谢彬部，分别从正侧两面进攻大田红军。此外，为从后部兜底，又命令第八十七师王敬久部沈发藻旅第五一七团由泉州北上向大田县城靠拢，策应左右两路进攻红军，试图一举全歼红七军团。

　　红七军团在大田县城完成了一系列富有成效的缴获工作以后，立即转入了旨在提高部队战斗力的休息整顿。为了进一步鼓舞士气，寻淮洲本着一贯注重实绩的治军精神，决定以军团名义向中革军委拍发请功电，第一位是红五十七团团长王永瑞；第二位是该团参谋长夏中兴；第三位是该团俱乐部主任张志贤。他们的功绩都是在调回瑞金前的湖塘战斗中建立的。在智勇双全的王永瑞坚守的阵地上，营连长相继阵亡，最后士兵也只剩下9名，但仍然沉着地坚守第一线，不仅夺取了国民党阵地而且全歼了国民党军；勇敢顽强的夏中兴一开始即率先带队占领国民党军阵地，子弹用尽后竟拿起梭标夺取了国民党军的一挺机枪，虽然大腿和手背都被炸弹炸伤，但他奇迹般地坚持到了最后；张志贤表现了中国红军所特有的勇猛顽强精神，当夏中兴指挥的部队几乎全部阵亡以后，张志贤又率部冲了上去，并且胜利地占领了敌军阵地。还有第四位，这是红十六团一名普通的机枪连班长徐士生。虽然身材矮小，但体力充沛旺盛。他的主要功绩是在建宁雷田峙战斗中，眼看红军阵地失守、阵容混乱，在敌人猛扑而来之时，徐士生沉着地用机枪打退了敌军。国民党军再度反扑，阵地上最后只剩敌我二人。疲劳已极的徐士生无力提起机枪，当仅有的一名国民党军前来夺取徐士生的机枪时，徐士生挣扎着扣动了扳机，红军胜利了。

　　7月21日6时，太阳高挂在天空。四处活动的红军侦察员陆续回到军团指挥部那所简陋的房屋里，集中报告了各自侦察到的情况。国民党军的行动常常躲避着民众，而红军却恰恰相反，常常依靠着民众。作为缺少国家财政拨款的红军，很能想象到离开民众支持而可能出现的一系列情况。红军只有主动接近民众才能获取胜利

的力量。目前红军侦察发现更多的是国民党地方武装的情况，而有
关国民党正规军动向的情报则少得可怜。在这里，即使红军装扮成
诸如柴夫、小贩、补锅匠之类去接近国民党军，也因其行踪诡秘而
难以获得准确迅速的情报。寻淮洲、乐少华对于有关红色游击队的
活动情报极为满意，立即研究制订了计划并以电报形式向中央革命
军事委员会主席朱德作出汇报。电文谈到闽南、闽中建立了红军游
击队，但是闽中游击队并未前来掩护红七军团。古田县的红色游击
队司令部郭子昂率领 200 多人在古田、闽侯、宁都三县交界的仙湖
一带积极活动。闽南的红色第三游击队 200 余人正在永春地区各自
独立地与国民党军作战，不仅取得了胜利，而且在部分地区建立了
苏维埃政权。电文最后谈及的内容，绝大部分取自国民党的地方报
纸，如浦城附近的碉堡群落曾被一些来历不明的红色赤卫队占领，
激战后国民党军死伤数十而红军竟不知去了何方。此外，更使地方
当局担心的是，在与福建紧邻的江西广丰县一个叫坑鹅湖的地方经
常发现有红色游击队出没其间，甚至附近部城地区的国民党军还有
整排整排地被红色游击队俘获的事件发生。国民党军正在猜测是不
是赣东北的方志敏部所为，电文告知了中革军委：闽北是个十分可
依靠的地方。年轻而又勤于思考的军团参谋长粟裕虽然不知这支神
秘部队北上的真实意图，但对于每一次战斗行动的决定都是持十分
认真严肃的态度，在听完了侦察人员的汇报以后，结合过去收集的
情报，选择了一些极为可靠的国民党军布防情况再次摘要向中央革
命军事委员会主席朱德，同时向协同动作的红九军团军团长罗炳辉
和政委蔡树藩拍发了急电。该电文报告的是国民党福建省各保安
团，一师以萧乾为师长，驻守闽东地区；另一师以王敬久为师长，
驻守闽清、水口以及闽江下游各地。王敬久以一个团的兵力正在

"追剿"仅有200余人的古田县红色游击队。一个星期以前，红七军团与红九军团短暂会师时，国民党闽江守备司令王劲修在水口召集了闽江流域闽侯、闽清、古田、延平、建瓯、顺昌、沙县七县治安联防会议，即已开始防范红军主力部队突破闽江。此时的闽中地区，虽然国民党重兵已调中央苏区，但其地方部队全部进入迎战状态。新编的一个师仍然驻守在宁德地区。

## 蒋介石不上当，红七军团未能引开敌人，红六军团奉命西征

中央革命军事委员会对于两份汇报的电文均未作任何的回应。此时中央苏区的战斗正在空前激烈地进行着，尽管红军勇猛顽强，不怕牺牲，但是，战场形势却是日益严峻。红七军团的北上并未迅速地吸引开"围剿"中央苏区的国民党军力量。7月23日，中共中央、中革军委发出《关于红六军团向湘南中部转移给六军团及湘赣军区的训令》，决定：以湘赣苏区的红六军团组成中国工农红军西征先遣队冲出重围，向湘黔川行动以吸引国民党主力部队。

同日，中央革命军事委员会又向派往湘赣苏区的中央代表任弼时发出密电："六军团由遂川的菱塘坳上下七及其附近地域敌军薄弱部分，自行选择突破地段突围。第一步，到达湖南桂东地域，发展游击战争，创立新的根据地；第二步，到达新田、祁阳、零陵地区，发展游击战争，创立新的根据地；第三步，横渡湘江，向新化、溆浦广大地域发展，并向北与红三军取得联络……"

与此同时，正当粟裕在闽中向中革军委简要汇报国民党军已经逼近的时候，红七军团侦察人员突然前来报告：国民党军已经打

上门来了。军团首长几乎众口一致地决定：立即开始新的征程，以吸引更多的国民党军。红七军团急急地以夜宿晓行的方式赶到了古田县东部的高才坂。当地一些曾经见过军队路经的农民快快而好奇地围拢到了红军司令部的驻地，也是该村一个最为显眼的地方——种德堂祠堂。

这是中世纪延续下来的祭祀场所。最初主要用于祭祀祖宗或先贤，随岁月更替演变，一些宗族家族活动也在此进行。在红军到来的时候，当地民众并未完全听信地方政府那种危言耸听的政治宣传：红军红头毛绿眼睛，披头散发，共产共妻。最为关键的是，红军曾经进行的一系列劫富济贫活动使贫困的民众知道了真相。

红军决定召开贫民大会，能言善辩的乐少华开始了他极为熟练的政治演说。当然，他讲演完全用不着讲稿，他早已经不是第一次作这样的演说了。他首先讲到的是，国民党投降卖国，共产党恰恰相反是抗日救国的。今天，红军来到此地只是借道北上抗日。至于红军究竟是一支怎样的军队？这倒是最吸引贫困村民的话题。乐少华告诉村民们说：红军主要是由一些贫困的农民组织起来的军队，是为贫困的农民、工人和其他贫困者服务的。大会开得极为成功，也许是乐少华那神采飞扬的演说打动了人心；也许是贫困的农民早已渴望为自己服务的军队来到。

当地农民的生活是悲惨的。村民们大都住在低矮潮湿的土屋里，每到冬天，屋檐下免不了挂着几串耀眼的红辣椒，用以驱寒。夏日的夜晚，屋边墙角中时常可以发现毒蛇和蟾蜍。此外，大个子蚊虫像轰炸机一样嗡嗡不停，虽然饲养猪牛，但每月难能吃到一顿肉，差不多都拿去抵了捐税。村民们普遍显得面黄肌瘦。

当大会主持人宣布成立为穷人服务的高才坂苏维埃政府，并由村民刘日鸿担任主席时，村民们流泪了，不相信自己的耳朵听到的和眼前发生的一切是真的。接着，台下人群中响起一阵喧闹欢呼声。虽然主席台上的红军代表听不清村民们在说些什么，但从表情上已经知道村民们是高兴的，并且满怀着希望能掌握大红印章。红军和村民们称此为翻身解放。

会议就要结束时，比宣布成立苏维埃政府更吸引贫困村民的事情发生了：分发浮财与镇压地主老财。动作敏捷的红军士兵抬出一担又一担的粮食、布匹、日用品当场分发给了贫困的村民。正当村民们兴高采烈的时候，红军士兵将几名活捉来的地主统统枪毙在广场外，鲜血流淌使村民们一时吓得呆若木鸡，有的半晌才说出话来。

## 北上第一步，偷渡闽江

天气一天比一天炎热。7月25日，乘着拂晓的凉爽，红七军团向北穿过偏僻丘地到达尤溪县四科亭。这是一个极普通的福建小山村，四野满布荆棘丛草。显然，可供食用的物品太少了。红军只得继续北进。

此时，远在中央苏区的中共临时中央向全国各级党组织发出秘密指示，告知已经派出中国工农红军抗日先遣队北上抗日，旨在与日本帝国主义者直接作战，要求各级党组织必须把红军北上抗日的活动与当地开展的反日、反国民党卖国的活动结合起来，还应以各种文字与口头的形式在群众中广泛宣传红军北上抗日先遣队行动的政治意义，并尽可能使民众知道唯有共产党领导的工农红军才是真正抗日的主张者和实行者，要积极组织民众参加民族武装自卫委员会、抗日会等反日团体，积极地打入国民党和其他派别组织领导的抗日会、抗日义勇军、抗日学校、抗日工会和除奸团等组织团体中去，加紧各种反日活动，积极渗透到首先是福建和处在日本军队直接威胁的国民党军队中去，鼓动士兵不执行蒋介石的不抵抗命令而在阵地上抗击日本军队，更为重要的则是策动国民党军队的哗变，配合红军北上抗日。中共中央的秘密信一再强调，各级党组织都要把瓦解和争取国民党军的哗变工作放在第一位，在国民党军的招兵处和特种兵驻守区域以及国民党各种学校中，必须想方设法进去开展反日宣传，以建立党的反日组织。各级党组织要全力以赴更加广泛地在抗日的旗帜下，把民众团结在自己周围，武装民众，发动民众不交一文捐税一粒谷子给汉奸国民党，而把这些钱财交给共产党移作抗日经费。当然，正在白区行动的红七军团是并不知道这份长长的秘密指示的，它不是预先制作的宣传品，而是在中央苏区反"围剿"战斗极为艰巨的条件下临时发出的秘密指示。

红军在山区行动的速度是国民党军望尘莫及的。红七军团经过水南荒郊沿着弯弯曲曲的山道穿过台溪洋绕过八脚亭，远离大田县城来到了九都义和地区，而国民党第八十七师王敬久部以及福建保安团一营至此才匆匆赶到大田县城。

红七军团为了能出其不意地渡过闽江，加快速度，于 29 日到达尤溪县闽江中游的樟湖坂。这是延平与福州之间一个比较兴盛的集镇，甚至连西方建筑风格的楼房也不罕见，街面上商号货栈鳞次栉比。富有权势的地方"土皇帝"卢兴邦正在组织武装自卫司令部。

国民党闽江守备司令王劲修自从召开了闽江联防会议后，已将卢兴邦的部属增加了保安团两个连，还有大刀会、王子会等武装力量驻守樟湖坂。为了防止红军偷渡，保安团竟然将沙渡口附近的船只不问大小一律收缴藏匿起来，几如中央主力红军西进安顺场地区时遇到的情况一样，宽宽的江面上仅留一条小舢板供两岸值勤人员联络使用。江面正中心有座小岛，设有观察楼，驻守着几个观察江面的士兵。

红军先头部队第五十七团一阵猛打立即占领了樟湖坂，当场缴获长枪 100 余支、轻机枪 2 挺和大量弹药。急切要求横渡闽江的红军立即派出一支支侦察小分队四处寻找渡江器材。最后的结果是：除去这只小舢板外一无所获。红七军团领导人毅然决定，即使只有一条小舢板，也必须渡过闽江。至于沿途缴获的枪支弹药和食盐此类中央苏区特缺的物资则交给担任侧翼掩护的红九军团带回中央苏区。

黄昏临近了，红军侦察小分队乘坐小舢板悄悄地驶向小岛，迅速地接近岛边，红军士兵像燕子一样敏捷地迂回到了炮楼下边。然而，炮楼里毫无声息。原来哨兵不知何时早已逃跑。机灵的红军立即在小岛四周寻找渡船，竟然找到了数条渡船，这使红七军团大喜过望。至翌日中午，红七军团 6000 余人全部安全地渡过了闽江，从而成功地实现了中革军委拟订的第一步秘密计划。

# 第 4 章　寻罗联手　东线行动

派遣一支尖刀部队深入到国民政府的"心脏地区"进行猛烈的活动以吸引"围剿"中央苏区的国民党军回援，这显然是一个极其重要而艰巨的任务。也正因此，为使红七军团顺利地渡过闽江高举红军北上抗日先遣队的旗帜，中共临时中央同时决定了派遣红九军团担任侧翼掩护的任务。

## 从奴隶到将军，罗炳辉统率的红九军团被周恩来称为"战略骑兵"

虽然红九军团的诞生也只是不久以前的事情，但却参加过了第五次反"围剿"以来的多次战斗。正当红九军团从广昌战役的失败中走出来奉命到头陂东南地区集结休整的时候，中央革命军事委员会急电罗炳辉将军，令他统率红九军团掩护红七军团渡过闽江秘密北上，在此之前的 7 月初时，中央革命军事委员会已将派遣红七军团的秘密北上作战训令及政治令秘送罗炳辉。

这位多谋善断并以麻雀战、运动战著称的将军是 1897 年出生于云南彝良县一个农奴家庭。14 岁即离家谋生，后参加了反对洪宪皇帝袁世凯的护国军及北伐军。1946年，罗炳辉将军英年早逝。胖胖的罗炳辉在红军中以厚道慈祥而深受红军士兵的爱戴。

罗炳辉收到中革军委的电报后，红七军团军团长寻淮洲、政委乐少华匆匆赶到了红九军团驻地江西广昌南部新安镇，共同研究行动计划，商定红九军团主要任务是在红七军团两翼交错前进。寻淮洲、乐少华的身影刚刚消失，红九军团立即召开了排长以上干部会议，罗炳辉亲自传达了中共临时中央、中央革命军事委员会关于红九军团护送红七军团北上的指示。新任务下达了，显然就是要离开这片故土了。这支被中央革命军事委员会副主席周恩来称为"战略骑兵"的红九军团即将开始新的机动作战行动了。

像往常所有的部队行动一样慎重，大部队开拔都要经过一番周密的研究部署。军团长罗炳辉、政委蔡树藩、政治部主任黄火青、参谋长郭天民、供给部部长赵容、卫生部部长张令彬立即分头行动，几乎是夜以继日地进行各方面的准备工作。地方苏维埃政府和党、团、妇女、工会组织的首领得知红九军团即将离开，显得焦虑不安、依依不舍，但军令如山，无可撼动，于是立即组织了慰问队。虽然，广昌、宁城地区经过长期的苦战，可供慰问的东西越来越少，但仍然以最大努力送来了大量的草鞋。第二天，军团政治部在宽阔的操场上召开全体官兵动员大会。经过广昌苦战，红九军团的红三十四师已被并入到其他部队，红九军团此时只剩红三师的4000余人，并不算大的操场刚刚能够容纳整个军团。政治部主任黄火青向全体官兵发表讲话，他告诉各位同志这次掩护红七军团北渡闽江的行动是一项艰巨而又有深远意义的任务，并且重申了进入国民党统治区后的军事纪律。

红九军团的行动同样是秘密的，前来接替红九军团的红三军团对于红九军团的去向也是一无所知。

## 红九军团侧翼掩护，红七军团顺利进军

差不多与红七军团同时，红九军团开始了北上的行动。红九军团秘密而轻捷地经宁化县、清流县向着红七军团前进的连城方向不断靠近。为了吸引连城附近的国民党以掩护红七军团的顺利前进，红九军团佯作包围连城北部的永安县。驻守附近的国民党急忙赶回永安县。红九军团立即虚晃一枪掉头南下摆脱了国民党的围攻，7 月 15 日，悄悄地与红七军团在小陶这一地方第一次会师。会师的场面是动人的。因为，他们有共同的酸甜苦辣。闽中地区，群山连绵，虽然没有大山巨川，但却沟壑纵横、河流湍急、丛林密布，特别是蒿草过人，有的路线几乎人迹罕至，身穿短裤的红军走过草丛小路后，腿脚就会被蒿草割出一道又一道的红印。7 月的福建天气犹如孩子的脸，一天变三变。有时骄阳似火，红军被烤得头昏眼花；有时天气骤变，倾盆大雨铺天盖地而来，红军躲不胜躲，浑身被淋得落汤鸡一般，体质较差的自然归入到了伤病员的行列之中去了。令人难以忘记的是福建的蚊虫，每到傍晚，蚊虫尤为活跃，咬得红军士兵不得安宁，要想在这种环境下睡个安稳觉那将是极其困难的，聪明的红军想出一种原始但十分有效的防治方法，即临睡前，到处点起艾草堆，以它特异的浓烟把蚊虫驱散。

两军团会师的小陶是个典型的带有中世纪特色的小集镇，手工作坊和私营小杂货摊挤在一条狭小的弯曲长街上。红九军团政治部设在街尽头一座古典式房屋内。黄火青领导的政治部一向是异常活跃的，如果没有政治部派遣的宣传队，红军的行军就显得太枯燥

无味了。行军中，政治部宣传队还须以一部协同前卫部队以开辟道路，动员民众。由于有效的宣传，有相当的民众自动地在道路两旁烧好开水，以供红军饮用。当然，赤日炎炎下的红军对于凉开水是极欢迎的。军团卫生部医生涂通今，50多年后仍记忆犹新的是福建山区竟然有人会唱歌颂红军的江西山歌。山歌唱道："哎呀来，山歌要唱东方军，个个英勇杀敌人，一夜行军几百里，蒋家白匪吓掉魂！"年轻的涂医生听后几乎要跳起来，太亲切了！涂医生所在的红三师当年就是东方军的组成部分。

　　为了应付紧急情况的发生，红九军团并未将4000余人全部集中到小陶，而只是将核心主力与红七军团会师共驻，其余与红七军团同样分驻在附近的下湖口、洪沙口、山桐林、黄沙窑、张家山等地。红军的神算应验了，翌日拂晓，一阵"嗡嗡"声惊醒了睡梦中的红军，小陶村被炸得稀里哗啦。显然，新式武器是无可怀疑地具有优越性。红九军团决计转移，红七军团向大田县城而去。从侧翼掩护的红九军团必须挺进到国民党军警戒线上去。当然，在国民党军已有察觉的条件下要进入其警戒线是比较困难的。最好的办法是什么呢？中国有句古话叫作"兵不厌诈"。干脆，使用特洛伊木马计。红九军团装扮成新编的国民党第八十七师部队，秘密地经宁洋于18日赶到了永安县东40里之西洋小山镇。这里气候温和，雨量充沛，是个理想的粮食产地，起伏的山峦上盛产着多种土特产品，如木耳、香菇等随处可见。有了这些美味山珍，红军都在此美餐了一顿，当然，更重要的任务是为红七军团提供有力的侧翼安全保障。

　　红九军团卓有成效的掩护，使红七军团顺利地攻占了大田县城。红九军团负责人从电报中获悉胜利捷报，感到极大的欣慰。此时，跟踪红七军团的国民党飞机被红九军团牵着鼻子转悠，竟然不知转去支援被红七军团占领的大田县城，也许是红九军团若即若离的战术吸引了国民党飞机驾驶员。红九军团继续加快步伐，沿尤溪东北前进。紧紧跟踪的国民党飞机驾驶员以熟练的技术像炫耀似地将飞机飞得很低。红九军团对于飞机并不陌生。在中央苏区，蒋介石几乎使用了所有能够购置到的各色轰炸机。现在是一架德国制造的单引擎轰炸机，空投炸弹的确像个沉着的棋手，一颗一颗稳稳地放下。中央苏区红军为这种飞机取了一个不雅致的绰号"黑寡妇"。

7 月 24 日，红九军团经尤溪县新桥绕过蓬莱山到达坎里、蒋坑。使红九军团感到极为疑惑和吃惊的是，当红九军团刚刚到达蒋坑之时，国民党军侦察兵就速报红九军团的真实情况：红九军团拥有重机枪 10 余挺，轻机枪 30 余支，子弹每人五六排，编号为独立第七、第八、第九团，主要由连城、清流、汀州的赤卫队组成。4 日后，红九军团继续挺进到了尤溪县城的水南一带，与驻守水南的国民党第五十二师对峙，以掩护急速向闽江靠近的红七军团。而后，红九军团又突然进逼延平县边界，驻守的国民党军竟然毫不知晓。红九军团轻松地监视着延平方向的国民党军。

红七军团夜以继日地横渡闽江。其中最使目击者难忘的一件事是，自从苏区开展肃反后，一直令人生畏的红七军团政治保卫局局长周群，虽然在闽中行进途中被全身涂抹得五颜六色的大刀会会员用暗枪将左膝盖击得粉碎而失去行走能力，但是，却仍然坚决要求随红七军团北上，这感人场面曾极大地振奋了每个红军战士的胜利信心。

红七军团在樟湖坂取得了重大胜利，而中央苏区此刻的形势却更加严峻，在临时中央要求任弼时去湘赣省率领红六军团西征出发后，现在更加明确了以任弼时任主席、红六军团军团长萧克、政委王震组成红六军团政委会出击湖南与贺龙率领的红二军团会师，以"迫使湘敌不得不进行战场上和战略上的重新部署，破坏其逐渐紧缩中央苏区的计划，以补助中央苏区之作战"。

红七军团消失在江面上。红九军团全面接管了樟湖坂，首先进行的善后工作是清理和护养在沿途被大刀会、王子会和国民党地方部队用暗枪击伤的红七军团伤员，以及承受不了福建多变气候行军劳累的病号，同时，还要运送沿途缴获的枪弹返回中央苏区。

## "军团长，这是什么怪船？"——国民党给红军送来了一船军需品

极为注重观察敌情的罗炳辉将军来到江边巡视，恰在这时，江面上游驶来两只船。一位年轻的士兵好奇地问正在用望远镜观察的罗炳辉："军团长，这是什么怪船？"罗炳辉放下望远镜答道："这是国民党的洋船。"随后即命令集中火力胁迫敌军洋船靠岸。不一会儿，洋船离红军越来越近。突然，岸上的机枪向江面上猛烈扫射。洋船既不能前进又不能后退，因为前后都被火舌夹住。洋船只得向岸边靠拢。

红军士兵一拥而上，惊喜地发现船舱内藏着大量红军急需的物资：食盐、布匹、服装、武器和烟草。军团首长们极其高兴和满意。罗炳辉捧上食盐对士兵们说："蒋介石重重封锁卡了我们红军的脖子。红军和苏区人民已经好久没有吃上这样纯的食盐了，只有吃那些从厕所墙壁上刮下来的硝盐。今天，我们要把这些食盐全部快速运回中央苏区。现在，食盐比金银珠宝还要珍贵，大家都用力

挑盐，只要我们没有牺牲，就一定要把这些食盐运回中央苏区去。"

红九军团乘胜行动，又占领了樟湖坂附近的尤溪口。福建地方经济比较落后，然而，国民党地方政府对于发展军火工业则毫不含糊。尤溪县土皇帝卢兴邦除去吃喝嫖赌类的事务外，就是尽量扩充势力范围，为此，在尤溪县边界建造了一个兵工厂，专门制造弹药。当然，封建老爷毕竟是缺少科技文化的，除去狡诈的政治把戏，土匪的武装，要想制造出质量考究的弹药来是不可想象的。出于巩固地盘的需要，必须大量地进口武器与弹药。

真是天赐良机，红九军团到来的前不久，卢兴邦刚从骚扰福建沿海的日本军队手中购买了 500 吨黑黄两色炸药，从福建名港马尾进入了尤溪口。只在几小时后，这些军用物资即变成了红九军团的战利品。虽然，中央苏区红军能够制造出威力很大的炸药，然而旷日持久的激战几乎用尽了红军所有的黑色炸药，最后只能以威力较差的白色硝药代替。红九军团巨大收获的喜讯立即被传送到了正在渴求得到各种援助的中央红军中。中央革命军事委员会领导们得悉后高兴得向远方的红九军团挥手致敬，连声称赞能干的红九军团，同时命令红九军团以适当形式将其运回中央苏区。

红九军团立即组织民工赶制大小木箱分装挑运。正式运送前的 8 月 3 日，红九军团曾举行了一场热烈的"八一"纪念大会，并使众多民众在这次会议上得到物资援助，随后即开始了返程"东线行动"。炎热的天气，即便躲藏在浓荫下，也使人感到窒息，何况眼下遇上的是 60 年来从未见过的特别高温年。出征时轻装上阵，返程时却负重而行。全军团 4000 余人，上至军团长下至士兵马夫，除担负掩护的先头侦察部队以外，其余每人都要背上一箱火药，或是 20 斤或是 30 斤不等，同时还有大量食盐。因此，每个红军连同自己的枪支行李在内，负重不少于五六十斤。行军途中，一般都是 3 人挑两担或 4 人挑 3 担，轮流交换。军团领导们的马匹也全部用于战利品的运输。胖胖的罗炳辉此时一马当先，不甘人后，挑着 80 余斤的担子从容稳健地行走在崎岖的山路上，让红军官兵备受鼓舞与感动。虽然红军经常性地营养不良，且身材矮小者占了相当数量，但是，他们绝大多数来自农村，挑担子是极有经验的，倘若不具备这种条件，在临近摄氏 40 度的天气下挑担行走在坎坷的山路上，其艰难性是可想而知的。

红九军团缓慢地沿着原定的路线返回。几日后，即来到了尤溪县城郊，灼热耀眼的太阳突然被乌云掩盖，紧接着滂沱大雨倾泻而下，长途的负重行军使许多红军的脚板都起了水泡，大雨淋湿以后，使行进变得更加艰难了，比较健壮些的官兵主动承担了病弱者的重担，或者分担了部分枪支行李，从而使整个队伍得以继续前进。8 月 10 日，部队从西格、南涧桥到达太保官、下洋坑一带。当地民众听到部队进村的消息，不分好坏地一律逃进了深山野林，也许村民认为军队都是一样的，这当然是错误的，也许是国民党给村民的印象太坏了。红军经过短暂的休整，8 月 14 日，从三保出发向永安东南的清水池、桃源、西洋前进，主力部队继续向桂口行进。两日后，驻在桃源、西洋的红军也向桂溪集结。罗炳辉来到桂溪，受到了当地民众的热烈欢迎。这里民众已不是第一次见到红军了。红九军团从当地青年农民中挑选了一些身强力壮者补充到红军担架队中。已经被红九军团甩开数日的国民党军此时又有了行动。其第五十二师闻风而至，却被红九军团的先头部队迅速发现而予以挡驾。红军为了避免不必要的麻烦，顺利将战利品运回中央苏区，决定绕道而行。

虽然红九军团与中央苏区的距离已经日益接近，但是，长途的跋涉，炎热的天气，使胖的变瘦，瘦的拖病了。军团指挥员的脸庞更加迅速地消瘦着，除去挑担还要思考整个军团的命运，但是，他们几乎都乐呵呵地坚持不懈地前进着。医务人员更忙乎，白天帮助伤病员赶上部队，晚上宿营后还要帮助炊事员烧开水，争取使每个官兵都能用热水泡脚。中国古代就有句医学名言："有钱吃药，无钱泡脚。"据说，泡脚可以很好地促进血液循环。穷人可用此方法增进健康。

## 东线行动——历时 50 天，行程 1800 多华里

红九军团自从 8 月 18 日增添了大量新的挑夫以后，就已迅速恢复了生机，行动如最初出发时一样迅速而有精神，部队经洪田、安砂、洪沙口与正在洪沙口附近和国民党军激烈酣战的红一军团慢慢地靠拢了。8 月 22 日，历经了千辛万苦的红九军团，进到了永安西部石峰地区。宿营后，罗炳辉等对弹药食盐被完整无损地运送到了永安极感兴奋，并且立即向中央革命军事委员会拍发了情况报告。中央革命军事委员会喜出望外地回电：红九军团宜迅速向朋口地区行动，并告知已派遣部队前来朋口接应。朋口是苏区的边缘，离石峰只有 4 天路程。也就是说，红九军团官兵只要再坚持 4 天，整个"东线行动"就要以全面的胜利而告结束了。那时红九军团负责人的心情与数千士兵一样既激动又紧张。

红九军团继续行进着，也许国民党军已全部到了前线阵地，红军后 4 天行程中竟未遇到一支国民党军部队的阻拦。终于到达了朋口地区，所有人立即卸下了肩头的重担。一位当事人 50 年后形

容当时的感受是：担子一丢下身子就轻得像燕子一般。飞是飞不起来的，就是说轻快极了，也许未挑过远路担子的人是不会体会到这种感受的。8 月 28 日，红九军团进入了中央苏区，立即遇上了更大规模的民工运输队。红九军团在国民党统治区缴获而来的黑黄炸药、食盐以及其他大宗物品都一箱箱地被装入了苏区的仓库。兴奋的红九军团官兵纷纷地跑向邮电局，希望能以最快速度告知家人，自己用上了冒生命危险换来的珍贵食盐。

历时 50 余天，行程 1800 多华里的"东线行动"胜利地完成了任务，成绩是那样地振奋人心。中央革命军事委员会对此给予的表彰，除去颁发奖章嘉奖外，便是分配给了更艰巨复杂而重要的任务：迅速休整，而后前往支援已激战数日的中央苏区西华山保卫战。

# 第5章　北上东进　战旗飘扬

红七军团在红九军团的积极掩护下顺利地渡过了缓缓流淌的闽江，刚一上岸，前来"迎接"的竟是国民党地方当局的保安队。机智的大个子团长王永瑞当即命令先锋部队展开猛烈射击，吓得保安队立即狂奔而逃。红军沿江向东而下，兵锋所到之处，沿途保安队望风披靡，纷纷惊走他乡。红军坦然地经武步塘、三都口向着黄田长驱前进。

黄田是一个交通尚称发达的江防集镇，虽然居民和规模都比不上樟湖坂，但却拥有1个足营的保安队及8个武装商团。

当保安队和武装商团获悉红军逼近黄田后，立即进入了防御工事，等候着红军的来临。一向不愿进行无准备战斗的寻淮洲在距离黄田尚有五六里的时候，突然发出了"停止前进，原地待命"的命令，寻淮洲、粟裕都焦急地等候着侦察员的迅速回归。寻淮洲十分自信地推断黄田必定有国民党的守卫部队。

夜幕降下，渡江和日夜兼程的行军疲劳使红七军团的官兵在黄田郊外有了一个舒心的酣睡。拂晓，寻淮洲、粟裕亲自观察地形，结合侦察员的报告，决定向黄田发起进攻。从未有过与红军正规军作战经验的保安队及武装商团怎经得起红军的猛打硬攻，当然很快就被红军打得落荒而逃。红七军团十分轻松地攻占了黄田，以一部继续东进。驻守谷口的国民党军队则闻风逃往古田县城。

## 赋闲的毛泽东接受《红色中华》采访

在此同时，瑞金地区阴雨绵绵。国民党军不断进逼。临时中央政府机关喉舌《红色中华》报记者就当时的时局与红军北上抗日先遣队的问题专门走访了临时中央政府主席毛泽东。虽然毛泽东这时受到排挤而没有什么"地位"，但仍然十分高兴地接受了这位记者的采访。毛泽东告诉那位记者，首先，日本军队占领了满洲、热河，控制了北平、天津，并且发表了独霸中国的声明。最近，日本又向美国提出日美平分太平洋地区的意见，同时在满洲积极部署反苏俄战争。日本军队与国民政府在大连召开会议，也是旨在缓和各列强的矛盾，以共同对付苏联共产主义运动。北洋军阀政府亲日派在上海、庐山连续召开会议，进行一系列不可告人的秘密交易。当说到这里的时候，毛泽东郑重而十分自信地断定：中华民族已经到了极端危急的关头，灭亡和被奴役的命运正威胁着全国劳苦群众。

关于苏区的形势，毛泽东此时认为：日本军队对中国的侵略与国民党大举进攻中央苏区是配合一致的。国民党几十万军队正从苏区的门户——广昌、连城、龙岗、泰和各地向苏区中心地区前进，来实行第五次"围剿"的最后步骤。在苏区修筑了成千上万的堡垒，构设了层层封锁线，并试图一举占领汀州、石城、宁都、兴国和瑞金。红军对国民党军持何态度？临时中央政府在最近征集了7000余名新士兵，游击队空前扩大，征粮的动员效果虽不理想，但仍筹集到了几十万担，同时，正部署着秋收动员活动，谨防国民党飞机的狂轰滥炸使粮食化为灰烬。熬盐和织布都已最大限度地发动了民众。弹药制造有迅猛的发展，数量增加了几十倍。无可回避的战争使每个参战者都鼓起了一股劲儿，或是为了胜利或是为了不致被消灭。国民党军对苏区的进攻日甚一日。因此，临时中央政府和中国工农红军革命军事委员会决定派出中国工农红军北上抗日先遣队。屈指数来，现在应该到达福建省城福州了，并且即将经东部各省北上抗日。毛泽东特别告诉记者：红军北上抗日先遣队是一支配备了充足火力、战斗员和指挥员的，而且都是在同国民党军作战中表现出最大勇敢精神的红军官兵。所派出的红军先遣队虽然不是一支很强大的队伍，但是它能够在沿途吸收广大劳苦民众参加，国民党军中也必然会有一些决心抗日的人员离开国民党军与红军先遣队携手北上，因而，红军北上抗日先遣队就自然地发展壮大起来。至于国民政府对红军北上抗日先遣队将持何种态度？毛泽东又说：答案是明确的，必然与日本军队一样，派出军队阻拦，所以，红军先遣队的前进，还必须同蒋介石阻拦部队作战。为了最大限度地避免或减少与国民党军的摩擦，一项极为重要的任务又落到了红军先遣队的肩头，那就是在沿途以全力去向国民党军官兵宣传，争取其官兵的同情与支持，以利红军抗日先遣队迅速北上；在此同时，苏维埃的临时中央政府将号召全国一致行动起来援助苏维埃与红军，援助红军北上抗日先遣队。

## 军委命令：改北上为东进，袭击福州

在毛泽东向《红色中华》发表上述重要讲话的同时，朱德领导的中央革命军事委员会给红七军团发来了急电，变更最初的行动计划，由北上改为东进，做好准备奔袭尚在数里之外的水口镇并相机袭击福州城。依此看来，电令与毛泽东透露的内容十分契合。但却使红七军团领导们极为疑惑，他们怎么也理解不了这份超出秘密作战范围的电令是怎么回事。在红七军团战斗史上，攻打强固堡垒，有过成功也有过失败。军团政委乐少华深知"军人以服从命令为天职"的道理，对此未作任何回应，仍然按照秘密训令的计划行动，即带领红七军团向正北方向的古田县城前进。眼下，水口镇已翘首可望，虽然闽江两岸散布着众多的集镇，但水口镇的地位比起樟湖坂来还要重要三分，它是福州城上溯闽江中心的必经之地。被称为闽江守备军精锐的保安第十一团驻守该镇，矮矮的大腹便便的闽江守备军司令王劲修亲自坐镇指挥一切。当他闻知曾威震疆场的红七军团浩浩荡荡地向水口开进时，这位叶公好龙的司令官竟带着一帮歌妓舞女保镖之类急急忙忙乘船顺流而下逃往白沙去了。保安团的代理团长目睹司令官逃之夭夭，毫不含糊地立即也带领保安团一走了之。

十分遗憾的是，红七军团的威名使国民党保安团惊吓得闻风而逃，而红七军团对此却毫无所知。倘若较早地获悉这一振奋军心的消息，则会使相当数量的红军官兵免去整夜地露宿荒郊野岭，听任蚊虫侵扰的疲苦。

8月1日，红七军团大大方方地进入了水口镇，碰上的第一件振奋军心的事情是：在地方政府的食盐公卖处搜缴到了十多万斤食盐。就在该镇，曾洪易对一幢新式洋楼产生了兴趣。这是福建省防军暂编第四旅旅长的私宅。于是，军团指挥部便设在漂亮别致的洋楼里去了。

与此同时，远在四川的红四方面军正在万源南部地区取得歼灭国民党地方军 7000 余人的大捷。而瑞金中央苏区的战局却仍然紧张万分，国民党军进一步逼近。为了能极大地振奋红军官兵和苏区民众的斗志，瑞金城大浦桥广场上已装饰一新。这是自年初召开的第二次全国苏维埃代表大会以来装饰最为考究的一次。广场横幅上写着："中国工农红军成立纪念阅兵典礼"，中共临时中央、临时中央政府以及中央革命军事委员会的领导们大部分都上了前台。军委主席朱德亲自作了《纪念中国工农红军诞生七周年》的报告，他说：今年纪念"八一节"是正处在第五次反"围剿"并做好准备全部北上抗日，开展民族革命战争的阶段。事实上，在这次大会上，朱德几乎已经全面地公开了红军准备大行动的计划。在结束了上述报告的当天，朱德还签署了《中央革命军事委员会关于八一节给中国工农红军的命令》，共发布了四点内容。其一，通报了如下令人激动的消息：中国工农红军在敌人第五次"围剿"最紧张的环境中，如期召开了全世界劳动群众反对帝国主义斗争的"八一节"和中国工农红军的纪念节；国民党集中了一切的兵力武器和技术，来进攻苏维埃共和国的中央苏区和工农红军，但是，英勇的红军在这一年残酷的血战中，却仍然取得了许多重要的胜利，消灭了敌人第四、第五、第六、第七、第十五、第五十二、第八十以及第九十九师等许多部队，其剩余的残部亦多受重创。上述的军事情报自然是经过综合和加工而整理出来的。其二，通报了使红军焦虑和仇恨的有关蒋介石的情况。日本军队占领东三省、热河及侵入华北以后，现在正在占领福建，并要使全中国变为他的殖民地。国民党自己不去抗日，却要散布什么中国无力抗日的悲观论调，竟然默认了日本傀儡溥仪的满洲国以及华北沦亡后的统治现状，而且在福建问题上也是帮助日本军队进攻工农苏维埃。卖国的汉奸国民党早已成为日本军队的代理人和刽子手。现在，只有苏维埃和红军能够将中国从日本及一切帝国主义的铁蹄之下解放出来。在此，通令郑重地宣布了红军将要开始与日本帝国主义直接作战。这就意味着，不是南下而是要北上。虽然，福建沿岸已有了日本军队，但华北是大量的。稍具军事头脑的红军战士此时就已知道红军要转移了。其三，通令首次公开了一个秘密，就是"苏维埃中央政府和革命军事委员会，已组织并派出了工农红军的抗日先遣队北上抗日，为的是与日本军队直接作战，我们的先遣队现在已出动到了国民党军队深远的后方，且已经缴获了日本军队供给国民党军队来进攻我们的大批军火，我们的先遣队现在向日本帝国主义在福建的主要支点——福州迈进"。其四，通令提出总结性要求："在八一斗争中，红军中全体指挥员以及政治人员应深切解释工农红军的两大任务，并将这一命令及中央政府、中革军委关于红军北上抗日先遣队抗日的宣言和抗日的誓词向全体部队宣布，并要传送到每个战士中去。"

## 邓小平主持的《红星报》上作的最早的记录

十分显然的事情，仅仅向红军官兵进行拥护红军北上抗日先遣队的宣传是不够的，还必须加强向国民党官兵进行宣传。为此，中国工农红军总政治部发布了《关于拥护红军抗日先遣队对白军士兵宣传运动的指示》，大意是红军北上抗日先遣队的出动，必将在国民党军中掀起强大的抗日反帝浪潮，要求红军各级政治机关应立即抓住这一有利时机组织和动员国民党士兵进行广大的拥护红军北上抗日先遣队北上抗日的宣传运动，激发国民党士兵对国民党政府的愤恨，同时要让国民党士兵了解共产党，珍惜苏维埃红军，并争取国民党士兵的起义。虽然瓦解国民党军官兵对于红军早已不是一件生疏的事情，但为了迅速奏效，总政治部还是明确指出：首先要深入细致并认真地了解总政治部颁发的宣传大纲。通过流动宣传队、问答会、短剧队以及报纸、墙报等形式宣传鼓动，尤其对正在前线与红军作战的国民党军，更需要反复利用多种形式向他们解释红军北上抗日先遣队行动的目的和重要意义，同时解释共产党"五大反帝纲领"以及士兵"抗日六大纲领"，告知国民党官兵抗日救国的唯一出路，就是只有暴动哗变到红军中来。最有效的方法莫过于联系国民党军的实际生活进行各种政治鼓动。但是，总政治部嘱咐家底不甚丰厚的各级红军政治机关切莫乱抛乱丢宣传品，如传单，而要尽量争取使每张传单都尽可能地起到实际作用，那就是送到国民党官兵手中，一旦国民党官兵受到红军政治鼓动的影响而倾向红军的时候，立即建立兵运小组使其扩大展开。对于国民党统治区的居民，也万不可放弃，同样要利用一切可以利用的形式向居民们进行政治宣传，宣传红军北上抗日先遣队出动的意义，争取工农分子组织起来积极援助红军北上抗日。最后，强调："各级政治机关必须依照这一通令制订出具体工作计划，严格督促与检查下级工作的执行程度，随时根据工作开展实际情况给予全心全意的具体的指示。"

人们不难从这份重要的通令中看到，红军北上抗日先遣队的出动在此时此刻的瑞金已经成为公开的事件而加以宣传了，而且成了纪念 1934 年"八一节"活动中最主要的内容。

隆重而热烈的纪念会议刚刚结束，以实事求是著称的《红星报》总编辑邓小平十分兴奋。这位曾与周恩来等热血青年一起留学法国，耳闻目睹过西方先进科技文化的有志之士，1933 年 3 月担任了中共会（昌）寻（邬）安（远）中心县委书记，因为坚持了实事求是的思想路线，竟被来自莫斯科的中共临时中央负责人当作所谓的机会主义"罗明路线"在江西省的代表而遭撤职。然而，委屈挫折并未使他就此退缩，而是以一种非凡的毅力巍然挺立。眼前，他又成了军委机关的喉舌——《红星报》的主持人。盛况空前的"八一"纪念大会使他深受震动。他以列宁一天工作 16 个小时的精神在当天刊载出了红军北上抗日的先声——"红军北上抗日先遣队已过闽江"的重要新闻。这是迄今为止发现的直接刊登红军北上抗日先遣队消息的最早的报纸记录。邓总编的这版文章除去报道红军先遣队向福州和沿海地区挺进外，还报道了 7 月 21 日占领大田县，缴获甚多，深受工农欢迎；29 日攻占尤溪口，缴获了大量弹药；30 日进到樟湖坂，击败国民党地方保安团攻击等内容。这版珍贵的报道，在半个世纪以后人们编辑《邓小平画册》时将它作为永久的纪念而予以收录。

## 1934 年 8 月 1 日，正式亮出先遣队的旗帜又以方志敏、罗炳辉的名义迷惑敌人

为使红军北上抗日先遣队能以最大的影响展现在广大民众面前，中央革命军事委员会命令红七军团在"八一"纪念节以后立即亮出红军北上抗日先遣队的旗帜。8 月 2 日，天气晴好，乘着上午的清凉，红七军团在水口镇召开了隆重而热烈的庆祝"八一"七周年大会。台棚是在广场上临时搭起来的，虽说是红军纪念大会，但经政治部的有效工作，有相当一部分贫困农工也自动前来参加了红军的纪念会。

　　会议即将召开，寻淮洲、乐少华收到中央革命军事委员会拍来的嘉奖电。寻、乐两位红七军团的领导因为曾在东方战线急袭卢兴邦，保卫归化城，缴获了与红七军团本身拥有数量相等的武器，此外还在湖源、建宁战役中荣立了战功，特授给寻淮洲、乐少华、王永瑞、夏中兴二等红旗奖章，授给张志坚、徐正生三等红旗奖章。寻淮洲、乐少华、粟裕等指挥员面带笑容地缓缓来到了大会会场。

　　曾洪易代表中央首先宣读了中央革命军事委员会关于进行"八一"纪念的指示电，接着公开宣布了从今以后红七军团对外即以"中国工农红军北上抗日先遣队"的旗号行动，领导人以声名赫赫的方志敏、罗炳辉的名义出现；同时，宣布原红七军团的 3 个团升格为第一、第二、第三师，原第五十五团团长胡天桃、政委李仕元，原第五十六团团长王裔三、政委李世清，原第五十七团团长王永瑞、政委钱起司，分别相应升任为第一、第二、第三师师长和政委；军团长寻淮洲、政委乐少华、政治部主任刘英、参谋长粟裕、供给部部长刘达云、卫生部部长谭时清、政治保卫局局长周群。同时还宣布，今后公开举起"中国工农红军北上抗日先遣队"旗号，为了迷惑国民党军队，以"方志敏、罗炳辉"名义部署展开活动。这就是一度使福建地方国民党当局误以为是"方志敏、罗炳辉部"的由来。决定宣读以后，沉寂的会场渐渐热闹起来了，人们在议论，几乎都在庆贺，当然也有相当数量的红军官兵对此感到莫名其妙。这本身并不奇怪，因为，在此之前，关于红七军团所部的升级及人员安排是秘密的。接着，乐少华作了长篇的政治演说，指出红军北上抗日的重要意义，呼吁全社会都来支持红军的北上抗日，当乐少华演说到了红军将为贫困的农工求取翻身并分得物资的时候，贫困的农工精神振奋了，目光自然地转向放在台前的粮食、食盐、布匹等项物品上。

会议上，一些军团干部对于中革军委命令强攻福州城大惑不解，甚至认为是有些盲动。寻淮洲认真细致地作了一番讲话，他知道自己在三人军事委员会中仅占一票，而且军令的内容都是作攻打福州城的战前动员，在红军指挥员极富鼓动性的动员中，红军官兵们再现了贫困的农工或负重于码头或乞讨流落于街头的惨景，又似乎看到了有着数不清的由贫困农工创造的物资供达官显贵享用。军团领导告诉士兵眼前的福州城，其实只是国民党一个普通的据点和哨所而已。激动人心的战斗动员使红军官兵个个都摩拳擦掌、跃跃欲试。前来参加会议的劳苦农工则是更加真诚地祝愿红军能够胜利地攻占福州城。

骄阳高挂在天空，身着短裤的红军，皮肤被阳光曝晒得火辣辣的疼痛。会议的最后议程将要到了，这也是最使贫困农工难以忘怀和感激不尽并大受振奋的事情——分发浮财。所谓浮财，就是红军缴获国民党政府以及地方豪绅的财产。分到浮财的农工百姓高兴极了，有的当场让儿子或丈夫报名参加了红军，以便经常性地夺回一些农工劳动的成果。如此激动人心的场面，使人自然想起中国古代智者孔丘的一句名言"民以食为天"。看来，红七军团的领导们对此是领会颇深的。今后，红军的任务只有取得贫苦农工的支持才可能取胜。随着红军旗号的正式亮出，日本军队就是抗日先遣队字面意义上的第一号敌人，而国民党军队自然降为第二号敌人了。

# 第6章　福州城下的硬仗

## 陆海空立体防卫，福州城固若金汤

红七军团占领了水口镇。拥有先进通信器材的国民党福建省政府立刻获悉了这一足感震动的消息。7月31日，福建省府主席陈仪急令第八十七师王敬久部立即赶往福州集中。翌日，驻守泉州地区的第八十七师第二五九旅第五一八团罗振东部奉命赶到福州，驻防于福州北郊上陵地带。紧接着，正在"围剿"闽东苏区的该师第二六一旅刘安琪部和直属部队奉命陆续赶到福州，驻守北郊五凤山、大夫岭、天峰顶及洪山桥一线；海军陆战队第四团尹家勋也急赶到福州，驻守福（州）马（尾）公路沿线地区。此外，南京国民政府海军部还调遣了"咸宁"、"义宁"、"肃宁"、"抚宁"4艘浅水军舰开进闽江，分驻于江和马江沿线；空军也分别从江西中央苏区战场和浙江空军基地调遣8架战斗机和轰炸机直飞水口镇上空，侦察监视轰炸，对福州形成了铁桶般的护卫之势。

8月3日，精神高度集中的国民党军东路军总指挥蒋鼎文始终认为：在国民党"围剿"节节胜利的时候让红七军团闯入了自己的防区，似乎是种耻辱，但转而想到红七军团集结于水口地区正是国民党军予以聚歼的绝好时机，便于当日亲自乘飞机从漳州直达福州，召集了陈仪、王敬久和省宪兵第四团团长吉间简、省城公安局局长李进德等召开紧急会议，谋划"剿匪"之策，最后决定，增调驻守延平地区的卫立煌部速向谷口、樟湖坂集中，驻守大田、永安的卢兴邦向闽清集中，另调布防于福州的第八十七师一部改向白沙集中，企图将红七军团包围在水口给予彻底歼灭。

严重的局势是红七军团早有预料的，红七军团为了避开强敌特别是国民党军飞机的骚扰以及沿江交通干线上国民党军部队的截击，决定迅速绕道闽侯县北部山区，经洋里、雪峰于5日到达了距福州70余里的大湖地区，次日进到江洋地区宿营，并及时电告了中央革命军事委员会。

既然国民党当局与部队已经察觉了红军的企图，因而，国民党军必然会有严密而谨慎的军事防卫，如前所述，尤其是对福州的防卫。红七军团到达大湖，国民党军游动性的防御部队第八十七师的一部也乘着大轮船溯江而至，当晚到达白沙镇。

与此同时，中央苏区除去战场上积极反击国民党军的"围剿"外，就是尽可能地鼓起所有红军官兵的胜利信心。为将红军"八一"纪念节大会的精神以最快速度传到红军官兵中去，精干认真的总编邓小平于8月5日在《红星报》上将总政治部简洁明了的指示公开刊登在第二版上，标题为《关于在部队中解释红军北上抗日先遣队的指示》。文章要求各级政治机关就根据下列指示在部队中进行广泛的解释工作。首先，认清日本帝国主义新的进攻与国民党的无耻卖国，是中华民族危机新的标志，工农红军的抗日先遣队北上抗日，以实际行动证明共产党和苏维埃是民族革命的唯一领导者。工农红军是民族革命战争的主力军，抗日先遣队在福建的胜利，有力地回答日本帝国主义对福建的侵略及其准备直接干涉中国苏维埃的步骤。其次，也是更重要的内容，就是明确红军北上抗日先遣队到国民党的深远后方去，将更加有利于工农红军彻底地粉碎国民党的第五次"围剿"，中央红军准备全部出动与日本帝国主义直接作战。《红星报》的文章到达的地方，红军官兵和劳苦农工都感到了一种振奋，人们从中看见了红军和中国的希望。

## 占领水口，逼近福州

红七军团距离福州城已经越来越近。宣传动员归宣传动员，实际归实际，福州到底有多大就成了红七军团指挥员的自然疑问。此外，城中工农民众的经济生活情形如何？红七军团指挥员对此都一无所知。因为，他们在此之前从未到过福州城，而且资料接触也极少。在离福州城 30 里远的一个村庄中，红七军团停止了前进，并计划利用黑夜向福州城发起突然袭击。然而，红七军团一厢情愿的作战计划并未取得早已警惕的国民党军的片刻默许。国民党军的侦察机和轰炸机已跟踪而来。霎时，红军只得成片地卧倒。国民党军飞机低飞侦察以至于可以擦掉红军的八角帽。而卧倒的红军由于缺少对付国民党军飞机的经验，流动不停而被当场炸死 40 余人。夜色渐浓，国民党军飞机盘旋上升而去。红军乘隙继续前进，在离福州城外 10 里远的一个小村中停下宿营。这已是深夜时分。

红七军团指挥员们谨慎地研究着怎样才能比较顺利地攻入福州城，除去积极派遣侦探进入城中侦察并争取得到当地共产党组织的联系协助外，就是大量散发宣传品。其中有一份十分醒目的宣传标语是："拥护红军北上抗日先遣队伟大胜利，占领水口！逼近福州日本海军陆战队登岸备战，国民党调兵遣将阻挡红军对日作战。"
这其实是一封写给白军官兵们的鼓动信。它通告了红七军团沿途所
取得的胜利，揭露日本军队与国民党军联合攻击红军的罪恶，并向
白军官兵猛敲警钟："不能让帝国主义把血手伸到福建来。"最后召
唤："弟兄们行动起来，反对国民党派兵打红军抗日先遣队，拥护
红军北上抗日先遣队直接对日作战，不打红军，联合红军从福建
到北方打日本帝国主义去！欢迎打日本的白军弟兄们哗变到红军
中来。"

　　8月7日拂晓，红军又清晰地听到了国民党军飞机的嗡嗡声。
红军官兵清楚地看到国民党军飞机沉着缓慢地往下投放一颗颗炸
弹，红军只得决定提前向福州北郊发起突击。

　　红军士兵得到了攻打富裕城市的命令，立即精神振奋，摩拳
擦掌，似乎又看到了收缴战利品的激动场面。

　　红军进攻的福州城，距入海口仅100余里，闽江直贯城内，控
江海之汇，是一个濒江临海的历史名城。早在西汉王朝时，这里仅
仅是个小小的村镇，到了北宋王朝时，有福州太守张伯玉鼓励百姓
广植榕树，浓荫如盖，故称"榕城"。为了纪念明王朝抗击日本海
盗的著名将领戚继光镇海抗倭的功勋，后人在于山白塔寺建起了戚
公祠。福州城内散布着众多的名胜古迹。除屏山、乌山、于山外，
还有东郊的鼓山和西湖。鼓山因山巅巨石平展如鼓而得名。西湖则
因南宋王朝著名诗人辛弃疾游该湖时题有《三山雨中游西湖》而得
名，词云："烟雨偏宜晴更好，约略西施未嫁。"也就是说，福州西
湖仅比杭州西湖面积小而已，故得名"小西湖"。

## 两度强攻未得手，红军伤亡八百

红军已紧逼福州，蒋介石迅速地从福建省府主席陈仪的密电中得悉了这一消息，急命正在湖北集训返回的第四十九师伍诚仁部，以及正在河南集训而返的第七十八师文朝籍部立即水陆兼程全速直奔福州城，同时命令海军陆战队加强沿海各县防备。日本、法国、英国、美国等国侨民听说红军正在进攻福州纷纷择路而逃，就像太平天国农民军所到之处，不明真相的人逃跑一空一样。日、法、英、美各国则借口保护侨民和领事馆的利益，派遣军舰驶进了马江港，跃跃欲试。

原已调遣来驻守福州的第八十七师师长王敬久率领一部赶到福州后，8 月 4 日，副师长又率直属队和第二六一旅急赶到福州；第五二一团立即进驻大湖，堵截了红军退路，第五一八团从各营派出一连组成预备队进驻东门外水斗附近地区，警备浮村、磐石、西园、凤山、上溪口、永安直、凤坂至闽江北岸一线；其第二营则驻守西北部，共同扼守右翼从隐士山坡义井南端马路高地至五凤山、大夫岭阵地；其第三营驻守大夫岭、科蹄山、天峰顶至闽江浦桥地区，上下赤桥、奶奶坪、甘蔗岭另派出便衣队；团部和预备队另加两个连步兵坚守铜盘、葫芦店，中心区设在马坑北端。炮兵训练处第一营、第二营及第四营则配置在镇海楼、大梦楼、黄布楼、汤边一线阵地，城郊各碉堡由骑兵连驻守。警戒区划规定：保安处训练班驻守城内，随时行动；宪兵第四团驻守南台；海军陆战队第四团第二营驻守仓山。

红七军团继续谨慎地逼近福州城，其先头侦察部队在靡里进行了多方的搜索调查，正午时分的烈日下，200 余名红军士兵悄悄地出现在岭头后，另 600 余名红军士兵到达了叶洋。神奇的笔架山上又出现了 200 余名红军士兵。显然，红军的部署是既迅速又谨慎的。红军十分有耐心地隐伏到了傍晚时分。使红军士兵纳闷和惊讶的是国民党军飞机比任何一次都飞得低而且特别慢，却未扔下一颗炸弹。原来，红军并不知道，国民党的机场设在附近。

初次来到大都市的红军士兵此时心情激动万分，不知会有怎样的结果，但总是希望能缴获比以往更多的战利品，以补充连日来行军作战带来的消耗。而寻淮洲、乐少华、粟裕、刘英面对高大的城墙，却表现出了一种平时少有的冷静与严肃。他们这时才发现：福州城原来是个大家伙，不同于大田那样的小城镇。军团首长们迅速取得了一致的意见：如果硬要攻打这城墙高大的福州城，即便胜利地冲了进去也只能占据一隅之地，否则兵力分散必定危险。如果放弃进攻自然会受到中央革命军事委员会的责备。夜幕笼罩下的福州城，当夜竟比任何一夜都显得灯火灿烂。这进一步地使寻淮洲、乐少华、粟裕明白了福州城内的国民党当局或武装部队是早有戒备的。

8 月 7 日 23 时，使红七军团参战官兵永世难忘的事件开始了。红七军团乘着夜色正浓向福州城发起了猛烈而突然的攻击。红军用辅助部队分作三路喊声震天地进攻大夫岭、五凤山的正面阵地以吸引新店一线的国民党驻军，主力军团则借此机会由新店大道向白鹤亭地区发起猛烈袭击，埋伏在新店附近的国民党军士兵立即予以还击。一时间，双方发生了激烈的战斗。

军团主力成功地击溃了赤桥便衣队，迅速转到了隐士山坡地区。至 24 时，红军先头部队又与支援隐士山坡的国民党军发生遭遇。国民党军迅速占据了新店通向镇海楼的交通要道。双方持续激战到次日凌晨。红军后续部队经猫山占领了玄沙寺后即佯攻大夫岭。

与此同时，红军主力则集中了十余挺轻重机枪构成火力网，掩护着手持梭标大刀喊声震天的红军敢死队向着隐士山坡发起猛烈攻击。国民党军士兵也同样手执大刀展开拼搏。十分自然，受雇而来的国民党军士兵一旦失去现代武器的威力优势而与大无畏的红军士兵进行拼搏是必将失败无疑的。国民党军凭借着强固的工事以及侧后设置的重机枪的掩护，来继续着与红军的对抗。红军虽多次发起猛攻，但却因缺少充足的弹药而难以持续。

有些红军官兵埋怨，福州城内的共产党组织为何不愿予以配合，哪怕是提供一份情报？事实上，福州城内的地下共产党组织在最初组织力量以便配合响应时就被早有戒备的第八十七师守城部队镇压了。

红军一阵阵猛烈的攻击并未能攻占国民党军阵地，反被国民党军迅速发现了秘密：进攻福州的红军并不是一支实力强悍的红军武装，这当然更助长了国民党军企图消灭红军的设想。在此之后，国民党军开动了福州机场所能开动的所有军用飞机，以配合陆军部队正在激烈进行着的围攻战，迅速使红军增加了取胜的困难。

9 日凌晨，激战仍在升级，在此之前的若干战斗，都以红军失败而告终了。呼吸到凌晨的清新空气，暂时减去了昨日炎热酷战的疲劳，红军对战场计划重新作了改变，又开始了新的进攻。极善总结经验教训的寻淮洲决定，不再硬攻国民党军正面阵地，而是派出部分小分队由小岭头取道莲花峰，主力则绕道新店、湖前直扑祖先州北门地区。这时，第八十七师直属部队、第五二二团和第五一七团一部刚刚到达福州，恰巧就分驻在湖前和北门楼附近，形成严密的警戒。当然，红军刚一到达，就立即与其发生了激烈的战斗。这就告诉了人们，福州城的防卫几乎是无懈可击的。

红七军团组织了两次大规模的猛烈进攻，除去在战场上倒下200余人外，似乎是一无所获。寻淮洲、乐少华、曾洪易等在惨重的失败面前清醒地认识到了仅以6000余人的弱小武装来攻占这个国民党军早有强兵守卫的福州城，看来是绝对不可能的了，最后一致决定将部队撤出战斗。

10日，阳光像往常一样明媚。红军陆续撤退到了桃源、汤岭等地山村野林中休息。热心的乡民来报告，两天前闽东连江、罗源地区的游击队曾到过这里。然而，谁也不能证明他们是否知晓红军正在攻打福州城，但是却能证明这支游击队并未接近福州城。也许他们深知福州城是难以攻克的城堡。这支神秘的游击队已经不知去向，但是，细心谨慎的红七军团领导仍然派遣了军团政治部地方工作科科长宗孟平前往连江、罗源边缘的潘渡溪游击区联络。因为，去游击区寻找游击队，成功率一般是较大的。

9时30分，国民党军第五二二团前卫第三营迅速赶到了降虎与桃源之间的梧桐山高地，与在那里的红军警戒部队发生了遭遇战。国民党军凭借有利地形以密集的火力向红军猛烈扫射。面对国民党军突如其来的扫射，红二师在乐少华、粟裕亲自率领下迅速迎击，红三师抄后迂回袭击国民党军侧后。12时整，红军先头部队开始分散撤往溪湾一带。

国民党军的侦察机立即向驻守福州城的王敬久第八十七师作了精确的报告。报告称："审据福州北门外白鹤亭、前阳山一带之匪，经我军压迫，飞机轰炸后，已于午前经江南村后绕向东北潘渡连江方向溃窜，其先头部队已到达溪湾桃源一带。"王敬久当即命令第二五九旅旅长沈发藻火速派兵予以追击。沈发藻所属的第五二二团奉命追击，经桥头、宦溪、降虎向桃源、潘渡一带猛扑；第五一七团则轻装向岭头进击搜索失散的红军士兵。

夜晚来到了，红军主力在汤岭地区开始宿营，这也许是激战以来屈指可数的一次清静夜晚，然而，国民党军第五二二团随后赶来，并未丝毫放松对红军的追击。次日，也即 11 日凌晨，国民党军紧追到汤岭附近，其第二营沿张厝里、茶亭头、汤岭搜索；其第三营则从拍桥山、降虎、吴厝山出汤岭左侧，向红军实施分进合击。9 时 30 分，国民党军第三营进至降虎与桃源之间的梧桐山、茶亭山发现了红军，立即占领了降虎阵地，向红军西南侧展开进攻，并占领板桥山、天亢山高地。10 时 30 分，红二师利用弥高一带错综复杂的地形，首先向降虎国民党军占领的阵地发起猛攻，红三师则向国民党军左翼第一、第二连发起攻击；红一师以一部从君竹山、牛角湾、弥高向板桥山、天元顶阵地包围，大部向右翼迂回，抄敌近路。双方发生激战。至 12 时，红军再度发起猛烈攻击，以优势兵力占领国民党军部分阵地，俘虏国民党军士兵六七十人。

红军为了进一步摆脱被动局面，红二师师长、政委决定派遣一支突击队，这是一支力量很强的临时武装，配置了相当的武器弹药，以突然袭击的方式向梧桐山国民党军高地发起尽可能猛烈的攻击，同时派出部分敢死队队员突击国民党军中央阵地，并以白刃战方式发挥红军猛打硬拼不怕牺牲的优势。红军突击队以生死无畏之精神奇迹般地攻占了梧桐山高地。凌空监视的国民党军飞机发现，梧桐山高地已经插上红军旗帜。有趣的是，今天国民党军并未像以往把飞机压得很低很低，几乎要擦掉红军的军帽。国民党军飞机断然认为红军已经全面地占领了这一高地，因而，毫不顾忌地投下了无数炸弹，高地上立即掀起一根根尘柱。当飞机离去，尘土扬净后，人们发现毫无声息的梧桐山高地上满目疮痍，到处都可见尸体。红军的突击队队员全部阵亡，国民党军士兵生存者也是所剩无几。国民党军战场形势发生了混乱，立即改变方案，收缩兵力固守要点，凭借优势火力，以阻挡红军的进攻，同时急电福州师部请求火速地派兵援助并争取聚歼。王敬久接电后立即命令第二五九旅旅长沈发藻亲率第五一七团一个工兵营、第五一八团、第五二一团及两个榴弹炮连，也就是在家待命的所有武装一同前往增援，又令航空第五队派机前往轰炸扫射。

15 时，红二师再度集中兵力向国民党军第五二二团中央阵地发起猛攻。双方强兵相对，立即形成激烈的战斗并出现持续白刃战的场面，红军当场阵亡 200 余人而被迫后撤。16 时，红一师突然插入敌后板桥附近时同样遭到国民党军猛烈攻击，而且国民党军机动部队立即赶到进行扫射轰炸，使红军又当场失去数名中下级指挥官，红一师也只得被迫撤回。至 18 时 30 分，沈发藻旅长亲率所部到达阵地。固守阵地的国民党军第五二二团获悉援兵到达，立即向红军再度发起攻击，双方一直激战到深夜。

疲劳至极的红军终于迎来了夜晚，这对物资极有限的红军来说无疑是件很好的事情。这时，红军如果选择了撤退自然更好。然而，国民党也正是利用这一时间作出了新的部署。沈发藻将所部分作两路潜行而进，但红军对此却一无所知。

红七军团指挥员面对伤亡惨重的战斗场面，已经没有时间去痛心疾首地总结什么经验了，他们了解国民党军在天明以前必然有大批援军到达，因为这里离福州太近了，所以，决定立即利用黑夜开始撤退，但有一条必须使部下谨记，即使战斗再紧张，伤病员一个也不能遗弃，具体运送伤员的任务交由政治部主任刘英负责，伤员可以先行运走，乐少华和粟裕负责掩护，整个军团务必在拂晓前全部退出汤岭地区，迅速渡过潘渡溪，向东北方向前进。

翌日凌晨 4 时，奉命担任掩护的红军部队向国民党军阵地发起了猛烈的进攻，主力则在此同时积极转移。突然受到红军猛烈攻击的国民党军部队立即集结一处改向红军攻击部队的侧翼进攻。沈发藻亲率所部增援。红军的冲锋，不仅未能取得胜利而且损失数百名官兵。对于一支 6000 余人的红军武装来说，这的确是一个令人不安的数字。红军只得迅速从岩角、东溪、节溪一线阵地上撤退。

至此，红七军团基本上结束了在福州城及其附近所进行的猛打硬拼式战斗，转而开始积极探寻一个安全的地段予以休整，以便迅速恢复战斗力。

国民党军航空第三队立即作出跟踪侦察的报告：红军先头部队有担架若干，已到达潘渡。王敬久获悉后两度命令沈发藻旅长继续跟踪追击。沈旅长立即率第五二二团经龙潭山、茅溪、黄峰里、吴厝顶西侧向潘渡追击；右纵队第五一七团以及旅直属队、炮兵连由屏山经岩角取大路向潘渡追击。

13 日，国民党军的追击部队迅速地追上了红军北上抗日先遣队这支行动缓慢的部队，右纵队主力开始正面进攻，炮兵连在两侧援助，另一部继续追击已过南风河的红军；左纵队原地休息，准备增援。红七军团发现紧紧跟踪而来的国民党军，为了干脆利索地摆脱纠缠不清的国民党军的追击以尽快北上，在突然主动出现的连（江）罗（源）游击队的积极掩护下迅速前进，直经潘渡到达陀市苏区。如果没有当地游击队的协助，在如此的地形中行动是无论如何也取得不了如此高速行军的。

沈发藻率领所部紧紧追到红军消失的深山密林之时也只能望而却步。正当沈发藻垂头丧气之时，师长王敬久发来急电，令其速回，追剿红七军团北上抗日先遣队重任将由第四十九师伍诚仁部接替。没有比这更好的消息可以使沈发藻眉开眼笑的了。沈发藻当即命令所部全部回撤福州，至于第四十九师何时才能赶来接上任务，沈发藻可就不管了。次日天色未明，沈发藻所部竟然全部撤到福州城郊了。

红七军团自福州退出，经桃源遭受了国民党军更猛烈的攻击。整个福州战斗，红军共打死国民党军100余人，打伤300余人，缴获几挺机枪和100余支步枪，然而，红军伤亡却高达800余人，其中有数名团级干部。这是每一位亲身参加这一战斗的红军指战员难以忘却的。

红七军团毫无掩盖地将攻打福州失败的消息发往了中央苏区，这使军事顾问李德等闷闷不乐。与此同时，红六军团所部9700人于8月7日从江西遂川横石和新江口地区开始秘密地西征。正当红七军团激战福州城的时候，红军总政治部正以红军北上抗日先遣队为主题编辑出了一份专门的政治教材。它首先介绍了红军北上抗日先遣队所取得的一系列胜利。当然，福州的失败不在其列，并非避讳而是因教材编定的8月8日正是红七军团酣战福州之时。教材解释了红军北上抗日先遣队出动的意义。在这里，红军总政治部也像朱德在"八一"纪念大会上一样坦然地告诉红军官兵，是不是派出红军北上抗日先遣队就算到此为止或告一段落呢？教材中写道："我们红军还要全部出动，与日本帝国主义作战，抗日先遣队的派出，还仅仅是对日作战的开始。"对于目前困难的局面，红军应怎样去摆脱呢？教材指出："我们要最后的坚决地粉碎国民党第五次'围剿'，才能全部出动与日本帝国主义作战。"可以说答案与讲话既鼓舞人心又无泄漏军事秘密。教材最后要求全体红军官兵，要为实现上述两项任务而英勇奋斗，一切动摇与开小差都是帮助日本帝国主义和国民党的行为，是投敌分子，是日本奸细，大家要时刻准备着全部出动。这里，我们不难看出对红军长征即将进行是作了反复强调的。

同一天，在中央苏区任职多时的台湾高山族代表蔡乾与韩国朝鲜族代表毕士梯，以民族代表的名义在《红色中华》上发表了《拥护红军北上抗日宣言》，像所有宣传口号一样，首先通告严峻的国家形势，特别指出红军已经派出抗日先遣队去北方收复失地，号召全国国民党士兵要把枪口调转联合红军共同抗击日本军队，最后呼吁打倒日本帝国主义，打倒卖国贼国民党，拥护红军北上抗日，中、韩、台民族抗日联合战线万岁。

## 红七军团失利，周恩来宣布："不打任何抗日的部队"；中宣部印发了 100 条标语

有天傍晚时分，中革军委从电报上获悉红七军团打福州失败的消息。目前见到的最先作出反应并给予热情具体帮助指导的是由周恩来签发的一份标题为《不打任何抗日的部队》的宣传品，它通告全国海陆空军的士兵们，当然主要是指国民党军。严正指出：日本加剧侵略中国，国民政府一味退让，决心断送中华民族，却反过来诬蔑红军是在"捣乱后方"，胡说"中国无力抗日"，而把精兵强将用来进攻主张抗日的红军。为此，中国工农红军曾向全国发出宣

言，愿意同所有主张抗日的武装订立协定，然而，国民政府竟然视而不见。红军派遣北上抗日先遣队是为着与日本军队作战以收回失地，却在福州附近遭到国民党的拦阻和轰炸。并指出："你们替国民党进攻红军与抗日部队就是对中华民族犯下极大罪恶。你们不要再替国民党当炮灰了。你们的长官'养尊处优'，你们所受的待遇却只是粗衣恶食，甚至辱骂鞭笞。不要再忍耐了，把枪调转过来，与红军携手一致共同北上抗日去吧！"宣传品特别提到了东北军和十九路军要牢记自己抗日的光辉历史，调转枪口，与抗日部队尤其是目前派出的红军北上抗日先遣队一致对日作战，恢复过去的光荣传统，"赶快发动兵变，联合红军北上抗日先遣队共同抗日"。

周恩来签署的这份宣传品通过电波传到国内可以从无线电中接收的地方党组织手中，然后由他们印发。从实践效果上来看，这份宣传品在当时取得的最好成效是中央苏区附近的国民党军队驻扎区，有相当数量的国民党军清楚地得知了上述的宣传内容。此外，中央局宣传部还印发了有100条内容的《拥护红军北上抗日运动口号》。开篇第一条，就是"拥护红军北上抗日先遣队"！紧接着要求：全国经费开支要由抗日士兵代表会议决定；发动兵变，联合红军北上抗日先遣队共同对日作战，反对法西斯军事化，反对"新生活"运动，工人要罢工、关车、开车间会议，拥护红军北上抗日；铁路工人破坏国民党进攻红军的交通；抢粮分粮吃大户，开展游击战争，清除红军北上抗日的后方奸细；抵制日货作为抗日军费；100条最末的一句是有点耐人寻味的口号："民族革命战争万岁。"也许这正反映了临时中央上层的激进色彩。宣传部门拟出的这100条标语，几乎包括了红军的所有希望、主张和策略。

红七军团在福州遭受了失败，不仅未能大量调动"围剿"中央苏区的国民党军，并改变国民党军的战略部署，反而暴露了红七军团不过是一支 6000 余人的弱小武装。即便是遭受了如此令人遗憾的失败，但是，红七军团在撤退途中碰上一些正欲往连江城中去购买大米的农民时，仍然能沉着而充满信心地告诉他们说："你们先回去吧，不用去买米了。三两天以内，我们红军就会到达你们的村镇去开仓分粮的，到那时，你们准能得到一份的。"

# 第7章　罗源大捷震中外

训练有素的国民党军第四十九师接替了第八十七师"追剿"红军北上抗日先遣队的任务。福州战斗曾使国民党军沾沾自喜。福建省政府的喉舌《福建民报》洋洋得意地评说："此次闽江窜省垣之匪为伪第七军团第十九师，其主力不过3000之众，以中国工农红军抗日先遣队名义由大田谷口、水口、太湖、白沙进扰福州。7月袭我近郊白鹤亭、新店一带阵地，匪之实力完全暴露。"

## 重返苏区，犹鱼入海

红军北上抗日先遣队进入苏区，犹如鱼入大海，经潘渡到达陀市。中共连（江）罗（源）县委根据第四区区委的报告，立即派出矮小结实的宣传部部长陈元等人前往迎接，红七军团指挥员寻淮洲等人在上社村一间古宅内接见了这位地方负责人。从未与红军大部队打过交道的陈元以为，中央红军的将领们一定是身材魁梧、威严逼人的。然而，眼前的这位红军首长寻淮洲，身材与自己相差无几，而且年纪要比自己小得多，紧张的心情立刻平静下来。寻淮洲与其热情地握手并主动让座，在听完陈元详细的情况汇报以后，直接要求县委首先要帮助其安置好红七军团在福州战斗中负伤的伤员。当然，这需要一段时间，痊愈后则不必强求一定要追赶红军主力，可以就地加入连（江）罗（源）红军第十三独立团。其次，积极宣传鼓动，发动群众参军，迅速地发展壮大武装力量，巩固苏区。最后，要求陈元速回县委，由县委速派人员通知闽东特委领导人立刻前来。

　　机灵的陈元迅速将寻淮洲的指示信带回到了县委机关。县委将指示信翻印下发，特别对救护安置红军伤病员工作作了紧急部署：第一，要求全县苏区积极行动起来，分头落实，组织苏区群众和赤卫队抢运接送伤病员；第二，由红军第十三独立团团长魏耿率部负责丹阳以北地带的警戒工作，保证伤病员运输线的安全；第三，由区委书记谢长喜、苏维埃主席陈华内和闽东红军第十三独立团宣传队队长陈云飞等遵照县委部署，发动潘渡一带农民、船工数百人，不分白天黑夜将 500 多名伤病员抢运到安全隐蔽的地区，然后由连（江）罗（源）各区担架队分别接送到连江官坂村和罗源长基等地，随后将他们分散到连（江）罗（源）沿海的鹤屿、颜岐、下岐、下官、东冈川和北山、巽屿、外洋等红军医院和临时医院继续治疗。

　　红七军团负责人在撤离福州前曾表示："不丢弃一个伤病员给敌人。"他们的确也是这样做的。红七军团 6000 余人，医务人员并不缺乏。军团卫生部部长谭时清，拥有十多名医生及 20 名护士，下辖担架连，约 170 多人。医疗机构有医务处、药材科、管理科和担架队。然而，遗憾的是，真正懂得医术的人员却微乎其微，通常只能应付切脓包、缝合伤口之类的手术。医疗器械和药品更是缺乏。红七军团占领水口前夕，所带的大部分草药都已用去，只有依靠采集新鲜草药和打土豪解决药源。没有纱布，就将被子剪开煮沸使用。占领水口镇后，红军购买了大量的红药水、消炎膏、纱布和绷带。福州战斗后，红军购买的药品起到了极大作用，使数百名伤病员全部平安地被运送到陀市苏区。战败使红军士兵除去背行李外，还需要背运伤病员的枪支，这当然会影响队伍的行进，红军为此谨慎地雇请了当地一些诚实的农民帮助运送。

此时，红七军团的伤病员获悉自己将被留下养伤，情绪大为激动，怎么也不愿意，除去担心国民党军的跟踪"追剿"以外，还有就是福建方言令人费解，使江西老表极头痛。甚至有相当数量的伤病员哭闹着表示坚决不愿留下。这一切使政治部主任刘英变得闷闷不乐，一筹莫展。乐少华对此鼓起腮帮训斥开了："你怎么去做准备工作的？难道对这种现象一点也不了解吗？"刘英毫不示弱，反斥乐少华对此工作困难程度的了解几乎是零。刘英针对问题的症结，又耐心细致地反复去做思想政治工作。这是红军的一项法宝，伤病员基本同意留下。军团决定发给每人20个银圆、几套便衣和食物，团以上干部随部队继续北上。值得庆幸的是，在红军离开以后，这些留下的伤病员在闽东地方红色武装的掩护下没有被国民党军消灭。恢复健康的红军除去部分要求回老家谋生外，余下都参加了闽东地方的红军游击队。其中冯品泰、吴望水、鲁国佑等分别担任了闽东红军第十三独立团团长、代政委和政治部主任等。

在闽东，红七军团显得相当紧张和匆忙，这不仅在于需要安置数百名伤病员，而且在于要迅速振奋起所部的斗志。原来军团的军政委员会决定一切重大行动事宜，然而研究起来则常常难以统一意见。现在总算一致了，决定立即分兵两路挺进罗源县，左翼经蓼沿、溪东、蒲边；右翼经丹阳、山兜、蒲边、长毛。最后在丛林密布的山区会师。也许在这里人们还会发现一个为何蒋介石拥有数百万重兵，仍然被赶到台湾岛上去了的秘密——那就是国民党军的作战意志糟糕透顶。前已述及，当福建省城的王敬久命其部撤回时，其所部竟未等到天明就已经回到家中了。可是，奉命接防的第四十九师直到红七军团已经到达连江才缓缓前来接替第八十七师的"追剿"任务。

## 寻淮洲与粟裕商定：打下罗源城再说

红军稍作休整后迅速赶到了百丈村，根据寻淮洲指示，连（江）罗（源）县委派出交通员赶到福安闽东特委的所在地。闽东特委获悉中央红军前来闽东，毫不怠慢，立即研究决定马上先派特委军事部部长兼闽东红军独立团团长任铁峰全权代表闽东特委和福安独立团从溪尾出发，经海路到下屿，然后通过连江县委会同组织部部长郑敢，还有兼任第十三独立团团长的连（江）罗（源）县委书记魏耿和第十三独立团参谋长杨采衡等一同来到寻淮洲的驻地罗源百丈村指挥部。年轻活泼的杨采衡在途中边走边想道：红军大部队一定是很威武气派的，到了中央红军那里，一定可以学到很多道理，肯定还会给我们武器，那真是太好了。

傍晚，在红军司令部陈仁书院内，任铁峰见到了寻淮洲、曾洪易等人。杨采衡对于眼前这位 20 岁出头的军团长十分惊讶，几乎不敢相信大首长竟和自己相差无几。20 岁多一点年纪即率领数千人马征战疆场而且所向无敌，当然使人们钦佩不已。擅长寒暄的寻淮洲问任铁峰："这里的游击队现在有多少人、枪？常在哪些地方活动？当地群众情绪如何？地主反动派正在搞什么名堂？"任铁峰一一作了回答。随后，红军将领们一致要求任铁峰回闽东特委后一定要转告好如下内容：第一，负责安排好留下的红军伤病员工作，当然主要都是充实地方革命斗争力量；第二，负责红军后卫的警戒掩护工作，掩护红军北上抗日先遣队顺利离开福建；第三，选送一些有能力有责任感的向导来；第四，迅速帮助解决一部分粮食。任铁峰与魏耿、杨采衡研究以后，当即表示完全可以办到，但同时，请求英勇善战的红军北上抗日先遣队在闽东停留一些时候，帮助地方红军攻占一些县城。这在客观上可壮大红军声威，以利于闽东红军斗争的开展。闽东红军游击队力量毕竟薄弱，红七军团拥有数千名具有实战经验的官兵，即便是紧追而来的国民党军第四十九师也不过只有六七个正规团，可以说双方是旗鼓相当，并不比国民党军逊色。倘若红七军团与闽东红军游击队携手作战，再加上闽东众多贫苦民众的支持，红军欲取得一些战绩，恐怕是不甚困难的。寻淮洲、粟裕认为暂留闽东帮助他们攻打一些县城的主张是很有实际意义的，是完全可以考虑的，比如罗源、宁德、福安等附近县城都是可以选择的目标。然而，刘英却坚决主张继续北上，其理由是中央在出发前的当面交代中要求红七军团迅速到达皖南，当然是为了震动南京，因而现在就不能在闽东停留。寻淮洲、粟裕觉得刘英所说的也有一定道理。最后，一致确定了折中的方案：打下罗源城再说。

## 活捉县长，毙敌千人

夏日的夜晚，正是神出鬼没的红军游击队展开活动的最好时间。任铁峰、魏耿、杨采衡和警卫人员匆匆地带着艰巨的任务和内心的喜悦，以娴熟的夜行技术迅速返回。任铁峰主要去正北方向的宁德县城，准备接应红军；魏耿则回去率所部赶到连江阻击"追剿"的国民党军队；杨采衡率所部从侧翼跟随红七军团攻打罗源县城。

连（江）罗（源）县委接到魏耿带回的情况，立即在北际村召开紧急会议，确定由魏耿率领第十三独立团一部在罗源以南展开警戒，阻击国民党军第四十九师，另由杨采衡率领一部分配合攻打罗源县城。

寻淮洲为了能够以较小的代价攻取县城，决定由粟裕率领一部分红军主力与地方红军抄近路在罗源县城附近会合，随后立即前行到县城外 10 里远的白塔停下；总指挥部则设置在下连村，立即派出侦察员与游击队员化装成便衣进入县城侦察敌情。8 月 13 日下午，粟裕在白塔寺主持召开了攻城会议，决定半夜开始攻城，以一个师主攻南门，直扑县府机关，另以两个团攻西门，另一个团作预备队。

罗源县城位于福建东北，背山面海。城南和西南有小溪，是条天然护城河。北有梅峰山，横亘逶迤，南有棋盘山与北山对峙。城墙坚固高大，四面都是城门。

自从红七军团攻打福州以来，福建省府曾三番五次地告诫各县城池必须严加防范。而奉命"追剿"的第四十九师今日才赶到距离罗源尚远的馆头地区。罗源县县长徐振芳，曾是国民党军某部旅长，对于防守要塞是极为重视的。红军攻打福州城以后，福建省府又委任他为罗源县"剿匪"总指挥，统率正驻守在县城的福建保安第十一团第三营、海军陆战队第十一旅的一个连，此外，还有县警备队、民团等。

差不多开战前的一切都已准备好了。18 时半，寻淮洲、乐少华向朱德拍发了火急电报。首先简略地报告了连江、罗源一带的敌情，正准备攻占罗源县城然后经宁德、福安西部向北行动。攻占罗源时由闽东红军第十三独立团配合行动。对于寻淮洲、乐少华这份攻打县城以吸引国民党军的请求电，朱德立即给予同意。

不知罗源民众从何处获悉突然降临的红军将要攻打县城，纷纷自动地组织起来援助红军，此时，他们可做的事情太多了，上山砍毛竹赶制攻城竹梯、担架、火把，编织草鞋，宰羊杀猪，舂谷舂米，这一切对红军都是不可少的。22 时整，红军各部到达指定位置。主攻西门的红军灵活地绕过西门宫敌哨楼，向大小西门接近，同时以部分兵力，占领城西北的梅峰山高地。8 月 14 日零时 30 分，红军首先向敌哨楼攻击。与此同时，游击队、赤卫队也向东门敌军射击。负责攻打南门的红军，在棋盘石山以东一线展开，通过开阔地向溪沿靠近，担任突击的 8 个连迅速涉水冲过小溪，在赤卫队的积极帮助下，将几十副长竹梯架在南门西侧的城墙上。红军士兵冒着国民党军从城墙射出密集枪弹的危险，迅速巧妙地爬了上去，直直地向城楼冲进去。驻守在南门附近的国民党保安队一个排，听到枪声立即龟缩到营房里去了，不敢登上城墙抵抗。固守南门城楼的一排保安队在红军一阵猛烈地射击下，全部被当场消灭。接着，红军突击连又打开了城门，点起了火把，在溪沿一带的红军勇敢地杀进了城内，将东西敌人拦腰切断，并派出一支小分队迅速消灭了城边的保安队。而主力则分路直捣县政府总指挥部。此时，大西门也加紧进攻，隐藏在大西门马房、旧军械库内的几名侦察兵和赤卫队员乘机打开城门。国民党军特务连机枪排在红军内外夹击下，纷纷投降。红军胜利地冲进了大西门，并乘势向小西门和北门追击。在激烈的混战中，国民党保安第十一团第三营营长发觉即将被红军四面围困，惊慌失措，仓皇带着机枪连欲经北门而逃。红军跟踪追击占领北门，包围全城。至此，城内尚未逃跑的国民党军成了瓮中之鳖，绝大多数乖乖缴枪投降。少数几个警备队队员凭借着熟悉的地形，悄悄地摸到东北角城墙上，弃城而逃。整个攻城战斗基本结束。

天刚拂晓，地方红军第十三独立团以及赤卫队配合红军先遣队组成了搜索队，继续搜索残敌，并在四处设立检查站。在此同时，红军打开了县城监狱，释放了被关押的人士及无辜民众 40 余人。使红七军团官兵以至相当数量的贫困民众兴高采烈的是，在几个贫困的无产者的报告与协助下，红军活捉了县长徐振芳及县党部指导员杜天梯以及警备队的连长等头目。整个攻城战斗以消灭敌人近千人而告全胜。

红军获得如此大的胜利是意想不到的，缴获重机枪 2 挺、轻机枪 1 挺、步枪 200 余支。

红七军团打开监狱即开始等候魏耿率领的闽东地方第十三独立团前来接管县城。转眼太阳已过头顶，寻淮洲、乐少华十分焦急地向朱德拍发了急电，并非报告战绩，而是首先报告了下一个目标——宁德县城的敌情状况，并指出独立第十三团延误时间，现在请示军委决定下一步是向宁德县城还是宁德西部前进。

## 中央局发出《为拥护红军北上抗日先遣队给白区党的信》

当急电拍出后，魏耿急匆匆地赶到了。此时，寻淮洲、乐少华才发现眼前见到的这支部队并不像魏耿当时汇报的那样让人兴奋。部队不是四五百人而仅是 200 余人，枪支更是少得可怜。经过一番更细致的了解，红七军团才明白了闽东红军一向习惯于分散活动的特点。针对这一情况，寻淮洲、乐少华、曾洪易三人小组联名向正在瑞金酣战的朱德、周恩来、秦邦宪三位首长拍发了急电，通报了闽东第十三独立团分散状况，特别指出"此间党的领导很弱，抗日反帝运动未发展"。

秦邦宪接到寻淮洲等的联名电文后反应怎样，无人知晓，但此后，人们可以看到以中央局名义向全国"各级党部"发出的《为拥护红军北上抗日先遣队给白区党的信》，像这一时期所有发自瑞金的宣传品一样，首先陈述了中华民族面临的困境，而国民党仍积极地出卖国家利益，所以，为挽救中华民族，红军只得派出了北上抗日先遣队。信中最精彩的内容则是在释疑上。第一个问题，过去曾有人提出过"北上浙皖"，中央反对了。现在中央又提出北上浙皖，是不是说过去就是错误的呢？回答得十分有趣：过去提的、现在提的都是正确的，只不过是过去提的束缚了当时的中心工作即广泛地开拓统一战线。第二个疑问，红军北上抗日，是政治上的手腕，而不是去抗日的。回答得坚决而又干脆："这种见解实际做了国民党诬蔑红军的应声虫"。"红军北上抗日不是什么阴谋，什么手腕，而是伟大的政治上军事上的策略"。第三个疑问是，红军北上抗日，只为扩大苏区，而不是为着抗日。回答是："这也是完全诬蔑红军进行的神圣的民族革命战争的意义，为了对日作战，北上抗日不能不扫除一切障碍，肃清一切汉奸、卖国贼、地主豪绅军阀等。"第四个疑问，红军派出一部分力量去北上抗日，是否减弱了冲破"围剿"的力量？回答是："红军北上抗日可以获得更广大的群众的拥护，更有力地促进民族革命战争的发展。"第五个疑问，既然北上抗日，为什么只派先遣队？回答主要仍以北上抗日宣言中的内容为主：抗日基地苏区是不能放弃的，如果国民党军同意一致抗日，则红军立即全部北上抗日。最后，信中重申要求各级地方党组织要坚决实行广泛的反帝统一战线："加强瓦解国民党军；发动群众狠抓游击区工作，以最大的力量去开展游击战争。特别是皖南、皖北、河南、江苏要加强党组织建设，要求各级党组织接到信后，应依据当地的环境，采取更为具体的办法，立即开始行动，保证中央通知及信中的全部指示的执行，中央局要求各级党委将这一运动进行的情形经常报告我们。这一运动的开展，将是各地组织执行党的总路线的一个主要尺度。"当然，按此尺度，闽东独立十三团应受到批评。

## 美、法军舰驶入罗源湾"保护侨民"

为使闽东地方红军和党组织能够更加坚强有力，迅速发展壮大，寻淮洲十分慷慨地答应了给予一定的物资支持，特地留下 300 支短枪、2 挺重机枪，还有一批弹药。差不多在罗源战斗缴获的武器弹药全都送给了闽东地方红军和党组织。此外，最有价值的是留下了一批富有作战经验的红军伤病员，嘱咐他们在伤愈以后就地加强闽东地方红军力量。

攻占了罗源县城，无论对中央红军还是闽东地方红军来说，都是令人振奋的，双方都实现了预期希望。当日傍晚，红七军团又匆匆赶路，执行更为紧迫的战略任务。月光下，寻淮洲率领的队伍喜气洋洋地行进在山间的小路上，运输队艰难而又兴奋地运送着红军刚刚缴获的药品、3 万块银圆以及粮食等，浩浩荡荡地向宁德方向继续北上。

红七军团匆匆而去，闽东第十三独立团十分轻松地接管了县城。在连（江）罗（源）县委的积极配合帮助下，地方红军迅速地派出了大量宣传员走街串户撒传单、刷标语，并且在大街中心召开了由谨慎持重的独立团政委叶如针和精明强干的参谋长杨采衡主持的民众公审大众。会议开场，首先让饱受压迫与剥削的贫困无产者们尽情地控诉发泄对当局的仇恨与不满，最后，根据民众的要求，杨采衡宣判了县长徐振芳、县党部指导员杜天梯及警备队长潘方杰等7名地方官吏的死刑。

福建省政府对于红军北上抗日先遣队胜利地占领了罗源县城极感震惊，迅速从福州战斗胜利的喜悦中惊醒，立即命令驻守罗源附近的"永绩"、"抚宁"等军舰开往罗源县城，同时派飞机直飞罗源县城侦察轰炸，此外还令海军陆战队从罗源湾的松山镇登陆。国民党军第四十九师获悉自己"追剿"的目标——红七军团攻占罗源县城，当然十分惊异，害怕上司怪罪，于是急忙从连江县起程加速追赶。美国、法国驻华代表，再次以保护侨民和教士利益的名义，也派遣军舰开进罗源湾。其实，这些都是国民党军请求的结果。

罗源县城面临的形势急骤地发生了变化，闽东独立第十三团当机立断地决定主动撤离，迅速返回苏区。8月16日，当"追剿"的国民党军即将到达罗源县城的时刻，闽东独立第十三团神奇地凯旋回到了苏区。

红七军团在闽东卓有成效的活动，引起了国民党军以及各地方当局的普遍警觉，当然给红七军团之后的行动带来了一定困难。然而，红军及共产党在贫困的民众中所形成的影响却日甚一日不可遏制地发展着。在红七军团离开两个月以后，罗源地区的苏维埃政府竟由当时的70个猛增到170多个，同时还建立起了中共罗源县委和县苏维埃政府。

# 第8章　寻叶合作闹闽东

　　红军先遣队在胜利声中离开了罗源县城，向宁德县城急进着。在此时的红七军团官兵看来，似乎一切都让人舒畅。山色更绿，微风更爽。红军不知不觉中度过了一个炎热的上午。突然，中午的淅沥细雨打湿了所有红军官兵的衣裤，红军感受到的仍然是凉爽，并未受到任何不利的影响。傍晚时分，红军先头部队接近县城。随着红军的到来，宁德县城降下了罕见的滂沱大雨。驻守城楼的国民党军士兵被倾泻的大雨逼进了深屋。也许是天公作美，红军先头部队十分轻松而从容地扎制着准备攻城的竹梯。红军士兵悄悄接近岗楼，却被国民党军士兵发现。国民党军士兵立即开枪射击。毕竟国民党军占据着有利条件，居高临下。红军多次发起攻城都未能成功。双方持续到天明，大雨渐停，红军先头部队只得主动撤出战斗，经米筛岭、小岭到达洋中，与主力会合，请军团首长们来作新的决定。

## 中央严令：闽东一带莫停留

　　中央革命军事委员会获悉罗源战绩后，要求红七军团速报下一步具体行动计划的指示电到达了正在途中的寻淮洲、乐少华手中。正在苦苦思索各种方案及其成功可能性的寻淮洲、乐少华立即复电，告知"红军北上抗日先遣队已经与闽东游击队取得了联系。罗源、连江一带地方已有纵横百余里的苏区，有四个区域已成立了苏维埃政权。在抗日先遣队的协助下，正在进行分配土地和扩大游击队的组织"。最后，请求中央革命军事委员会能够同意红七军团在闽东宁德县附近多停留一段时间。然而，结果使寻淮洲、乐少华极感失望，来电要求寻淮洲、乐少华立即率部离开闽东苏区，沿闽浙边境向闽北前进。

寻淮洲、乐少华毫不犹豫地遵命立即出发北上，兵分两路：一路经际头、芹屿、石墩；另一路经炉头、亲团岭、华境，在扶摇汇合。

第四十九师奉命加速追赶而来。然而，伍诚仁所率的部队太不习惯于崎岖不平的闽东山路了，行军仅有几十里远便被迫休整，否则竟会出现不战自垮的险症。在闽东山区，任何现代装备的部队来到这里都是无济于事的。眼下，急迫的军令逼使伍诚仁只有抄近路才可能追上红军。8月17日，其前卫部队第二九一团终于在罗源县半亭、梦龙一带与红军后卫部队第三师一部发生激烈战斗。国民党军以为，运用其优势装备就可将红军大量杀伤并牢牢钳住。但是，首次交战的结果正好相反，不仅未钳住红军，反使国民党军在战场上丢下数十具尸体。

瑞金中央苏区总部曾反复地向红军、国民党军及广大民众宣传了红军北上抗日先遣队出动的意义，至此，由于正面宣传的作用，从而使众多的红军官兵心情变得激奋和舒畅，但同时也产生了新的问题。有的似乎认为可以放松粉碎第五次"围剿"的斗争了，可以放松对民众的争取了。临时中央及时发现了这一问题的严重性，立即在《斗争》刊物上发表了《使红军北上抗日先遣队的出动成为真正的广大的武装民众的民族革命战争的开始》，它强调要求苏区的党，"要扩大百万铁的红军，发动群众秋收，不使一粒谷子落到白军手中"。对此，红军北上抗日先遣队当然是全然不知的。

## 扶摇村军民联欢会，动人的故事原来是红军有意编排的

红军抗日先遣队在继续前进，8 月 18 日，胜利地到达霍童溪南岸的扶摇村，而伍诚仁所率的第四十九师又不知何时被远远地抛弃于后了。

对红军北上抗日先遣队寄予厚望的临时中央首长们，紧接着又令中央局宣传部向全国各级党委发布了《拥护红军北上抗日先遣队的宣传鼓动工作动员计划》，明确指出全国各级党部的刊物要立即反映红军北上抗日先遣队以及国民政府统治下的水旱灾荒问题，当然要尽可能多地刊载红军北上抗日先遣队的捷报，此外，各级党部还必须设想出一切可以设想到的办法去瓦解国民党军，使国民党军转向拥护红军北上抗日先遣队。

继续北上的红七军团在扶摇村附近停下休息。曾洪易建议召开临时军团干部会议，总结行动以来的经验教训。曾洪易首先说道："这里到处是各阶级和平相处的景象，我看有问题。"看得出，曾洪易性格比较直爽。寻淮洲不以为然地默不作声。乐少华瞪着大眼睛以惯用的政治术语附和道："阶级调和，这是不对的。"军事天才寻淮洲不仅善于指挥作战，而且极善于思考政治问题，他一贯主

张是啥就是啥、实话实说、实事实做。今天对于曾洪易、乐少华的议论很不解，要使曾洪易、乐少华受到启发，或者能进一步证实曾洪易关于该地区阶级调和论断是否正确，他提出最好的办法莫过于召开村民大会或者军民联欢大会，通过实际调查或了解再作最后的确定，专注政治的曾洪易认为寻淮洲的提议有道理。

翌日清晨，曾洪易比以往任何时候都要心情舒畅，他比平时提早半小时起床。在一个平时很难挤满人的大垣上，军民联欢大会终于召开了。数百名贫困的村民在数千名红军官兵中完全难以显现。这不仅是因为村民人数有限，而且在红军与村民的服装颜色上也所差无几。曾洪易告诉人们红军先遣队所行是北上抗击日本侵略者，但是蒋介石国民党却全力反对，甚至派兵阻拦，这使在场的听众感到了国民党的可恶。在这次会议上令人难忘的是乐少华，他将从瑞金出发携带来的《今日瑞金》和《卖国贼蒋介石》两本书，一共30多册亲手送给随行而来的地方党组织。而且，乐少华还附言要求地方党组织积极发动民众壮大革命力量，地方党组织领导对此感激不尽，以至于在数十年后接受采访时仍然记忆犹新。

与其他经常召开的军民联欢大会不一样的是，这里的民众是相当贫困的，对于富有者存在着自然的敌视，但毫无办法，只能常常抱怨自己的命运不佳。因而，在实际上，根本不存在着所谓阶级调和之类的问题，这里需要引导和发动。一旦获得有效的引导与发动，这些贫困的民众一定会像火山喷发般地起来闹红色革命。

在附近一个不十分显眼的地方小镇上，寻淮洲、乐少华、刘英采用了多种政治宣传办法，除去写标语和召开会议外，还有一个办法极富实际动员效果，即派一些红军士兵用苏维埃的纸币到视兵如虎的商店老板那儿购买所需物品，当然，小业主们是不敢对军人轻言反对的。在红军购物者离开后，军团政治部跟踪派遣而来的政工人员立即用银圆换回了苏维埃纸币，这当然使商店小业主们十分感激。其实这些动人故事是红军有意编排的。

## 一个激动人心的消息：叶飞来了

8 月 20 日，红军先遣队北上经洋岸、贵村顺利抵达地溪的夏村、桃源一带。途经众多的小村镇，但都无一例外张贴撒放一些宣传品。这种积极的宣传活动，有着两个明显的优点：一是宣传品的鼓动作用；二是减轻了行李负担。红军最后来到了地溪阳谷村。这是一个条件较好的小村，村中有小商店。红军士兵开始休息，然而，曾洪易、寻淮洲、乐少华则继续前次的总结与研究活动。此次的议题是攻打福州后的成败得失。寻淮洲认为对于攻打福州失败的经验与认识，仅仅由几位军团负责人来总结一下恐怕是过于简单了，其最好的办法是请参谋人员及一部分各负一方攻击之责的基层指挥员一同参加。红七军团的官兵正在热烈地回顾与总结之时，瑞金《红色中华报》以醒目标题刊出了令人振奋的专论《红军的胜利，是党的路线的胜利》，文章认为：寻淮洲统率红七军团在福州失利以后胜利攻占罗源，这与彭德怀攻占高虎垴是同等的辉煌。"抗日先遣队的胜利，说明敌人后方的空虚"，因而要求红七军团，"应更大胆地更广大地发展游击战争，实现在敌人后方制造苏区，包围和封锁敌人"。最后，突然笔锋一转，沉重地告诫人们："这是我们彻底粉碎第五次'围剿'的主要工作之一，但这是我们现实工作中最薄弱的一环。"

寻淮洲、乐少华、刘英等人继续在阳谷村研讨出征以来的失败经验教训所在及今后行动计划，卫兵前来报告了一个激动人心的消息，使红七军团指挥员兴奋不已：闽江地方党组织及军事组织负责人远道赶来了。红七军团负责人见到的是老成的闽东特委副书记詹如柏，另一位年轻干练的是闽东特委独立团政委叶飞，两位地方负责人似乎惊奇地发现：眼前的中央红军首长与地方红军士兵没有什么两样，便毫无拘束地汇报了闽东特委辖区内的红色革命斗争现状。寻淮洲、乐少华等对闽东已经建立起若干块红色苏区极感满意与高兴，并由此而想到在攻占罗源以前的一些情形。倘若条件许可，红军先遣队再助一臂之力，也许就能实现中央军委的训令而成立省委了。善于思考的叶飞也实事求是地汇报了在这年5月成立起来的闽东特委情况。

叶飞、詹如柏细致准确的情况汇报不仅使寻淮洲、乐少华、曾洪易大为兴奋，而且极感意外，几乎都毫不掩饰地露出了轻松的笑容。特别是闽东地方党组织的迅猛发展，打破了所有同期其他地区发展速度的纪录，从而激发了红七军团指挥员的乐观想象力。

闽江自赛岐、寿宁暴动以来，在一个并不太长的时间里，建立起了几个县的苏区，并且有了统一的党的领导机关。寻淮洲、乐少华、曾洪易等一致认为闽东要巩固和发展，这里已经形成了大好形势，同时"力量要集中，要有红军主力"并应建立起统一的军事指挥机构。随后，向叶飞、詹如柏传达了临时中央对目前时局的分析，介绍了中央苏区的工作经验，赠送了一批苏区工作文件，并且为闽东地方党组织留下了上海党中央的联络地址。当然，也为闽东特委独立团留下了一批枪支弹药，以便使众多的地方红军官兵感到欣欣鼓舞。最后，红七军团负责人请叶飞、詹如柏等领导的闽东特委安置部分红七军团随行的伤病员，并同时帮助征集部分新兵以补充红七军团。

使詹如柏、叶飞大开眼界并坚定信心的会面结束后，叶飞立即将寻淮洲、乐少华等的指示送到闽东特委总部。闽东特委立即发动农民组织起了担架队来到红军的驻地，将红军伤病员迅速地转到了宁德县梅溪的白岩后方医院和福鼎、霞浦交界的年落洋等地治疗；同时，闽东特委还遵照指示毫不含糊地积极开展起征兵活动。

## 闽东独立团是先遣队的好向导

红七军团的休整在继续着，然而中央革命军事委员会催促起程的电报随即而至，红七军团必须北上了。在闽江地方行进，想要不迷路和避开国民党军的麻烦，最好是能争取到闽东地方党组织的支持与帮助。一向乐于助人的叶飞及詹如柏对此都十分乐意。8 月 22 日，以叶飞、詹如柏率领的闽东特委红军独立团为向导，经过福安县的番溪、西坑、岭头顺利地占领了穆阳镇对岸的康厝。

康厝是个畲族居民居住地区。在中国南部山区，散居着多个少数民族。畲族只是其中一个极小的民族，他们的生活习俗与汉族并无多大差异。

穆阳镇上的国民党军守卫部队八个连确切地得知了红军部队不断逼近的消息。他们当然会清醒地认识到对抗无异于以卵击石，最好的办法只有一个——尽快地逃离。驻守附近重镇赛岐的国民党军新编第十师陈齐煊部闻讯同样溜之大吉。

福安地区的共产党组织积极地前来配合红军北上抗日先遣队，而且表现十分出色。他们首先组织船民工会，收集起一切可以收集的船只，同时以桂林地区的年轻人为主体组织了"桂林赤卫队"。

紧接着，在穆阳溪畔迅速地架起了浮桥，以便于来自中央苏区的红军北上抗日先遣队和叶飞等统率的闽东特委独立团顺利地渡过穆阳溪，去攻占国民党统治区的重镇穆阳镇。正因有福安地方党组织卓有成效的支持，从而使寻淮洲及叶飞统率的红军队伍十分轻松而愉快地渡过了穆阳溪，并成功地一举占领了穆阳镇。

寻淮洲与叶飞两支部队携手缴获了贮藏于国民党军仓库中的急需物品，缴获的结果令人高兴。粮食、食盐等多达 2000 余担，银圆 30000 余块。当然，这些数字中还包括了从镇上富商大贾及地方官僚那里搜缴而来的物品。

在红军北上抗日先遣队即将离开闽东时，刘英领导的政治部曾向闽东的工农群众写下《致闽东工农群众的一封信》。信的写作是相当有水平的："亲爱的闽东劳苦工农群众们，我们是处在死亡或者胜利的关头，要使房子不被国民党军阀烧掉，东西不致被他们抢去，妻子不被他们奸淫，生命财产得到保障，只有在共产党、苏维埃正确领导下，一致起来参加民族革命战争，粉碎帝国主义国民党的全部阴谋计划。"除去口头的宣传鼓动，还给予一定的直接物资支持。"我们站在阶级团结的精神上、互助上，号召我红色指战员，募集了现洋 400 元、小洋 128 毫、铜板 4 吊 810 文，救济你们。"信的最后更进一层地呼吁："抛开我们的动摇，一切服从于战争，为土地、为自由、为苏维埃而奋斗到底啊！"

## 中央代表曾洪易行使监督权，红七军团只得开拔

由于中央革命军事委员会电令的催促，对于驻留闽东的红七军团来说，目前没有比时间更为宝贵的东西了。红七军团必须迅速

北上。然而，闽东特委嘱咐县乡政权帮助征募的 500 多名新兵却仍然未到。曾洪易行使了监督职权，红七军团只得开拔。临行前，红七军团决定留下一批宣传品，同时留下了 100 多支步枪、2 挺机枪和一挺马克芯重机枪。对红军抱有无限眷恋的闽东民众，在 50 年后，仍然完好地保存着红军的宣传品，以至于人们现在仍能看到当年的《中国工农红军北上抗日先遣队告农民书》、《中国能不能抗日》、《掩护红军北上抗日运动口号》之类的传单标语。

真诚负责的叶飞仍然引导着红七军团继续北上。虽然仅仅是几天的交往，但中央红军基于与闽东红军和民众同样的命运及目标，两支部队首先建立了极为融洽的关系，寻淮洲、乐少华为此间地方党与红军的真诚及其大无畏精神所感动。自从有叶飞等统率的红军官兵做向导以来，寻淮洲所部的行军速度与效率比以往任何时候都更快更有效，也更加使人兴奋。无论是寻淮洲还是乐少华、曾洪易都能清楚地记得在攻打福州以后通过水口时因走错道而耽搁了大半天时间并因此而爆发激烈争吵的事实。乐少华更是详细地作了记载。红军部队急速地向着浙江省庆元县方向挺进，很快到达了福安县风景秀丽的威福、占溪地区。叶飞统率着所部谨慎地在侧翼掩护并引导着红七军团不断前进。

在福安，寻淮洲、乐少华从粟裕派出的侦察兵那里获知通往浙江省庆元县的道路有两条。寻淮洲主张翻越高山争取时间，因为这样可以缩短几天的路程，然而，乐少华认为，士兵们已经非常疲劳，不能去翻越高山再度增加疲劳，所以主张沿着大路继续前进。十分注意爱护士兵的寻淮洲明白乐少华主要是为了疲倦的士兵着想，便自动放弃了自己的主张。说行走的是大路，这只是与高山峻岭上的羊肠小道相比而已。其实，路边杂草丛生，或翻山爬坡或穿越山谷，甚至还需渡过湍溪深川。

夜幕降下的时候，红七军团惊奇地发现部队像进了迷魂阵似地在原地踏步，借着月光慢腾腾地行进，天明时分也仅赶到南溪。寻淮洲极其恼火，大声地斥责了乐少华的盲目儿戏。乐少华面对自己所犯的错误无可辩解。当寻淮洲继续着使人难堪的训斥时，乐少华被激怒了，很快升格为对骂式。当然，这种局面是不可能迅速中止的，乐少华只得请中央代表曾洪易来到现场，以为这位军团最高政治领导能判定曲直是非。然而，曾洪易却当面指着乐少华的鼻子说："你同我也有分歧，你们又不平心静气，叫我怎么说呢？"寻淮洲、乐少华正在南溪宿营，尾追的国民党第四十九师伍诚仁部经宁德县于8月23日急忙赶到了福安县康厝，立即与在康厝河对岸的红七军团后卫部队展开激烈战斗。枪声划破了寂静山区的夜空，像是进军战鼓，立即催动起红七军团加速渡河的行动。与此同时，闽东特委动员征集的数百名青年已日夜兼程地与伍诚仁部同日赶到了穆阳镇。遗憾的是，寻淮洲已经率部北上，新兵们不仅未与寻淮洲部联系上，而且与叶飞率领的闽东特委独立团也失去了联系。虽然新兵们继续不懈地追赶到了柘荣，但仍然未见红七军团的踪影。

为了最大限度地发挥迷惑干扰国民党军的作用，寻淮洲的部队在向民众及国民党官兵散发宣传品时，都是使用中国工农红军北上抗日先遣队的旗帜，然而一旦与国民党军正面交锋，却总是使用声名赫赫的方志敏、罗炳辉、刘英的美称。在国民党军眼中，上述红军指导员的名字本身就有一种威慑力量。红七军团如此这般地使用不同的指挥员姓名，使地方国民党军一时难以弄清红军北上先遣队到底是哪一支部队。

叶飞的闽东特委独立团将寻淮洲等统率的红军北上抗日先遣

队护送到了闽北苏区周宁县边界，然后胜利地返回了闽东驻地，继续医护中央红军留下的伤病员，建立新的军事领导核心发展游击区。

## 先遣队内部争吵，乐少华行使"政委最后决定权"

一种奇怪的现象在这个领导层不很协调的红军队伍中发生了。寻淮洲、乐少华在南溪夜晚的吵闹以及曾洪易的"踢皮球"行为影响了部队的行动速度，为此，最后想出了一个办法。那就是由参谋长负责调查行军路线，送给中央代表审阅，而后交军团长签章，最后由军团政委批准付诸实施。曾洪易设想出的工作程序办法，使人感到了多么不协调和手续的荒唐可笑，然而事实偏偏就是这样的，这实际上是曾洪易歪曲理解中央训令的所谓"政委最后决定权"。

北上途中，乐少华在红军北上抗日先遣队中不仅拥有为迷惑国民党军而出具"方志敏、罗炳辉"印章的权力，而且自从在福建南溪与寻淮洲发生吵闹后，在曾洪易的支持下开始踏实地使用起"政委最后决定权"了。事实上，自此以后，红军北上抗日先遣队的实际指挥权归属于乐少华手中。即非在中央代表也非在军团长手中。

江南的八月，天气最为炎热。然而，此时红七军团行走的武夷山景区内的福建周宁县三门桥和寿宁县平溪等地，却是格外地令人惬意。这里到处是深山密林，如果没有敌情出现，真像是在作一次探险式的风光旅游。

红军士兵在轻松而愉快的环境下，自然而舒畅地向着北方行进。

# 第 9 章　驰骋浙西　威胁南京

神秘的红军先遣队正貌似悠闲地向着浙西前进。依照原作战训令，应该继续向着闽北前进。如果核对一下地形图，这一切就可以理解。原来浙西的一部分直伸进了闽北，故而横穿闽北就必须经过浙西这片"飞地"。

## 蒋介石以为红军不敢斗胆问鼎其老家，浙西防务一片空虚

翻越一座座山岭，跨越一道道河流，8月27日，寻淮洲率部经福建寿宁县进到浙江的斜插地庆元县境，接着又沿荡口、后洋、照田到达举溪，当红军官兵确悉已经到达浙江地界的时候，心中不免产生些许紧张的情绪。因为，这里毕竟是国民党蒋介石的腹地老巢。红军的到来，必然会十分迅速地招致大批国民党军前来"围剿"。一向骄横的蒋介石或许以为红军是不敢斗胆问鼎其老家的。当然，也就并未在浙西地区部署大量兵力，相反却将可能调遣的国民党军全部集中去"围剿"中央苏区了。浙江省政府主席鲁涤平对于蒋介石的良苦用心一清二楚，干脆连地方保安团也抽出一部分送

去"围剿"红军和苏区。因而，此时此刻的闽浙边界是一片空虚之地，仅有浙江保安纵队的一个团守卫，而且分散驻守。一个营驻守福建省福鼎县，一个营驻守寿宁、南阳，其余驻守泰顺修筑工事。当鲁涤平得悉红军攻占罗源县并北上闽北之时，便从浙江沿海的丽水调遣了浙江保安第四分处基干队、军士队增守庆元县城，防范红军攻击。尽管寻淮洲、乐少华统率的红军先遣队纪律严明，秩序井然地来到了庆元附近时，未遭受国民党军的袭击，但却频频碰上脸上涂得五颜六色，口中念念有词，高喊"刀枪不入"的大刀会党徒的袭击。他们凭借熟悉的地形，神出鬼没地袭击红军。浙江大刀会与福建大刀会比较，他们的愚昧与无知是共同的，不同之处是：浙江大刀会更为重视用奇装异服给自己壮胆。在一个叫岔里的地方，红军又遇到了令人讨厌的大刀会。红军对于大刀会的态度是不同于对待国民党军的，并不主张用武力解决，而是尽可能地避免正面接触与交锋。红军派出了专门的人员向他们解释红军是怎么一回事。当然，主要是红军的政策。令人不解的是大刀会党徒们头脑中似乎连枪弹能危及性命这样一种基本意识都没有。当红军到来时，大刀会党徒竟然敢毫无畏惧地挥大刀嘶喊着向红军发起攻击。红军发现自己友好和气的解释无济于事，立即转为采取强硬的果断措施，击毙数名大刀会的党徒，其余的眼见自己信奉的刀枪不入法术毫不灵验，立即四散而逃，顷刻间消失在田野丛林中。

红军继续前进来到了举溪区公所，使红军感到纳闷的是，在如此闭塞的山村中其对于红军到来的信息却是如此地灵通。原来，举溪区区长早已听说红军必将到来而跑得无影无踪了。但在村背山脚处修筑的一座六角型碉堡中仍有两个班的自卫队在无声无息地，实际上是与外界暂时隔绝的情况下死守着这座碉堡。红军的先头部队首先迅速地抢占了山头，迫使自卫队员受到触动，他们深信红军说话是算数的，能使一切投靠红军的自卫队员都得到宽大处理，碉堡中传出了声音："我们是打土匪的，你们是红军，如果你们不打我们，我们就不打你们。"红军立即停止了射击与喊话，等候着自卫队员前来缴械。

集镇上的民众怀着疑惑的心情迎接着红军，他们一点也不知红军的降临会给他们带来什么样的结果。红军驻扎以后，立即像往常一样去寻找当地的殷富之家，比如地方豪绅之类，总希望能够迅速地获得一些物资补充，红军的机运是相当好的，几乎每次都能如愿。在此同时，军团政治部派出宣传小分队四处展开宣传，张贴标语，随即召开会议。这是红军联络民众与争取民众的重要方法。红军深知贫苦民众最急切的就是使生活比眼前要好过一些。除了极少特殊情况外，红军几乎每次都要将没收的一部分财物分给穷苦的民众。

## 兵不血刃，占领庆元

在庆元县举溪，红军在没有国民党军干扰的情况下，相对安逸地休息了一整夜。翌日凌晨，寻淮洲又率部急切地向着庆元县城挺进。红军以为小小的山区县城很可能不会有国民党军重兵驻守的，只不过是一些地方杂牌军。其先头部队行至一个叫小际头的地方，以机警的行动迅速反击并击溃了突然出现的浙江保安团军士队的阻拦。红军主力继续经杨家庄、温岙背到达蒙子略事休息。突然，丛林之中又冲出神出鬼没的军士队拦住去路。红军的主力部队对此毫不理睬。当军士队仔细看清了红军的阵容后便自动转身逃之夭夭。

红七军团以尽可能快的速度逼近了庆元县城。国民党庆元县县长获知红军大部队即将来临而显得惊慌失措。据载，此时有位聪明的部属提醒这位乱世年头的庆元县县长"好汉不吃眼前亏"，不妨来个三十六计，走为上计，以免一难。这位涉世深长的县长眼珠一转连称妙计，立即吩咐数百名保安队员一块仓皇向竹口方向逃窜，仅留下少数保安队员守卫城池，当然是作替死鬼，因为，这些留下的保安队员几乎都是这位县太爷不太喜欢的。这位县太爷一面逃跑，一面还向保安第四分处求援，要求上锋保安第四分处来抵挡。

庆元县城的民众在极为炎热的天气下度过了正午。红七军团正悄悄地以红一师为先锋，红二师随行，红三师殿后，分别从东门、南门两处同时进入县城。留守的保安队员亲眼看到了红军先头部队后便悄悄地如山区的军士队一样迅速地钻入了深山老林。

身穿短裤、头戴伪装帽的红军官兵汗津津地进入了县城。与寻常不同的是，第一个行动不是搜查有无剩余敌军或是寻找地主老财的住所，而是十分急迫甚至有些混乱地四处寻找水源。赤日炎炎使红军官兵口渴难耐，当然都希望能够解渴。可是红军费了相当的时间与精力仍然未能找到水源，仅仅找到一头肥猪。依照红军的纪律，首先应该查清猪的主人并支付足够的钱。但是，这一次红军士兵却似乎忘记了这些，便将肥猪宰杀了用作饥渴已极的红军的野餐食品。

与此同时，县城的善男信女们坚信，如果垒起祭坛，摆上各色供品礼物，老天爷就会对祭奠者的行动表示欢悦而有所施舍，降下大雨。尽管红军来到了庆元县城，面对严酷的干旱现实，善男信女们并未离去而是仍然虔诚地向老天爷祷告。连续数日滴雨未下的庆元县城，水田干裂得像鲤鱼鳞，道路上尘土飞扬。

红军来临时恰好天空骤然下起了瓢泼大雨。也许是以往求雨多次失败的经历，使善男信女们都不约而同地认为，红军是得天助的军队，将来的天下一定属于红军。

吓跑了庆元县县长和保安团，红军在未放松戒备的前提下开始了休整。红军与国民党军的休整有着相当大的区别。红军每到一地几乎都要向民众进行一番政治宣传。红军深知一旦失去民众立即就会被动，甚至连藏身之处也难以寻找。

红七军团持续不断地向北挺进，而近乎消极怠工式的伍诚仁第四十九师也已经赶到了闽浙边界地区，正向着庆元县急进。浙江保安纵队第一团在获悉庆元县城继罗源之后又被占领的消息后，立即从福鼎向着庆元县城急赶。浙江保安第一纵队第二支队司令杜志成率领浙江保安纵队第三团也从福建浦城向庆元县小梅猛进，试图阻拦红军继续挺进的步伐。

8 月 30 日的凌晨 4 时，天色已是隐约可见。借着月光，红军悄然地离开了县城。出发前，寻淮洲设想着尽可能攻占竹口，以便使红军在行军中损耗掉的各种物资得以补充。

## 庆元县长谎报军情，保安三团吃了大亏

地处庆元与龙泉之间的竹口镇，东侧是连绵高山，连接浙江福建"百山祖"芙茅尖，西侧是呈南北走向的透迤群山，也是浙江福建的分界线。整个镇子依山傍水，通往龙泉的大道，经过村边木桥，穿过小片梯田，越过瓦窑山西侧小坡，穿过后坑桥，然后沿小溪东岸北上。村东一公里处即有海拔 50 余米的瓦窑山坡。北坡陡

峻，东临溪水。邻里龙泉县，当年曾是青瓷的产地，建有"哥窑"、"弟窑"。此后几代人相传直到清代衰亡。

8 月 30 日正午时分，浙江保安纵队第三团和两个基干队先后赶到了小梅，与逃往小梅的庆元县县长张致远迎面相撞。浙江保安第一纵队第二支队司令杜志成迫不及待地要求张致远迅速报告红军的有关情况，这使张致远极为难堪。因为，事实上，张致远连个红军的人影都未见到就拔脚跑了，怎么知道红军的情况？然而，张致远毕竟在官场上混迹多年，眼睛一转，凭着多年磨炼出的估测能力，迅速反应过来后报告："据报，此次赤匪最多不过千余人，枪支仅半数，目下到达竹口的不过是赤匪先头部队。"杜志成对这位资历颇深的县长的一番壮胆的报告深信不疑，心中即刻打起小算盘：此次赤匪人数不过千余，正是我杜志成建功立业的绝好时机，等事成以后，也好给其他弟兄瞧瞧我杜志成也有一招，于是决定立即奔赴庆元县城。

红七军团于 8 月 30 日进到竹口，驻扎在黄坦一线，前后绵延达 7 里之长。先头部队第一师以一个连的兵力警戒瓦窑山一线，并且在培兰亭派设岗哨，开始进行有戒备的短期休息。

下午 4 时，杜志成兴高采烈地带着所部到达竹口时，突然与红军遭遇，当即发生激战。杜志成镇静一下以后决定先发制人，一阵又一阵疾风骤雨般的枪炮射击使红军极感震动。杜志成将善于游击战的基干队作为其先头部队来对付擅长于运动战的红军部队。西南面，正在培兰亭附近的国民党军与红军发生了战斗。然而，红军占据了山道、峡口、顶坡等有利地形，一阵猛烈射击，便使杜志成的基干队败退下去。杜志成这才清醒地认识到了基干队毕竟只是基干队，不能像其所部那样善战而夺取胜利，便转而派出机枪连到桥西的西南高地，指挥部连同迫击炮连驻守前后岗，其精锐部队绕到西边官山一线，企图从西面争夺瓦窑山。

机灵的红军也调整部署，只是不知国民党军到底有多少兵力，红一师指挥部即先派两个连固守瓦窑山，探测国民党军实力，同时以部分兵力在枫堂一线展开，向对面山上派出警戒队，师部迅速撤到东山寨。国民党军在迫击炮和轻重机枪的掩护下，从官山向瓦窑山侧冲锋。红军英勇顽强，誓死抵抗，坚守阵地。也许人们会认为，国民党军一向拥有优良的装备，阵地战中有一定的优势。这一点并不全对，倘若他们的部队是由一些亡命之徒组成的，其作战能力可能还会强一些。杜志成所率的浙江保安第二纵队第三团便是此类部队。该部曾在江西玉山与方志敏部红军反复激战数次，可以称得上是"久经沙场"，团长何世澄更是不可一世。他以为红军固守的瓦窑山没有碉堡屏障掩体，力量自然弱不可支，遂亲自打头阵到官山前沿阵地督战，先以一个连向红军发起攻击，却很快被红军击败退了回来。何世澄不甘心，连续发起攻击，但全被红军击退。杜志成大感不妙，发现红七军团远非张致远这位庆元县县长报告的只有千余人，而是数千人。何世澄用全部兵力进攻官山，但仍然没有获得成功，仅仅占领了东山亭的一小块地面。

一连十多次的冲锋，何世澄与红军双方都付出了沉重代价。红军以逸待劳，连续击退国民党军的数次进攻，为了夺取战斗的全部胜利，寻淮洲增派红二师参加战斗。红二师立即以一部驻守窑山对面的小山头以及附近的360高地，从侧面攻击国民党军。为了聚歼国民党军，更为激烈而艰苦的战斗开始了，正值30日夜色降临的时候，红军发起了猛攻，东路由红一师派出一连兵力，悄悄过小河经山角林尖东山沟向北急速穿插。由于投放的兵力不够平衡，只能起一般性的配合作用，不能占领后坑桥东侧的山地。西路由红二师派出主力部队，避开官山的正面，从下济桥至洋源一线向前后岗侧后突击，经过两次猛烈冲击，终于占领了国民党军的制高点。虽然国民党军的预备队积极增援，但在红军的猛烈攻击下，其指挥部也迅即后撤，就连迫击连和机枪连也丢盔弃甲地落荒而逃。红军乘胜追击，迅速拉开距离，先以火力控制后坑桥隘口和官山，将国民党军三面包围，红军稳操胜券。遗憾的是，国民党军居高临下地占领了东侧山地，再加上天色渐黑，红军只得暂时罢休。部分知趣的国民党军则像习惯夜战的红军游击队一样乘着夜色笼罩之时逃之夭夭。

狼狈而焦急的杜志成试图乘天色未明之前集合一下残部。事实上已是一件难上加难的事情。此时杜志成既不敢声张又不敢搜索，生怕再次引来或碰上红军，最后只得凭着运气集合一部分残兵败将，以便逃到小梅再作反扑。黎明前，极善逃跑的杜志成到了小梅，至于如何向其上司交差，却是件容易的事。早在逃跑中，便急切地向省保安处报告遭受十倍于己的红军正规部队的重重包围，所以在奋力突围中遭受的伤亡惨重。其实，是在面对面战斗中被击败的。浙江保安处接到令人丧气的报告后，首先关切的则是有无失陷城镇等事，因为这决定着保安处是否被上司严斥甚至处罚，又当即急电杜志成率残部赶到龙泉县城，誓死抵抗，不致该城失陷，以等待援军的到来。害怕再出差错的杜志成当天率领残部马不停蹄地急驰百里赶到了龙泉县城。

此时，瑞金的《红色中华》从电报中获悉寻淮洲所部取得的成功，在8月30日头版以《抗日先遣队占领浙江庆元与小梅击溃保安团一团》，向所有能看到《红色中华》的红军和苏区农工报告了这一喜讯。

## 竹口战斗，缴获颇丰；此刻的瑞金已是十万火急

翌日凌晨，红七军团指挥员感到虽然已取得初步胜利，又预感到更为激烈的战斗即将来临，便匆匆地打扫了一下战场又继续北上了，在小梅，意外地俘获了数名来不及逃跑的国民党军士兵。从俘虏口中获悉了县长张致远尚在竹口，便迅速派出了红军小分队急返竹口。当日下午，红军在一座被当地民众称作"行宫"的大庙里举行了军民联欢大会，用以欢庆红军所取得的伟大胜利。在崎岖的山道上跋涉数日的红军宣传小分队正准备略微施展一下文艺才华，兴致勃勃地演出了自编自导自演的打土豪"文明戏"。剧情大意是一个富裕的土豪整日花天酒地，而另一群贫苦的农民整日劳动却仍然吃了上顿愁下顿，其中有一人便提议并去找土豪评理，土豪不予理睬，并痛骂穷鬼。于是，贫苦的农民联合起来将土豪捆了起来，大家一同分掉了土豪的钱财，皆大欢喜地分散而去了。戏剧使贫苦的民众感到了联合起来就可改变贫困的现状。

9月1日凌晨2时，朱德主持的中央革命军事委员会向寻淮洲、乐少华拍来了电令：要求将红七军团现有人员武器数目迅速报告军委。虽然，寻淮洲、乐少华对此并不明白，但毫不迟疑地如实而迅速地作了汇报。与此同时，派遣返回竹口以搜捕庆元县县长的红军小分队不仅在竹口后坑村生俘了县长张致远，还搜索到一批国民党军遗弃的迫击炮、重机关枪和20多支步枪。至此，红军士兵脸上露出了欢欣的笑容。这时才发现，原来国民党军早知要失败而将武器隐藏在这儿了。

竹口战斗正式结束，红军共歼灭了 100 余名国民党军，缴获迫击炮 2 门、轻重机枪 11 挺、长短枪 200 余支、子弹 2 万余发。

正当红七军团准备以一适当的形式来庆祝一下胜利的时候，中央革命军事委员会给寻淮洲、乐少华和闽北军分区司令员李德胜同时拍发了指示电，明确要求红七军团的任务是"继续向浙西前进，不能在小梅停留等候"；闽北的任务则是"令所部广（丰）、浦（城）独立营护送一批挑夫接收七军团将供给的战利品、染色子弹和轻机枪"，"假如红七军团缴到迫击炮弹则须送 1 千枚给闽北"，"如果闽北第二批尚未出发则即停止"。此时中央革命军事委员会要求停止向十万火急的瑞金运送弹药，这就表明瑞金此时局势有了极大变化或是已经最终作出了根本性决定，如全部撤走之类。

## 驰骋浙西，威胁南京，减轻中央苏区的压力

红七军团奉命迅速北上，以查田、溪口折向西沿南窖、小窖到龙泉县西南大镇八都区公所，进逼龙泉县城。红军谨慎而迅速地前进着，先头部队突然遭到了小股的地方民团及盐务兵的袭击。面对此等不知趣的武装，红军极轻松地吓跑了对手，并缴到十多支步枪。正驻守八都镇附近的国民党地方民团、官员和财主老爷都闻风而逃。龙泉县城顿起一片恐慌，县长急忙准备船只，携带家眷财物弃城而逃。下午 18 时，部分驻守县城的国民党军士兵驾驶着几辆卡车悄悄地向着八都方向逃跑而去，途中与红军迎面相撞，随车的 28 名国民党军士兵一个个乖乖地放下武器束手就擒。红军因为缺少驾驶技术，当然更主要是因在山区行动无须车辆而将卡车弃之一旁，但对卡车上的电瓶却有着极大兴趣，因为红军使用的电台太需

要电源补充了。这样的收获确实使红军将领和当事者都振奋不已。半个世纪后，当事者仍然留有深深的记忆。

夜幕降临了，红七军团官兵在八都的荒山野岭上度过了一个十分舒畅的夜晚。凉爽的夏夜风伴随着胜利的喜悦，使红军官兵迅速地进入梦乡。夏夜的蛙虫不停地鸣叫，丝毫不影响疲劳的红军士兵。然而，红七军团的指挥员们此刻正毫无睡意地研究着红军下一步的去向，他们正在热烈地毫无顾忌地讨论各种各样的行动主张。最后，多数与会者统一到了一点，不是要绕道去攻打龙泉县城，而是准备向西北进到闽北崇安浦城苏区，其理由是便于安置伤病员，同时更易与赣东北方志敏统率的红军部队取得联系。随后，红七军团即向中央革命军事委员会拍发了下一步行动计划的电报。次日拂晓，红七军团踏上了转往西北方向的征程。5000余人的部队浩浩荡荡地经过了闽浙边界的大垟、上洋、木岱、塘上到达溪头、坑口。这里到处是深山密林。在山凹里，大凡在有水源的地方，就不难看见三两户人家。除去到附近集镇采购食盐、换取布匹外，村里人是很少出村寨的。一旦村寨来了陌生人便会立即引来男男女女特别是好奇的小孩围观。浩浩荡荡而来的红军的确使村民们极为震动，有的战战兢兢，有的好奇地前来观望。

像往常一样，红军在野外宿营。9月3日凌晨从溪头、坑口一线出发经福建浦城的东坑桥、丁长坪到达东坑地区。这是一处偏僻的山区居住地。红七军团正准备实施自己拟订的行动计划，朱德、周恩来、王稼祥联名给寻淮洲、乐少华、曾洪易的火急电报传到了，认为"红七军团拟订的第三步计划，一般是可以使用的，但有许多重要任务未曾估计到"，所以发出此项补充指示："红七军团今后的工作有两个中心任务，即一继续彻底地破坏进攻我红军与闽北苏区敌人的后方；二在闽浙赣皖边境创造广泛的游击运动及苏区根据地"。并特别指出："在你们执行任务中不要希望红十军与闽北分区的帮助，因他们要执行军委给他们的任务，但你们确应与他们保持不断的无线电联络，以求得行动上的配合。"此外，军委还向红七军团重申了红军应进行广泛的政治宣传，并成立工会、贫农团及革命委员会，广泛动员民众参加红军，劫富济贫，组织领导地方游击队等指示精神；还要求立即组织几个别动队，其任务是："破坏龙泉、浦城、广丰、玉山之间的汽车路交通工具与电信通信等。破坏兰衢、玉江间铁道、车站、车头箱以及玉（山）、常（山）、江（山）公路"。对于扩大势力范围的事情，红七军团是始终一致地未曾忘记的，但军委本次强调："军团应向基本行进路上两侧派出游击队，给他们一定的任务并限定归还建制的时间，如遇有良好的群众条件，有创造新苏区的条件时可留下干部在当地工作。"对于红七军团的行动，军委可以说是关心备至的，甚至具体行进速度也作了精确规定，军委要求："七军团不必作强行军，每日走二三十里即可，但在自己行动的地带内则肃清保安队、民团及小部的正规部队。"

为使红七军团在浙西发挥出最大的破坏效能以威胁南京国民政府，从而减轻瑞金中央苏区日益严重的被围压力，军委在此同时急切地命令赣东北的方志敏将已向洋口派出的红军游击队改派到广丰一线，并破坏广丰的公路，命令上饶玉山独立营向玉山行动并破坏该段公路，怀玉独立营应向常山活动并破坏该段公路，浙西挺进师则于遂安、开化、常山三角地区发展游击战斗。电报还反复强调"双方的行动应该在 9 月份内予以完成"。

在此同时，国民党军加紧了对红军北上抗日先遣队的"追剿"，当国民党军第四十九师刚刚赶到溪头、坑口时，红七军团又前进到了党溪、登镇宿营。在村头一间普通的瓦房中，曾洪易、乐少华、粟裕三人围绕着军委的电令及今后的行进方向展开了激烈的争论。曾洪易认为应当尽快奔赴皖南，依据是军委最初的作战训令要求红七军团于8月底前赶到，此外就是现在所处的地方缺少党的地方组织。如果必须在当地开展游击战争就要将兵力分散为游击队，否则，难以机动灵活地开展活动。参与讨论的粟裕并不同意曾洪易的后一种设想，而主张以急行军速度前进，尽量避免与国民党军正面交锋，以减少无谓的伤亡。乐少华则认为最为安全可靠的，其实也是最机械的方法就是不折不扣地执行中央革命军事委员会的电令，这样既可争取到休息时间，又可展开活动，即便遭遇国民党军也可以相机攻击。曾洪易对乐少华的主张极不满意地说："中央怎能知道我们的实际情形。红二、四方面军，中央都责备他们，但是，红二、四方面军并未接受中央批评，不是也搞得很成功吗？"乐少华立即以政工人员特有的政治标准批评了曾洪易并取得粟裕的支持。曾洪易怏怏不快地离了座回到自己的临时休息室去了。

红七军团继续北上到达里林、忠信，恰好与闽北苏区派遣来迎接的广浦独立营第三连等地方红军取得了联系。就这样，高举北上抗日旗帜的红七军团与闽北地方红军相遇了。

# 第 10 章　滞留闽北　再上浙西

红七军团与闽北地方红军邂逅相遇，便迅速决定派遣红一师，即先头部队护送伤病员和战利品向着闽北挺进。闽北广浦独立营第三连在两侧小心翼翼地予以保护。

红军的运输队虽然肩负着重担跋涉在崎岖不平的山间小道上，但心头却是喜滋滋的，因为，红军的惯例之一是每个士兵在战后一般都可或多或少地分得一些战利品的。一些新士兵对于红军运输鸦片十分不解。鸦片一向被正直的民众视为洪水猛兽，它可以一下子使人家破人亡。然而红七军团缴获鸦片不仅未焚毁，相反，当作珍贵的战利品予以护送，这是因为鸦片具有重要的战地救护的药用价值。

## 曾洪易力主回闽北苏区休整，蒋介石试图在浙西聚歼红军

红七军团的领导人继续讨论着军委 9 月 1 日发来的电令，主要是有关军团主力向何处去等问题。曾洪易再次迫不及待地提出要回闽北苏区休整。这位曾被国民党军的飞机吓得躲在草丛中脸色变

得铁青的中央代表，怎能承受出发以来长途行军跋涉的疲劳与艰辛。寻淮洲、乐少华此时主张应当遵照军委的命令到江山一线开展活动。

这时，正在倾注其全部赌资并全神贯注地观察着"进剿"中央苏区的蒋介石，获悉红七军团在他的老家奉化附近攻占了庆元县城的消息后，流露出了且喜且忧的神色，忧的是老巢已有县城被攻占，是否还会丢失诚池而使自己威风扫地还不得而知；喜的是正好借助老家风水宝地全歼红七军团以振乡威。转而又一想，红军毕竟是一支游兵散勇式的弱小武装，不足为虑，用不着调动大部队予以"进剿"。但干净彻底地消灭红军是蒋介石的一贯方针，他立即命令伍诚仁统率的第四十九师和浙江省保安纵队第一团同时出动，跟踪红军北上抗日先遣队。

事实上，红军先遣队北上行程的艰难远不在于密林深山和人迹罕至的崎岖山路以及国民党军的"围剿"，而在于到底是留还是去、是北上还是斜向西北等的决策上。寻淮洲、乐少华、曾洪易之间的矛盾交错使军团长寻淮洲十分为难，好在寻淮洲是位敢作敢为的热血男儿，既有勇气又有智慧，所以行动以来总是胜利大于失败。当然这与足智多谋的参谋长粟裕的积极配合和全体红军官兵的英勇奋战是密不可分的。

伍诚仁的第四十九师再次得到蒋介石的催令，显得极为紧张。自从受命"追剿"红军北上抗日先遣队以来，多次失利且不说上司不满意，就是自己作为军人也太煞威风了，怎能不让上司说是脓包呢！伍诚仁的第四十九师拼命追赶，浙江保安纵队凭借着熟悉的山地地形，急速向红七军团扑来。在福建与浙江交界的党溪一带，红七军团主力与紧追而来的第四十九师发生了激烈的战斗。

前来的国民党军是主力还是散余部队，红军一时难以弄清。如果按照军委作战命令：对小股部队要予以歼灭，但此时红军已经分散，不便集中聚歼第四十九师。

坚决主张返回闽北的曾洪易认为：返回闽北是眼下唯一现实而且将能鼓舞红军官兵士气的行动。一旦中央代表坚决主张一种意见时，任何其他的军团领导的辩解争执都是毫无意义的。当然，乐少华的"政委最后决定权"也毫无作用。因为，中央代表毕竟是代表中央行使职权的。

红七军团只得立即改道向着闽北转移。

## 红七军团滞留闽北，红六军团进军广西

炎热的天气，石头都被烤得像刚出锅的热煎饼，山路两边的花草也被烈日晒得耷拉着脑袋。红军经管九、小碧穿过群山逶迤的江（山）浦（城）公路，风景如画的渔梁展现在红军的眼前。红军刚刚逼近，先头部队立即发现迎面来了一辆卡车。显然，这只能是国民党军的卡车。红军立即拉开架势埋伏在一个拐弯处。若无其事的卡车驶入了红军伏击圈，很快地就成了红军的猎物。站立在卡车上的国民党军目睹红军前来缴械，未发一枪就向红军举起了双手，这使红军极为惊讶，也许是红军人数众多的缘故。红军从卡车上搬下了一挺轻机枪和 20 余支步枪。红军极讲信用地让所有的俘虏保全了性命，当此后红军浩浩荡荡的后续部队出现在俘虏的眼前时，俘虏们更是暗自庆幸刚才主动放下武器行为的正确。

中央革命军事委员会要求红七军团除了消灭小股国民党军外，更重要的是破坏国民党军的交通线。在公路上埋设炸弹、制造障

碍，对于红军来说实在是件再简单不过的事情。不到一顿饭的光景，随着一声声"轰隆"声，江浦公路即被炸出了无数窟窿，沿途电线也被剪得残缺不全。而红军在此同时却肩扛战利品含笑进到了闽北苏区。

正当红军北上抗日先遣队安然地进到闽北苏区之时，奉命西征的红六军团在任弼时、萧克、王震等的精诚团结的统率下，冲破了国民党第四路军前敌总指挥刘建绪二师一旅的围堵，于9月4日也胜利地进到了广西西延县境。

寻淮洲等率部进到闽北上洋地区，凌晨山区清新凉爽，他们都深深地缓了一口气。曾洪易怀着喜悦的心情告诉部属："前面就要到达闽北苏区中心浦城古楼了。"

虽然，红七军团已经开始了第三阶段的军事行动，正在浙西交通上尽可能地破坏国民党军的交通、通信等设施。但是，现在来到闽北，则应按照中央革命军事委员会的作战训令去与闽北军分区黄立贵所属的独立团取得联系。其实，在红七军团的第十九师改编为北上抗日先遣队以前，黄立贵所率独立团的正式番号即是红七军团红二十一师第五十八团。当然，现在已经归属闽北地方红军建制。

自赣东北的局势紧张以来，也即国民党发动第五次"围剿"以来，黄立贵的独立团就一直未曾有过很好地休整，一会儿出征江西贵溪，一会儿出征福建崇安。此时，又奉命挺进到福建政和县东平地区开辟新的苏区。

炎热的天气与简陋的饮食条件，使众多的一向营养不良的红军官兵患上了痢疾。体质差的红军部队一旦遭受到细菌的侵袭，只得停下休息。因为，在此时此刻任何的勇敢与顽强都是无济于事的。简便有效的办法则是取得良好的休息条件并得到适当地治疗。对此，红军士兵几乎都是天然的唯物论者。从实际行动看，红军对上帝和老天爷的兴趣太淡薄了。

红军来到了古楼中心苏区，从冷清的欢迎场面上，红七军团领导人已觉察到若以此地为依托，显然是力量太薄弱了。但毕竟是苏区，红军得到的慰劳品比起其他一般地区来还是丰富的，而且红军可以毫不客气地享用。此刻最为焦虑的是曾洪易，他这时一心想去赣东北，曾多次电请中央批准同意，但每次都未得到明确答复，所以不能贸然前往。

## 朱德来电：七军团在闽北的行动是盲目的儿戏

此时的中央革命军事委员会对于红七军团率部进入闽北的行动极不满意。9 月 7 日，朱德亲自向寻淮洲、乐少华拍来电令，郑重指出："七军团的行动在军委的命令及训令中都已明白说明，近几天来七军团是在同闽北部队作盲目的儿戏，以致使较弱的孤立的敌人进到渔梁地域，七军团未完成自己的战斗任务"，"你们拟于闽北边区休息，这恰合敌人的企图，因敌人企图阻止你们北进而将你们向西逼，走一处停一处则使敌人能洞悉我军的行止"，最后"命令你们立即执行军委 4 日 17 时的训令，并注意以下各项：一，限本月 10 号必须将留下的伤病员及资财交闽北分区部队运回，绝对不得迟延等待；二，七军团应集结兵力转移到新的隐蔽地域以便于袭击渔梁之敌；三，立即执行别动队及游击队的任务；四，将你们决心电告军委"。

一向精于政治算计的曾洪易受到军委的批评，知道滞留闽北已经不行了，当然更不要说是进赣东北了，此外，从实际情形来看，再待在闽北也实在无多大意义。曾洪易立即向党中央、中央军委拍发了将部队转向皖赣边界行动的请示电。为什么现在突然要积极地直奔皖赣边界？曾洪易灵机一动，拟出的理由是："据此间报载浙皖均发生严重旱灾，尤以浙西之遂安、寿昌、昌化、桐庐一带为甚，最甚的是皖南歙县、休宁县。"此外，曾洪易据有的另一条重要依据是："据该省委报，……皖南徽州新苏区公开了7个县委苏区版图，约二三百里与该新苏区相连结之黟县、歙县、休宁、绩溪4县均有秘密县委的秘密组织，还有太平、宣城两中心县委党的秘密组织颇发展，浙西党的组织甚薄弱了"。最后，曾洪易写道："我们意见是七军团的行动，施行应到达皖赣边配合地方所领导之秋收斗争与游击运动，使这一地区迅速赤化，建立广大的根据地，候这一地区赤化后即成立皖赣省委并以皖赣省委为中心省，统一领导和指挥赣东北、皖南及浙西工作，一切具体工作和分区、组织及部署等，必须候我们到达该一带后根据当时的具体情况来决定。"

曾洪易的这一份电文虽是北上，但是并未遵循军委关于红七军团应在浙西广泛展开活动的指示精神的电文传到瑞金以后，也同从前那些违抗中央革命军事委员会电令精神的电文一样，没有得到确切的回复。

闽北紧邻浙江江山县的二十八都地区，自古以来就是兵家必争之地，现在成为红七军团的前进目标。自从红七军团向军委电送了有关二十八都及其附近地区的军事情报以后，细心的朱德一刻也未曾忘记。已是夜晚9时，朱德急电寻淮洲、乐少华，要求："一，你们今日到达位置在二十八都哪一方面及距离该处里程望立电告；今后七军团到达地点应指明在何方向距何处有多少里，电告军委。"

寻淮洲、乐少华在古楼的临时司令部里收到了电令，未作出任何回应。曾洪易茫然了。红七军团在古楼的休整继续有条不紊地进行着，这对于可能发生的激烈战斗是十分有必要的；同样，将此类行动尽可能全面地报告军委也是必要的。红七军团迅速地安置好伤病员，补充了可能得到的部分给养。最后，军团指挥员一致议定：迅速北上浙西。

"追剿"的国民党军第四十九师跟到渔梁以后便不愿大踏步地继续追赶；但是也没有坐等红军在渔梁的再度出现，而是积极联络浙江保安团先后赶到浦城、仙阳和江山二十八都一线，企图堵截红七军团继续北上；江西上饶、玉山地区也同时派出重兵把守，企图阻止红七军团进入赣东北地区。

## 遭到军委严责，曾洪易像泄了气的皮球

9 月 9 日，正欲积极行动的红七军团再次接到了中央革命军事委员会关于要求红七军团迅速北上的电令，于是开始离开浦城执行军委 4 日"务破坏浙西交通通讯"的命令，同时派遣了一个团殿后跟进，用以破坏江浦公路和迷惑国民党军。

中央苏区紧张的局势，使得朱德更加注重起红军北上抗日先遣队的活动成效，继凌晨发出继续北上的电令仅几个小时，朱德又发来了急电告知红七军团：国民党军已经在江山县二十八都沿线部署了重兵，再次要求红七军团不要停留下来休息，应立即执行军委 9 月 7 日规定的北上任务，伺机歼灭分散行动的追堵之敌；在此同时，还应派出两组侦察队，一组向二十八都，一组向二十八都西北侦察。朱德特别郑重地指出的是："不论突击其堵截或是尾追之敌，

都不要改变北上任务"，"但不须以急行军增加病员与疲劳，每日行二三十里"。

红七军团急速地离开了武夷山，向着浙江风光秀丽的有着江郎山壮景的江山县前进。行进途中，曾洪易、寻淮洲、乐少华收到了朱德、周恩来、王稼祥联名发出的指示电，毫不客气地指出："你们提议七军团向赣东北行动是不适当的"，"这是放弃创造浙西游击区域以调动敌人的基本任务；是畏惧敌人的行为。根本问题还是军团首长在战略上未考虑到转入赣东北一是冲破封锁减员更多，二是将吸引更多追敌到赣东北，军事上放弃浦江等敌军防守严密的地段行动"。红七军团今后的任务是什么？军委指出："应执行原定北上任务"，"北上路线可不经浙赣边界而改由二十八都至江山大道以东山地至清湖镇附近渡河后转经江山、常山以西向开化地域行动"。从目前接触的材料来看，中革军委这样具体、无微不至地指挥红军北上抗日先遣队的情况，还是很少见的。中革军委对于该部队的行进速度、方向、缓急、去留等都给予了详细指示，电文还指出："在清河镇附近渡河时，七军团须以一小部游击江山，用主力解决或监视清湖镇之敌以便渡河，江山附近船只甚多，在到清湖镇的前一天可派先头团队以急行军半天赶到清湖镇附近，搜集船只，并占领渡河阵地以便掩护主力渡河。"对于破坏国民党军的后方设施，如铁路、公路、电话等，过去军委曾多次提及，此次仍然再作一次强调："与时常出现在江山一线的方志敏红十军部队取得联系，同时，应特别准备一下给'追剿'的伍诚仁第四十九师以打击，以便顺利北上。"最后以严肃的语气指出："在部队中应防止与坚决反对想缩回赣东北的情绪与企图。"当曾洪易读完了电令以后，浑身几乎湿透，如此严厉的措辞像尖利的宝剑直刺到心上，脸上白一阵青一阵，像是打摆子一样难受。他怎么也想不通，他的第二份报告不是已经明明写上了不再去赣东北而改向皖赣边了吗？这到底是怎么回事？也许，是瑞金的战斗激烈得使中央革命军事委员会首长们无暇顾及了。曾洪易像泄了气的皮球，什么也不想再说了，美丽的江南水乡风光也无心去欣赏了。

### 借一把木锯做截肢手术，救了军团保卫局局长周群的性命

经过整整一日的行军，红七军团领导人都感到太疲倦了。然而，充当指挥员的基本素质使他们始终注意到了克制与牺牲在此间的重要意义。他们顾不上休息便来到普通士兵的宿营地，倾听士兵在议论或希望怎样。此时，军团保卫局局长周群自从动过手术以后痛苦已经大大地减轻，脸上露出了十分难得的微笑。说到周群的手术，这的确是令人难以忘记的。年轻的周群是在刚入福建时，被身着红绿袍，身上贴着鬼符，用朱砂涂成大花脸的大刀会用暗枪击伤了膝盖骨。在进驻闽北后，他的伤口因天热、医疗条件差而恶化了，如不及时抢救则可能迅速危及生命。军团卫生部部长谭志刚立即将这一情况报告给寻淮洲，寻淮洲立即转报朱德，得到答复是："一定要救活他。"救活他必须动手术，然而截肢手术必须有医疗知识。于是在生死逼迫下，谭志刚急忙找出教科书，没有器材，就去老百姓家借了把木锯。谭志刚认真按照书本要求，仔细地切开皮肤，分开肌肉，暴露出骨膜，切断，缝合。一切都按照教科书进行，手术取得了成功。此后，他一直继续担任保卫局局长。

# 第11章　激战江山

江山县，位于福建、江西、浙江三省结合部。在该县远近闻名的仙霞关附近有个叫作保安的小村，那就是南京国民政府蒋介石统治时最大的特务头目——军统局局长戴笠的老家。

江山县的民众不仅未领受到这位知名人士的恩惠，相反却得了些恶名，也许是戴笠早年在保安所受的虐待多，因为在幼年时代就死了父亲，生活贫困，以后他逐渐成了乡里游手好闲之辈；也许他发迹就是从他的不务正业以致被逐出乡里开始的。

共产党在该县的僻壤乡村中早有活动，人们从江山县共产党组织的发展情况中会发现，中国共产党力量的获取与发展，绝大多数是依靠贫困的乡村及其村民，如鄂豫皖、井冈山、闽浙赣、湘鄂赣、陕北等莫不如此。虽然，诸如上海等大都市同样有着共产党，但毕竟是只能处于秘密状态。江山是个铁路与公路交通都十分便捷的县地。共产党在此地的秘密活动发生于1925年。1932年，这里有了共产党的支部组织。这也许有些使人费解，交通便捷的国民党腹心地区竟然能成立起共产党的组织。其实这毫不奇怪。如前所说的，除去在偏僻山地，还有贫困因素。从共产党组织在某地某时的活跃状况就可以反衬出该地区民众的生活贫困状况。即便是国民党统治的腹地江山，一旦民众的贫困始终不能摆脱，那么任何响亮动听的说教与宣传都是难以维持长时间稳定的。贫困的民众获悉共产党财产公有、劫富济贫的主张以后是自然要归附共产党的。红七军团在江山的经历就深切地说明：只要是民众的经济生活日趋贫困或久衰无振，则贫困的民众就必然要推翻这个不合理的政权。这几乎是条不可抗拒的规律与真理。

## 蒋志英设了个不怎么高明的口袋，等红军来钻

红七军团向着浙江浩浩荡荡地前进。浙江保安纵队第一纵队副指挥蒋志英颇为高兴，因为他已满怀希望地在二十八都至江山县城一线埋下了伏兵，正等待着红七军团自投罗网，来钻他布置的并不高明的口袋。

红七军团高举着北上抗日先遣队的旗帜离开了福建浦城王村，于 9 月 12 日顺利地来到了浙江江山县岭下、岭后地区。时值细雨霏霏，足智多谋的寻淮洲透过看似宁静实却暗潜紧张的空气，似乎看到了蒋志英等国民党军部队严阵以待的阵势，他突然决定避开军事要地二十八都，绕过五显殿直穿江浦公路向东。虽然雨势渐大，但是红军官兵毫无懈怠之意。此时，寻淮洲坚决果断的力量来源的关键，看来还是因他在严肃地执行着中央革命军事委员会的训令。在寻淮洲看来，判断是否忠实于中央革命军事委员会命令的最好标准是能否完成其规定的任务，以取得军事或政治的胜利。

红七军团来到了安民关，迅速地派出了两支工兵宣传小分队前往常山至二十八都一线以破坏交通和通信设施，又尽可能地宣传红军的政治主张。主力则越过招贤岭，经长滩、徐罗，当晚到达东

坑口、周村地区。此阶段，红军每去一地都要随身带上一些宣传品，如《中国工农红军北上抗日宣言》、《告农民书》等，广为散发，四处张贴。饥寒交迫的江山民众虽然有相当多的人因缺少文化而不能明白红军的标语说些什么，但是，他们在凄风苦雨的生活熬煎下，看到了红军情绪饱满地肩扛步枪、机枪十分威武的神色，便肯定了至少红军是不会比当地贫困民众更饥饿的，既然红军部队可以使人吃得饱穿得暖，于是一些贫困的民众便当场报名参加了红军。

9月12日，天刚拂晓，大雨渐停，但山雾仍笼罩四野。红七军团继续前进。大个子师长王永瑞率领着他精干的红三师由后卫暂作先锋，翻山越岭经叶家洋、岭丈坑、东坑，再翻大仙岭进入了岭底、新山、昭明、淡溪口、和睦和小清湖等平原开阔地区向着清湖镇逼近。红七军团彻底地脱离了蒋志英在二十八都设下的防区，使蒋志英白费心思而且毫不知晓，还在指挥所里眼巴巴地盼望着红军前来送死。

## 佯攻江山，江常一带大破袭

清湖镇距离江山县城15里，是仅次于县城的大集镇。镇边有个江山港，水陆交通极为方便。下午3时许，红军到达清湖镇。畏缩在两座碉堡内的地方保安团不断向红军射击。地方保安团的对抗使红军指挥员大为恼怒。王永瑞统率的红三师爆破队立即迂回逼近并巧妙地摧毁了这两座碉堡。镇上的居民被惊吓得惶惶不可终日，这是不难理解的。巨大的"轰隆"声震动了全镇，在居民们看来，兵荒马乱的年代听到枪弹声，总是令人担心的。

在镇上居民正欲作出各种各样的猜测之际，红七军团迅速地渡过了江山港，控制了对岸蔡家村周围地区，以造成佯攻县城之势。

县长周心万因再次得到红七军团可能攻打江山县城的情报而焦急万分，急电省府主席鲁涤平请求增援。蒋志英收到鲁涤平关于加紧防范的急电后，立即明白了红军一定有重要行动，于是急派驻守硖口的浙江保安纵队第三团第一营乘车赶到了清湖镇，其第四团第三营第一连立即出发接替硖口的驻防任务；另外，其第六团第二营、第四团第三营也驾车赶到贺村镇南部清湖镇一线集中，用以前后夹击红七军团。然而，遗憾的是蒋志英设想运用现代化运输装备以取胜红军的计划却因卡车数量有限而成为泡影。

红军占领了清湖镇，立即命令红三师以一部向北警戒，占领尖头山，监视县城方向之敌。差不多于警戒部队行动的同时，寻淮洲、乐少华亲自带领一个传令班赶到了镇北地段观察地形，在距离蔡家村不远的一个松林地段，突然迎面撞上 4 个农夫打扮的可疑人员。寻淮洲凭借着自己多年积累的经验，仔细一看，当即判断一定是遇上了国民党军的侦探，便用手势暗示大家，注意抓住机会，最好抓活的。国民党军侦探大摇大摆地迎面走来，他们以为乔装上阵的寻淮洲、乐少华等都是自己人。当双方仅仅相距三丈远时，寻淮洲突然命令红军士兵勇敢地冲向前去，来个突然袭击，当场活捉了两个，另两个走在后边的见势不妙拔腿就跑，红军既未追击也未射击。因为，抓获两名侦探就已足够弄清所有需要弄清的敌情了。当他们还未来得及讯问两个被俘的侦探时，浙江保安纵队第三团第一营就随后紧追赶到，首先向着红军阵地猛冲过来。寻淮洲因兵力太少，只得急速返回。此时，在清湖镇两里外的乌沙坂，红军前卫部队与浙江保安纵队发生了激烈的遭遇战。红军发起猛烈攻击，国民党军凭借精良的武器装备，连续向红军发动攻击。红军占据着有利地形，从侧面迂回，国民党军四面受围。红军以不错的战绩结束了战斗，打死打伤国民党军 30 余人，击毁卡车 3 辆。刚刚打扫完战场，夜幕就全都挂上。红军在清湖战斗中取得了胜利，对于寻淮洲来说，这胜利太平凡了，根本用不着庆贺。普通士兵此时最关心的问题是最好能睡个安稳觉，以弥补在福建山区中因被蚊虫叮咬而无法入睡的损失。

蒋志英一听到所部在清湖镇吃了败仗并被迫直退县城的消息，立即显出闷闷不乐的神色，甚至有些惊恐。对于红军，蒋志英并不陌生，红军的厉害与脾性他早已略知一二。所谓诱敌深入、敌退我追、敌疲我打、敌驻我扰等战术的确使人伤透脑筋。入夜 8 时 50 分，蒋志英悄悄地硬着头皮亲率两个营从贺村兼程出发，经清湖路口北侧，于 9 月 13 日凌晨赶到江山县城继续抵抗红军。他担心，万一县城被红军占领，自己将不知受到何种严厉的处罚。他深知委员长蒋介石对于督战无力者一向是严惩不贷的。蒋志英前往静悄悄的县城，由于不知红军虚实，烦躁的心情不断涌来：红军可能还没有去占领，如果占领了县城，则贫困的民众是一定会欢呼雀跃的。因为红军可以慷慨地将劫富之财物以救济贫困的民众，从而大受民众的拥护。谨慎的蒋志英首先占领了老虎山。驻守贺村的浙江保安纵队另一部除留少量兵力占领县城大路口东侧高地，埋伏观察，企图等待天亮以后配合城内守军向前来攻城的红军进攻。

红七军团在清湖镇更注重宣传攻心战的积极作用，一方面尽可能地扩大宣传面，四处张贴与散发传单；另一方面又尽可能地节约，绝不随便浪费一张传单。虽然，镇上的文盲肯定不少，但也有相当数量的人士因红军宣传面广而初步了解了红军北上抗日先遣队及其政治主张。肩负筹措军饷任务的没收委员会沿街搜索，一些富裕的土豪劣绅财主的食盐、粮食和布匹等都成了红军的战利品。红军将其中的一部分发给了镇上贫困的民众。当红军没收委员会的搜索队来到汽车站时，恰巧看见站长正在与国民党军某部队通电话联系，就这样，连同电话机一起成了红军的俘获物。

浙江人差不多都具有一种敢于闯荡的冒险精神，这几乎是东南诸省所熟知的了。红军的到来，使这一带受到破坏的共产党组织及其积极分子又迅速地活跃起来。曾经就读于北京某高等学府的朱曜西和进步女教员姜云卿听说红军到来而高兴万分，特意从乡下赶来向军团领导人作自我介绍，并要求加入红军。虽然，寻淮洲、乐少华、曾洪易对这两位热情而来的年轻人将信将疑，但最终还是将他们接收了下来。他俩虽然没有任何足以证明自己亲共反蒋的材料，但是凭他俩憔悴的缺少营养的脸色基本上便可断定他俩属于贫困者之列。

红七军团在江山忙碌开了。虽然江山交通便捷，但其山区地带仍然是极不方便的。按照军委的电令而前去破坏江浦公路的一营战士在执行任务后，却因山路崎岖复杂以致无法追赶上红军主力部队，而只得留在江山浦城地区开展游击战斗，暂时归入闽北分区。一年后，粟裕率领红军北上抗日先遣队余部重返浙西的时候，该营又改为粟裕所属的红军挺进师的一部。

9 月 14 日，天空渐渐晴朗，红七军团决计出发，并不是要去攻打县城，而是要以神奇的行动方式迅速跨越杭（州）江（山）铁路继续北上。临行以前，寻淮洲、乐少华亲自授命，派出侦察连、工兵连一同前往炸毁五都大铁桥，并派两个连前去炸毁江山五都之间的贺村交通设施。国民党军的飞机迅速侦察到了红军的动向，立即增派了 3 个营占领清湖镇东侧。浙江保安纵队第六团第二营占领油山，第四团第三营占领大王山。然而，做好战斗准备的红七军团面对着国民党军的挡道显得毫不退缩，于是，两军展开了激烈的战斗。红军先头部队根据敌情，派出三支小分队向国民党军发起进攻，主力部队继续安然北上。三支小分队，第一支到国民党军主阵地的油山附近发动攻击；第二支进攻大王山守敌；第三支抄到国民党军后方发起猛烈突击。激战中，阵地上的树木被炸得横飞乱舞，枪炮声交织一片。激战至 10 时，油山、大王山一带的国民党军已被英勇的红军打得无法抬头。国民党军补充第一旅第一营闻讯后也不敢贸然前进，只得退守江山县城，其所属一部遭受红军侧后袭击后只得向操场岗方向溃退。

与此同时，红军主力部队悄悄地经蔡家村西北小道，穿过路口，跨越杭江铁路，经荷塘、里坞、郭丰，先后到达鳌头、上湾、占村一线，其后卫部队击退了从江山赶过来截击红军运输队的保安团，并缴获步枪 10 余支。派往贺村破坏铁路桥梁的红军侦察连刚刚到达贺村，便与从玉山而来的国民党军发生遭遇战，由于红军人多势众，国民党军的 1 挺轻机枪和 20 支步枪都成了红军的战利品。此外，红军还割断了该地段的电话线，炸坏了铁路桥、汽车站。

红军卓有成效的战功，使当地的民众大为受益，有相当多的民众无偿获得了红军缴获的美国生产的精白面粉。

度过了安宁的一夜，红七军团从上王、鳌头匆匆出发了，经十里铺来到地处江（山）常（山）公路边的大陈地区。大陈与常山县仅有一步之遥，杭江铁路也经于此，按照军委命令，大陈的五都航头大桥将是红七军团的重点破坏目标。这座 200 米左右跨度的铁桥，虽然并不算长，但却占据着重要的位置，所以国民党军队日夜都布置了岗哨戒备。

红七军团负责人一致认为，其所部红一师第一团富有破坏敌军交通设施的良好经验，因而决定将炸桥任务交给第一团。团长立即组织了炸桥小分队。9 月 15 日下午 3 时许，炸桥小分队经南蕉、雁塘进到了五都航头大桥附近。机灵而胆小的国民党军哨兵突然发现附近草丛中隐伏着若干红军士兵，立即吓得拔腿而逃。

在江常交通线上，倘若要想破坏整个铁路线绝非容易的事，但若要炸毁某个地区间或是单独的桥梁，从此时国民党军的戒备状况来看，则并不是极为困难的事情。所以，炸桥小分队不慌不忙地在航头大桥的第二个桥墩装上了炸药。然而，遗憾的是小分队低估了现代化铁路桥梁的坚固性能。随着"轰隆"声响，火车虽然不能通行了，但桥墩仅仅是被炸坏了一个角，铁轨也仅仅是弯了一些而已。拥有现代化修理设备的国民党军修复此等损伤的铁路大桥，实是一件容易的事情。显然，红军本次的炸桥行动并未能取得预期的效果。

红七军团在此同时派出到贺村地区进行破坏交通线行动的红三师，正在白石街一线积极展开活动。

## 大陈激战，飞来的枪弹打碎了王永瑞师长胸前的望远镜

蒋志英率领所部在清湖镇路口并未能阻止红七军团的继续北上，却又获悉红七军团神秘地出现在大陈地区，立即决定除留下所属的第三团一个营守卫江山县城以外，自己亲率所部协同补充第一旅第二团第一营经贺村赶到大陈的丰足南端一线。独断专行，往往

铸成大错大恨。此时，蒋志英深知自己所吃苦头中有相当数量的教训就在于此，冷静地考虑了以后，便召集了各位团营长同来谋划一番。

出于职业的敏感，蒋志英迅速发现红军正在丰足地区修筑工事，预感到红军在此地不是为防范就是试图出击。无论怎样，红军是必定要在丰足待上一段时间的。既然如此，这就恰合了蒋志英的心愿。在此之前，蒋志英在其作战计划上写着：补充第一旅第二团第一营应立足丰足南端高地，分别从正面和侧面攻击红军；浙江保安纵队第四团担任右侧攻击；第六团第一营作预备队跟随总部随时准备增援。9月15日下午2时，正是赤日炎炎。蒋志英首先发起了攻击。剑拔弩张对垒的两军一旦接火，自然打得不可开交。蒋志英认为自己谋划得无懈可击的攻击部署是一定能够奏效的。

"夫战，勇气也"，也许蒋志英过于疏忽了对于古代中国军事家们此类论述的学习与理解。红七军团沉着应战，竟击败了国民党军一次又一次的进攻。三个小时后，交战双方都显出了疲倦之意。但国民党军毕竟人多势众、弹药充足。首先，浙江保安纵队第四团占据了大陈南部高地；补充第一旅第二团第三营占据了大陈东部高地；浙江保安纵队第六团第二营占据了大陈中央高地。前往炸毁五都航头大桥的红军部队在返回的途中，听见一阵阵激烈的枪炮声，立即包抄到国民党的侧后予敌人以袭击。然而，红二师、红三师却已疲倦得不能再继续进行卓有成效的作战了。红军突然面临着严重的战场形势。面对此情此景，久受失败刺激的蒋志英未敢松懈，又派出部分预备队，向红军第一师第一团进攻，同时继续抢占镇武山、马鞍山、十八亩山制高点，以形成四面包围红军之势。红军仍然坚守阵地，直到夜色降临，立即集中力量开始反攻。

红军与对夜战并不陌生的蒋志英进行了激烈的对抗战斗，持续到次日凌晨 2 时。突然，国民党中央航空学校的 6 架飞机奉命从衢州飞到了大陈上空。霎时，炸弹爆炸的声浪拍打着大陈红军阵地。浓烟弥漫，山色为之暗淡。师长王永瑞挂着望远镜亲临前沿阵地指挥，正欲放下手中望远镜的时候，突然一颗子弹飞来恰好打碎了王永瑞胸前的望远镜，情况危险得玄乎。当王永瑞尚未反应过来的时候，又一阵枪弹扫射而来，王师长应声倒下，其头部受了重伤，大腿、手臂连中几颗子弹。52 年后，笔者采访曾任中国人民解放军军事科学院副院长的王永瑞，谈起此次战斗时，老人说："江山大陈战斗给了我永世难忘的记忆。"

枪炮声渐渐稀落，天色微明。红军再度处于被动挨打的地位，红七军团指挥员当机立断决定撤出阵地，退回驻地。

大陈血战，红七军团与蒋志英所部双方都付出了重大的代价。红军伤亡 80 余名士兵。曾数次被红军击败的蒋志英此时面对红军的突然撤退而显得有些手足无措，不知是诈还是真，当然不敢贸然追击。

## 偷袭常山，红军的冒名电话急坏了浙江保安纵队

差不多在红军撤出大陈战斗的同时，红军另一部分已经悄悄地装扮成了国军的保安部队正向着常山县城偷袭而去。

大陈地区激烈的枪炮声并未立即传到常山县城。在这个弹丸小城中，原驻有地方保卫团和基干队。当红七军团猛烈地攻打清湖镇的时候，省府又增调了浙江保安纵队第二大队和保卫团干训班、军士队以及驻守邻县开化的浙江保安纵队第二团第一营，全部驻守

常山。守卫的国民党军部队加固了栅栏，周围还筑了7个碉堡，建造起堪称稳固的防护带。

对于国民党调兵遣将以加强常山县城城防诸事，红七军团毫不知晓，仍然认为不过是几十名地方保卫团员护城而已。

9月17日凌晨4时，装扮成保安团的红军小分队迅速地逼近县城，出其不意地向守城的军士队发起了猛烈袭击。当然，军士队怎能是久经沙场的红军的对手？红军趁势进入城内，沿着大街直奔县署，另一部分从城南水沟门洞进城，向天马山发起进攻。常山县县长李文凯在睡梦中被惊醒，听到城中枪声大作，刚出大门便与红军迎面相撞而退缩回屋，继而转从后门偷偷地独自逃跑了。

进攻天马山的红军遇到守城的军士队和浙江保安纵队的顽强抵抗，红军只得暂时被迫撤退。

天色微明，形势当然将向着不利于红军的趋势发展。正当军士队和浙江保安纵队准备全面反扑的紧要关头，一条从杭州传来的消息使得守城的浙江保安纵队等部都极为震惊：蒋志英在江山受到红军重重包围，成坐以待毙之势，急切地等待援兵。紧接着，又传来了江山县城被红军包围的消息。然而，驻守常山县城的浙江保安纵队指挥官并未立即回援，而是希望能够保存实力。入城的红军早已清醒地认识到了现在不是几十名保城团员护卫的问题，而是一旦天明县城四闭，红军必然遭受重大伤亡，所以当即决定以最快速度携带着缴获的50余支长枪撤出县城。整个战斗，红军伤亡20余名士兵。

红七军团主力继续北上。在行进途中，寻淮洲等军团首长表扬了攻入常山县城的红军小分队的勇敢机智。原来，红军小分队在攻入常山县城受到强敌抵抗与包围之时，便立即割断了县府通向杭州省府的电话线，然后模仿焦急而紧张的浙江保安纵队指挥官的口气向省府报告了蒋志英部以及江山县城被围的"情报"，浙江省府立即向驻守常山县城的浙江保安纵队所部告知了这一危急的求援情报。红军小分队机智的举动使浙江保安纵队手足无措，而红军小分队却正好借此机会安然撤离。

## 先遣队常山港过河拆桥，俞济时、王耀武望江兴叹

正在红军第一小分队进攻常山县城时，第二小分队已经控制了常山港，截获了正从常山向衢州方向逃跑的土豪及其家属，从缴获的 20 只船中搜出了一万多块银圆。接着，红军将船只连成浮桥以便让主力红军迅速通过。寻淮洲率部从大陈撤退以后，浩浩荡荡地踏上了浮桥，安然渡过了常山港，未敢稍停便又马不停蹄地经外港、丁家坞、詹家山到达委家堡地区。

浙江保安处处长俞济时和补充第一旅旅长王耀武同率补充第一旅第三团从玉山急赶到常山增援，中午赶到港口，与红军后卫部队仅是一步之差，只好眼睁睁地看着红军安然离去。红军在渡河以后便拆去了浮桥，致使国民党军无法迅渡。重铺设浮桥十分困难，因为红军销毁了浮桥材料。俞济时、王耀武只得立即命令：所有栅门一律关闭，搜索城中的每个角落，同时在宝塔寺的山上架起迫击炮向老虎山和常山港对岸轰击，并依靠老虎山碉堡的掩护，用强大火力占据了一侧山地与担任掩护的红军后卫队展开战斗，以消心中积火。下午 3 时，红军主力突然消失在常山城附近，掩护部队也悄然而去。俞济时所部轻松地占领了老虎山。当然，只是座空空的山头。整个常山战斗就这样莫名其妙地结束了，国民党军除去丢下

60 多具尸体以外，似乎没有什么更有价值的事情值得记载了。

虽然俞济时、王耀武并未立即追赶红军，但寻淮洲心中十分清楚，国民党军无论如何是不会放松"追剿"的，而且似乎从激战后的冷寂空气中感到了更加激烈残酷的战斗又将来临。更令人心焦的是红军部队日益增长的厌战情绪发展到了不得不向中革军委汇报的地步，寻淮洲决计尽快转移。9 月 18 日，天色微明，红军北向至常山县北乡芳村镇，天随人愿，碰上了 18 名巡查治安的地方警察保卫团团员。红军未放一枪就将保卫团团员悉数俘获，随即又趁势捣毁了芳村镇公所，一系列轻松而富有战绩的行动，使红军官兵的精神明显振作。

红七军团继续前进，经阁山底、松香门、双溪口、黄坞岭抵达芳村，而前卫红三师则已到达芳村附近的芙蓉。

在此同时，正在西进途中的红六军团战胜无数艰难险阻，成功地进行了新厂战役，狠狠打击了孤军突进的"追剿"部队，胜利地粉碎了湘桂黔三省国民党军的"围剿"，于 9 月 20 日乘胜进到了贵州省的黎平、瓮安地区。

## 蒋介石闻讯老家被袭异常震怒，鲁涤平为求保境良策食不甘味

差不多是秉承同样的战略意图，即吸引"围剿"中央苏区的国民党军兵力以减轻中央苏区的压力，寻淮洲所率的红七军团自渡闽江后，以方志敏、罗炳辉的名义开展活动，占领罗源县曾一度引起福建省府的高度紧张，而近来连续攻占庆元县城和常山县城，则更使浙江省府大为紧张。有相当数量的中华民国的公民知道，浙

江是国民政府主席蒋介石的老家，一旦蒋介石的老家也被红军占领，不知他们将会作何感想。为此，大为震惊的浙江省府主席鲁涤平曾于 9 月 14 日、15 日连续召开了浙江省府成员及保安处参谋会议。为求一良策，鲁涤平甚至连家也不愿回，下榻在办公室随时听取各种"剿匪"报告及对策，最后议定出了既是命令又是恳求的一纸文电，要求各县加强防卫，万万不可让红军再度攻城陷地；同时，急电浙江保安纵队迅速赶到遂安县城堵防。补充第一旅和伍诚仁第四十九师作为尚无显著战绩的专职"追剿"部队则更需卖命地追赶。

蒋介石在"剿匪"前线获悉老家浙江被红军闹得人心惶恐，立即恼羞成怒，于 9 月 15 日特别饬令浙江各县县长务必"督率部队，固守待援，万一御力尽则与城共存亡"，如果"失陷城镇，糜烂地方，则军法俱在，绝不姑宽"。

驻守浙西地区的国民党军部队日益显露出的紧张气氛，证明了寻淮洲、乐少华、曾洪易统率的红军北上抗日先遣队在浙西的行动是很有成效的。红七军团乘胜进到芙蓉。寻淮洲、乐少华、曾洪易、刘英、粟裕一同来到了一个阴凉的小山村架起了无线电，向中央革命军事委员会主席朱德报告了 9 月 14—17 日奉命破坏交通设施道路及进行大陈、常山战斗等活动情况，特别提到了红七军团内正滋长着一种极为可怕的厌战情绪，这也许是红军队伍中并不多见的现象。军团指挥员正在全力与这种危险的倾向展开斗争。遗憾的是，红七军团疏于使用从苏联红军那里借鉴来的政治思想工作办法，而是单纯地仰赖于战斗的胜利以提高官兵的作战热情。

中央革命军事委员会似乎并未完全获悉红七军团的长篇汇报，仍然按照既定的计划且多次命令红七军团遵照执行的精神发来了电示："在未执行军委给予你们破坏杭（州）江（山）铁道及其附近公路的任务前，军委禁止你们继续北进。七军团主力应在现地域隐蔽集合，并应有充分的作战准备，根据我们给你们的训令，应派出两个别动队，每队兵力一营，一个于常山、衢州间破坏公路，一个于衢州间破坏铁路。"

正处在国民党军四面重重包围中的中央革命军事委员会主席朱德迫切需要了解红七军团现驻地区的敌军情报以及红七军团指挥员们自己的行动设想，以利于中央苏区的反"围剿"指挥。朱德的电文最后特别要求："将江山、常山、衢州、遂安一带的敌情和你们的企图立即报告军委。"

# 第 12 章　浙皖边界巧周旋

中央红军的反"围剿"战争自从广昌战斗失败以后，战况基本都是向着红军最初预期的相反方向发展的，以至于只得作出战略转移的准备，被迫放弃坚持数年的中央根据地。虽然战况一直不利于红军，但是，中央革命军事委员会主席朱德、副主席周恩来和王稼祥都始终保持着异常冷静的头脑，似乎外界什么也没有发生。彭德怀、陈毅、林彪、聂荣臻、杨尚昆、罗炳辉等诸位将领，还有暂居闲职的中央政府主席毛泽东也都平静如常，毫无慌乱之态。红军中的这些精英人物，都曾经是将星星之火引为燎原之势的拓荒人。他们面对困难，当然是不会坐以待毙的，他们充分发挥出红军英勇无畏的气概，不拘形式以保存军队的实力。朱德在前线指挥部里沉着地指挥着红军的战斗。由于战争形势的严峻，原属方志敏领导的地方红军第十军此时也收归朱德主持的中央革命军事委员会统一指挥。

红七军团在江山、常山展开激烈的战斗，吸引了一部分国民党军直扑江山、常山，极大地震动了浙江省府杭州。1934 年 9 月 17 日杭州出版的《东南日报》发表引人注目的新闻："蒋委员长调派大军击溃江山赤匪。"报道了衢州行政公署昨日的专门报告："赣省赤匪罗炳辉残部约二三千人，——于大陈与国军激战一昼夜。赤匪因系乌合之众，终被国民党击溃。"此件又称："常山边阴山底铜山溪口等处发现赤匪，县长李文凯电省报告匪情，并电玉山俞济时指挥清剿。""16 日上午 6 时许，常山电话线忽然被赤匪破坏，致通讯（信）中断。"

## 中央革命军事委员会电令：在浙皖边境建立新苏区；红七军团决定：打下遂安城再过中秋节

红七军团战士们怀着兴奋紧张的心情离开了芳村、芙蓉一线，经毛良坞、西岭岗、界牌岭进入遂安县境，红军怎么也没想到，少数地方保卫团、基干队员竟然凭借着地形与红军进行了游戏式的对抗。红军在浙西首次遇上了显然也十分娴熟于山地作战的对手。但是，红七军团除去有山地作战经验以外，还有绝对优势的兵力及相对精良的武器。只用两支小分队一阵搜索猛打就一举歼灭了散落在山林中的保卫团、基干队员，并乘胜占领了遂安县重要的交通要口白马地区。这里距离县城仅有 40 里路程。

正在分享胜利喜悦的红七军团领导人，突然收到了中央革命军事委员会向寻淮洲、乐少华以及闽浙赣军区司令员刘畴西、政委聂洪钧同时分别拍发来的指示电，电令为在浙西行动的红七军团规定了更为细致具体的行动任务："在浙皖边境的江山、兰溪、建德、歙县、屯溪地域建立新的苏维埃根据地；继续破坏铁路、汽车路和电话线，并应迅速占领遂安建立苏区，然后向淳安、寿昌、衢县、开化范围开展游击战争；派出精干部队，具体地破坏兰溪、江山铁路，杭州、桐庐、建德、寿昌间道路以及建德至歙县、建德至江山河下游地段的桥梁；红七军团不应无目的地继续前进，而应加强对居民中的政治工作，为加强七军团的兵力和干部，已电告红十军派一个独立营随400名新战士及工作团前来遂安，到达后即归红七军团使用，七军团的补充及创建游击队应从七军团开创的新苏区中来补充；七军团与红十军的配合行动应严格遵守中央军委的第一号训令施行，即红十军就继续保卫赣东北苏区，敌军深入苏区即予歼灭，而七军团则应在敌军封锁线外创造新苏区，来援助红十军，红七军团与红十军的具体行动由军委直接指挥，随时准备消灭企图'围剿'七军团的小股敌军；在杭州有大机场，要时刻注意对空防御，曾洪易应保证绝对执行军委的这一训令，克服一切犹豫和不坚决，要和游击主义观念作坚决的斗争，要有计划地利用七军团带去的工作团和红十军派出的工作团来发展党和苏维埃的工作。视新苏区稳固情况即组织省府和地方党部。七军团执行该训令情况以及具体的打算应及时向军委和刘畴西、聂洪钧报告。"

面对这份长电，红七军团负责人没有任何犹豫，他们深深懂得"军人以服从为天职"的重要性。军令如山，毫无疑问，红七军团应立即从当地展开一系列的活动。红军的宿营地白马，位于千里岗山脉北麓，到处是崇山峻岭。早在1932年，闽浙赣苏区吴先民曾在这里秘密地开展革命活动，有了一定的群众基础。显然在这里开展一些游击战是很可能会有所成效的。

为避免遭受国民党军的袭击，红七军团派出了侦察小分队，当然同时更希望能从富豪们那里获取一些必要的物资补充。红军的一支机灵的小分队刚刚到达界牌，就与突然出现的国民党遂安县常备队第一分队遭遇而展开激烈战斗。红军先发制人，打得敌常备队四散而逃，有的急忙钻进草丛刺窝，狼狈不堪。红军小分队情绪昂扬地向着衍昌方向行进。

红七军团负责人在白马考虑着如何利用纪念"九一八"的活动来振奋一下疲惫的军队。虽然这天恰巧是 9 月 18 日，但是，苦于这里缺少一个较大规模的村镇。倘若有村民们的参加，那么部队早就不会出现目前这种疲惫厌战的状况了。此外，军情日紧，时间不等人，红军只得在仅有的几户人家的墙壁上留下了标语便匆匆而行了。

翌日凌晨，寻淮洲伫立在丝丝的凉风中，他和其他军团指挥员一样，一刻也未忘记中央革命军事委员会要求攻占遂安县的命令，便冷静地统率所部向着衍昌方向继续前进，以便相机袭击遂安县城。

闽浙赣军区的刘畴西、聂洪钧自从收到朱德要求援助红七军团的电令以后，极为紧张。因为，国民党军队对赣东北地区的"围剿"与日加甚，实难抽调援兵以作支持。虽然，对援助红七军团也可为自己解围这样的道理十分明白，但此时的红十军已被国民党军的重兵围困得喘不过气来，爱莫能助了。但是，最终还是设法从地方部队县武装力量中派出了一部分来支持红七军团的行动。

9 月 19 日凌晨 1 时，中革军委主席朱德再次给刘畴西、聂洪钧发来急电，对于迅速攻占遂安的命令有所变更，新电令指出：红七军团在遂安县南准备与国民党军队作战，因不能迅速赶到遂安，闽浙赣军区派遣接应的独立营可以到遂安以西地域接应。随后，刘畴西、聂洪钧立即转移地方，以支援红七军团。

红七军团继续有条不紊地执行着自己的作战计划，其先头侦察部队及主力顺利地进行到了儒洪地区，西路也赶到了铜山，东路到达了上方、牛关八都一线。军团政委乐少华轻松地鼓舞着士气，要求迅速稳妥地攻占遂安县城，以便在县城度过即将来临的中秋佳节。这对于长期颠沛流离艰苦转战的红军来说，无疑是一个极大的鼓舞。

## 铜山对峙——寻淮洲想利用地形击破敌较弱一路，俞济时要把红军轰出铜山再作较量

驻守杭州的浙江省政府再次准确地获悉了从瑞金奔波而来的中央红军正向着其地处深山野岭的偏僻山城遂安县进发以后，省保安处处长俞济时对此喜忧参半。喜的是，红军远离根据地孤军深入国民党军腹地，自投罗网，歼灭之日只在旦暮之间。因为，国民党军为了歼灭红军，已在遂安县设下重兵防守，此次很有可能置红军于死地。忧的是，红军极善运动战，几次交锋都未曾从红军那里得到一点实际的胜利，此次当然也是胜败未卜了。但是，俞济时深知对于良好的时机只可抓住不放，万万不能稍有松懈，因此，不仅将调遣命令发向遂安四邻县镇，而且恳请上司增派飞机跟踪侦察轰炸。

红七军团不慌不忙地向遂安县城挺进。从寻淮洲、粟裕等军事指挥员镇定自若的神色看去，仿佛红军已经稳操胜券。事实上，此时如果仍设想在遂安县城附近积极有效地破坏国民党交通及通信设施并予国民党以有力的打击，则已经是不太可能的了。只是因黑夜的掩护，所以使寻淮洲的心中感到十分坦然。红军借着月光慢慢地移动。晨曦初露，奉命增援的国民党军部队却已陆续赶到了遂安县城。县城守敌迅速增加了 2000 余人，几乎与红七军团的全部官兵总数相去不远。

除去俞济时十万火急地赶到遂安县以外，甚至连赣闽浙皖四

省"剿匪"总指挥赵观涛也奉蒋介石关于速将红七军团歼灭在遂安地区的急令,将国民党军追堵部队分作两路纵队,主力右纵队由俞济时统率,辖补充第一旅及浙江保安纵队一部,从衢县正北乡向遂安推进,合击遂安。9月21日出版的《东南日报》刊出了足以使不明真相的国民党军为之震惊的特大消息:"窜遂残匪被包围,国省军今日总攻",并直愣愣地扬言:"3日内即可将匪股全部消灭"。

面对国民党军急骤增加的险恶形势,机灵过人的寻淮洲从容地主张予以回避。虽然,中国古代军事家们曾一再使用诸如避实就虚的传统战法,但是,寻淮洲却是从无数次血火交融的实战中直接取得这一经验的。正当最初奉命救援江(山)常(山)的国民党军部队急忙奉命转来遂安的时候,红七军团却已不知何时从距离县城仅有二三里的衍昌、上方地区神不知鬼不觉地向西行动而去,先后经西源、杨家山,连续翻过三座大岭于天黑以后到达铜山地区,十分巧妙地将国民党军彻底地甩在了县城。

铜山,与白马、上方成三角形状,相互间仅距15公里,但这里森林茂密,山崖高耸峻峭,地势险峻。当地村民中有着"看山跑死马"的说法。

将积极的军事行动变作逃跑躲避,这是男子汉气质浓烈的寻淮洲所反对的,一旦有了良好的出击机会他是从来不愿轻易错过的。来到铜山以后,寻淮洲断定重兵在握的俞济时一定不会善罢甘休,肯定要继续跟踪而来的,因而决定利用铜山复杂的地形对追剿的俞济时部实施在中央苏区时经常使用的"诱敌深入"的战略战术,以打破国民党军的"围剿"计划,从而开始执行中革军委给予的第二项硬任务,"击破敌较弱一路",以争取主动。然而,与红军打交道曾多次吃亏的俞济时也逐渐变得聪明起来。中国有句古语叫作"吃一堑，长一智"。俞济时确实是想与红军较量一番，但当他仔细地听取了其侦察部队所作关于红七军团已进入山高林密的铜山地区的军事情报后，不觉将眉头紧蹙，暗中想道：如果贸然而进，将很可能中红军的埋伏，转而一想，不妨让从南昌行营派来的侦察机到铜山上空侦察轰炸一番，争取将红军轰出铜山，然后再对铜山实施钳形包围以求全歼。赵观涛对于俞济时的行动部署大为赞赏，随即又令浙江省保安第二处处长鲁忠修也急赶常山，共商歼灭红军大计。

红军与国民党军在铜山内外对峙着，红军希望能在伏击圈内看到追击的国民党军出现，而国民党军则开始悄悄地观察着飞机前往铜山侦察轰炸使红军被迫进入国军机枪的射程之中。继扬言要在 3 日内消灭红军后，《东南日报》时隔一日刊出了更加危言耸听的预测："总攻令下后今晨实施兜剿，行营派机轰炸，日内可全解决。"

红军苦苦等待了整整一日，除去目击到国民党军投下无数炸弹之外，却并未见到一个国民党军士兵踪影。寻淮洲、乐少华、曾洪易不约而同地想到了一个严重的问题：国民党军必然在实施大包围，红军必须立即跳出铜山地区，以突破国民党军的包围圈，否则可能被聚歼在铜山一线。最后决定，即使中央革命军事委员会再三要求在此间消灭国民党军一部，但面对寡不敌众的现实，整个红军北上抗日先遣队将有着被聚歼的危险。

9 月的夜色来得很迟，下午 7 时多了，天空仍然通亮，但红军也只好抓紧时间开始突围。在深山密林中深一脚浅一脚地摸索着前进，官兵似乎都忘记了对山中毒蛇蝎子之类的害怕。途中还找到一位善良的老人充当向导，星夜兼程地经夏村、西岭、程店，于次日拂晓全部到达鲁村地区，十分顺利地再次摆脱了国民党的追兵。

　　然而，国民党军的飞机毕竟是作用强大的侦察手段，当红军刚刚在鲁村、塔前停下休息的时候，国民党军飞机已跟踪侦察到了红军准确的方位，紧接着就使红军遭受了一场连续的轰炸。俞济时则极为兴奋地率领所部跟踪而至。

　　被矮个子政委乐少华称为"一向骄傲"的军团长寻淮洲，始终未敢忘记踏实地去执行中央革命军事委员会的命令，即使在目前这种极为不利的形势面前，他仍然考虑着相机消灭国民党军部队。这无论对今后的北上行动还是对军委电令负责都是十分必要的。傍晚时分，寻淮洲、乐少华致电朱德，报告国民党军右纵队于21日到达了上方镇后行动不明；左纵队由伍诚仁亲率第一团也于同日到达开化并继续前进，其第二团进到马金镇以东之村头市，此外，从上饶赶来"围剿"的一个团则分散驻扎在横沿、杨村、丰门岭一线，遂安县城的旷地上停放着数十辆卡车。伍诚仁率领的左纵队阻断了红军向西前进的道路，企图在大桥、铜山一带合击红军。红军现在的情形已经是相当地糟糕，大批病员由两人组轮流抬运，严重影响了部队的行军特别是战斗力的发挥，加上山路崎岖，消息闭塞，偌大的村子也找不到一张报纸，更为遗憾的是这一带不仅缺乏工农群众的基础，反而是赣东北爆发革命后大批地主豪绅的聚居地，因而，红军伤员无法安置。向西进发的红军侦察小分队又因国民党军阻道而只好改为北进，才得以冲出国民党军第一道封锁线，进到龙山街北鲁村并向附近派出两个连及机枪排搜索侦察。

　　面对红军在遂安面临的困难，红七军团指挥员丝毫未显悲观情绪，在报告中特别地表示："如敌本日向我尾追时，则消灭其一部向皖境前进，如敌本日不进时，我们则于本晚向皖边境程家以南哨天龙前进。"

## 计中计——红七军团"诱敌深入",国民党军"引蛇入洞"

红七军团继续北上,经姚家、送嫁岭,于 9 月 24 日抵浙皖边界的鲍家、陈家、连岭脚地区,其警戒部队则驻扎送嫁岭与钓鱼山中间一线。

担负正面"追剿"红七军团任务的国民党军第四十九师由开化县大溪边经横沿、鲁村紧紧尾追。补充第一旅第一团则从争山脚向鲍家村急进,其第二团由陈家门向马石桥前进,旅长王耀武亲率第三团抄捷径向鲍家村东南追击,于当日下午 1 时到达洪家坂附近,与驻扎该地的红军部队突然遭遇。王耀武立即亲率团长登上山头,用望远镜侦察钓鱼山、宏山岗、鲍家村一带地势,认为鲍家村山脉连绵、岩石峻峭、古木参天,极为复杂;显然,这对于远道而来又无心在山林中作战的国民党军来说,如果贸然而进,必然是十分危险的,最好的办法无非是尽可能地将红军引诱到十分有利于国民党军发挥其优势武器装备力量的开阔地区。于是派出尖兵侦察,另附 4 名司号兵作为佯攻部队,主力则埋伏左右钓鱼山、宏山岗密林中,听候出击命令,并将迫击炮连部署在洪家坂东端高地。

一小时后,国民党军的佯攻部队向红军发起了猛烈地进攻,然而,熟知国民党军伎俩的红军稍做了一些抵抗后即向鲍家村内悄悄地退去。国民党军的佯攻部队发现红军正在悄悄地撤退,立即命令司号兵虚张声势地吹响了军号,急令第一团跟踪追击,第二团增援。同时,富有心计的国民党军指挥官紧随而入"引蛇洞",然而机灵的红军不仅未被牵住鼻子,反施以"诱敌深入"之计,匍行 1

里多远，遗憾的是也未能够"引蛇出洞"，于是便沿钓鱼山、宏山岗左右分两路向国民党军的佯攻部队包抄而去。伴随一阵极为猛烈的喊杀声，红七军团奋勇地向着国民党军猛扑过去。国民党军的迫击炮突然"轰轰"地向红军一个劲地发射着炮弹，红军遭受了意想不到的重大损失。红军指挥员立即明白是遭到国民党军的暗算了，正当准备迅速撤退的时候，潜伏在钓鱼山、宏山岗高地的国民党军第三团主力又向红军侧翼发起攻击。红军所表现的英勇顽强精神，是其他军队不可比拟的。特别是在危急时刻，则更显顽强。激战3个小时后，国民党军第二团从陈家门赶到，当即派出第一营助战。王耀武当即命令其所部加入国民党军的中央主攻部队。红军发起了一次次的冲锋，国民党军也发起了一次次的反冲锋，但双方都未取得显著成效。下午6时，夜色初显。疲惫的王耀武命令其已疲惫万分的部队停止攻击。差不多在同时，红七军团却已得到了中央革命军事委员会发来的关于迅速撤出战斗准备转移的特别命令，遂立即撤向鲍家村浙皖边境地区。战场上留下了数百具尸体，有国民党军，也有红军。这就是红军北上抗日先遣队在北上浙皖途中所进行的"算计者被算计"的一场令人遗憾的战斗。

下午3时，正当红军一部与补充第一旅第三团激战之时，国民党军的第四十九师第二九一团先头部队紧紧追到了送嫁岭，几名士兵糊里糊涂地被埋伏在丛林中的红军送上了西天，这使其他的士兵望而却步，因为国民党军的先锋部队不明了究竟遇上了多少红军。师长伍诚仁立即命令第二九一团沿大路向东侧山地搜索进攻，第二八九团在大路西侧展开搜索进攻，并集中迫击炮连在姚家、东北山地猛烈炮击红军阵地，第二九四团则担负机动任务紧随设在姚家的指挥部。随即，国民党军便全面地发起了试探性进攻。与此同时，国民党军补充第一旅的前卫部队第三团到达后，立即分兵抢占北面的宏山岗和南面的山头高地，同时又派出部分兵力沿着浪川正面攻击红军。在鲍家村东侧担任掩护的红军士兵，英勇顽强，一举打退第三团的进攻。王耀武被迫改向钓鱼山进攻。国民党军面对着红军占领有利地形又立即集中强大火力予以射击，双方激战至夜幕降临，但红军深知拼消耗，只会导致极不利于红军的结局，于是乘着夜色撤出了大连岭。

## 巧中巧——红军侦察班趁夜撤离三角阵，让国民党军自相残杀到天明

红军侦察连借着夜色完成了掩护任务，迅速转回到送嫁岭西端的凉亭地区，发现横路和钓鱼山地区的国民党军已经不知去向，因而十分轻松地占领了凉亭西侧的小高地，即派一个班的士兵组成的小分队带着两挺机枪前出到横路东端的岭头执行吸引国民党军、掩护红军主力行动的艰巨任务。

浙西山区，犹如皖南山区一样，为了给山路中行人提供歇息的方便，岭头或路边常建有座座凉亭。

红七军团指挥员突生了一条计谋：为了引起国民党军的注意而使主力红军悄悄从另一条山道上顺利地继续前进，红军小分队机智地在岭头凉亭上插上了一面醒目的红旗，然后分散隐蔽在山梁附近不断地向山下的国民党军驻地连续射击。占据着山下仙人坑并由伍诚仁亲自率领的第二八九团士兵，迅速发现了送嫁岭上的红军旗帜，以为红军仍然坚守在阵地上，便立即派第二营在靠近送嫁岭的山地上隔沟射击。此时，补充第一旅第二团正占领钓鱼山东侧山

地，发现送嫁岭方向正激烈战斗，急令第一营前出攻占送嫁岭东北的山梁。红军的侦察班小分队与两股国民党军组成了斜三角。黑夜中，国民党军第二八九团第二营却把补充第一旅第二团第二营当作红军的增援部队而予以猛烈地攻击；补充第一旅部队遭到猛烈地攻击，十分恼怒，以为是遇上了红军的新锐部队，便也隔着五洲源深沟一个劲地对射。而红军的侦察班小分队，则正好乘黑夜悄悄地从间道撤出，致使国民党军隔沟对射不停。补充第一旅的一名军官在凌乱中突然连续地打响联络信号。伍诚仁的第四十九师从自己的射击目标中听到了自家人的联络号令，心头一震，不敢想象原来这是一场自相残杀。天色渐明，国民党军在清扫收拾战场时，这才发现红军仅留下20多具尸体，而国民党军的尸体则达160多具。

如此"战果"怎样去向上司报告呢？然而，在国民党军中这不是一件难事。抢先大打出手的第四十九师诡称他们的所部进行的各种战斗在天黑前结束了，这就是告诉上司他的所部与黑夜中自相混战的事件毫无关系，十分利索地将自己洗刷得一干二净。而大为吃亏的补充第一旅则严厉地指责第四十九师没有按照命令赶到指定地点而造成红军转移，以致造成国民党军混战自相残杀的恶果，同时指责空军缺少军事常识未能报告与分析出准确的军事情报。当然，这使空军也大为愤怒。因为，众所皆知，空军在黑夜中是起不了多大实际作用的。只要能推卸掉责任，闹矛盾是无所谓的，也许上司会认为更利于控制各部。

在此同时，红军乘着黎明的曙光迅速而神秘地向皖南进发。

# 第 13 章　最终目的地——皖南

按照中央革命军事委员会的秘密作战与政治训令要求,寻淮洲、乐少华、曾洪易统率的红七军团出动的最终目的地是皖南,而并不是直接北上。在红七军团从瑞金出发前后,目前尚无任何材料可以证明中央革命军事委员会是从何处得到关于皖南已经举行了几起暴动并取得成功之类消息的。事实上,只要认真地翻阅一下所有关于皖南地区举行农民暴动的材料,最多只会找到一些地方党组织匆忙赶制的计划纲领之类,根本找不到关于暴动成功的踪迹。皖南宣城地区王金林组织的宣郎广暴动,曾建立过红军独立团组织,但并非是中央革命军事委员会要求的"主要是在皖浙赣边"的范畴。

## 初入皖南,屯溪榆村首战告捷;军委指示:绝对禁止继续北上

9月24日下午5时,兼任安徽第十区(即徽州)区长的皖南行署专员刘秉粹如释重负地在屯溪结束了其主持召开的"第十区建筑碉堡总会",正暗自庆幸自己的运气尚可。在此同时,寻淮洲已率红七军团一口气翻越了上下60余里的大连岭,悄悄地进到了安

徽歙县石门汉口附近的榆村一带，第一、第二师与闻讯赶来堵截的国民党军第三军七师二十一旅四十团一个营发生了激烈的遭遇战。红军在此群山连绵之地，当然犹如鱼入大海而毫无惊慌之色。国民党军虽然武器精良，但红军人多势众又英勇顽强，所以国民党军连续数次的冲锋均被红军打退。当夜色初浓的时候，红军突然改变守势为猛烈的冲锋，致使国民党军被迫大步后退。兼任第四连连长的副营长李争春被红军击毙。驻守屯溪的国民党军第四十团团长杜润得悉所部在榆村有被红军歼灭的危险时，急急忙忙率领直属队和一营士兵跑步增援榆村。次日凌晨，杜团长立即率所部赶到榆村，使一度缓和的战斗又重新激烈起来。杜团长被山坡上尸骸枕藉的情形吓慌了神，锐气大减，最后只得丢下一堆尸体灰溜溜地退回屯溪。而早在9月13日即已赶到屯溪的南昌行营别动队第七大队依然十分专注地在屯溪训练壮丁队，好像附近什么也没有发生。他们在9月15日的《徽州日报》宣称其任务是："堵截散匪，兜缉残匪，侦察暗匪，训练民众。"眼下面临红军正与国民党军交战，他们却没有什么行动。

红七军团在屯溪附近的榆村战胜了国民党军第二十一旅第四十团以后，并未向着屯溪镇逼近，而是向着歙县的石门地区转移。9月25日上午11时朱德向寻淮洲、乐少华，同时又向正在赣东北听候军委命令的刘畴西、聂洪钧发出电令。首先，将闽浙赣省委及军区提供的情报转告红七军团。在皖南党的工作及群众工作有相当的基础，这是有利于我们党的条件，并告知："据谍报称左纵队之第四十九师及第一旅追击红七军团已前去到遂安西北地域，而第五十五师一部亦正向石门前进，在安徽的守备部队情况不明。"显然，国民党军是为防止红七军团与赣东北的红十军合为一股，而集结部署兵力的。朱德虽然远在千里之外，但却判断到了国民党军的企图，断然指示："红七军团应前出浙皖边界之深渡、屯溪、休宁、婺源间的山脉和浙皖交界山脉的这一地域，在该地域应迅速开展党的苏维埃工作，并发展游击战争及瓦解白军的工作人员，应打进第四十九师中去作瓦解工作。""七军团战斗行动，主要是采取游击动作，应避免与敌左纵队集中的优势兵力作战，并力求消灭敌人单个部队，绝对禁止你们继续向北前进，敌人会最后的将我们压到扬子江去，这在地理上是不利的。"为了在此关键时候，随时详细地掌握红军北上抗日先遣队的行动，朱德最后再次强调："红七军团应迅速将你们的情况及决心电告军委。"

虽然此时的闽浙赣苏区局势也是同样地日益危急，但是，方志敏、刘畴西、聂洪钧等苏区领导人仍然在尽着最大的可能支持红七军团的行动。朱德本次对于方志敏苏区及掌握军事指挥权的刘畴西、聂洪钧的具体指示是："闽浙赣省委应直接将皖南的状况，特别是上述指示七军团行动地域的状况，详细电告红七军团。""红十军第八十七团以强行军前出到开化以北，并追随敌左纵队以最积极的游击动作破坏左纵队后方交通，并威胁其后方部队，在敌左纵队前进到安徽边界时，八十七团即算完成了自己的任务，转向红十军的地域。"

刘畴西、聂洪钧立即将这一重要电示转到了方志敏手中。方志敏毫不犹豫地致电红七军团，尽力报告了皖南石门以南浮梁以北群众及党的工作均较好等情况。

国民党军第四十九师发现了红七军团向安徽歙县转移以后，日夜兼程经遂安西北进到浙皖交界的连岭山脚，当然都是红七军团经过的地区。有趣的是，国民党的侦察机并未漫山遍野地去追寻红军踪迹。正在第四十九师不倦地追击红七军团的途中，不知是飞行员的视力问题还是飞机投弹装置出了故障，飞机突然向地面行进着的第四十九师堪称整齐的队伍中一连落下数颗炸弹，有数名国民党军士兵当场莫名其妙地被送上了西天。

为了防范江西的红军将红色运动推向皖南。早在1930年年底，即第一次大"围剿"之时，国民党军政当局在屯溪修造了飞机场并架设了无线电台。这在当时的条件下，已经是相当的现代化装备，此外还修通了杭（州）徽（州）公路，随即强迫各村镇都设立了地方保卫团。1932年冬，安徽省政府已训令各地"编组保甲"，实行了"五户联保"的中世纪盛行的治安制度。蒋介石为了遏制方志敏的赣东北红军向四方流散，除去修造碉堡、训练保甲、造关设卡以外，还于1933年11月7日、1934年3月5日两次在南昌行营亲自召见驻屯溪的安徽第十区区长刘秉粹面报辖区的政情。当然，第十区也即徽州属地，主辖婺源、祁门、黟县、休宁、绩溪、歙县等县。蒋介石对该地最为关注的问题，当然是红军的势力是否已经侵入到该地。

红七军团行进在通往歙县石门的山道上。石门壮丁队此刻已被歙县县长石柱派往与昌化接壤的第五区雪岭一带堵截红军。红七军团虽然是毫无阻挡地向前行进着，但却十分希望有一位热心的向导，更重要的是迫切地需要与当地的共产党组织取得联系，然而，这些美好的希望都没有实现。

## 皖南共产党组织有一定的基础，却没有一人前来迎接红七军团

无论从组织名单还是历次向上级的报告中，都可令人高兴地看到皖南特别是徽州地区的共产党组织犹如蛛网式地密布四方，各种文字的报告也娓娓动听，像进行曲一样激动人心。距离徽州府歙县 60 公里的旌德县，1925 年 11 月即建立了中共旌德梅村补习学校支部。1931 年 3 月，领导 8 个县的广大地区的中共徽州工委也已建立，具体指导着贵池、祁门、休宁、石台、旌德、太平、秋浦、歙县等县委及黟县、东流支部。工委的内部组织机构也一应俱全，诸如组织、宣传、农运、工运、交通、妇运、学运一个不少，并且分配了专门的负责人员。至次年 12 月，徽州工委向其上级报告已经拥有 1160 余名共产党员，并归属于赣东北（闽浙赣）省委指挥。1933 年 12 月，由赣东北省委改名的闽浙赣省委在屯溪的宋代老街一家药店内秘密地建立了中共皖南特委，书记由方志敏派遣来的原闽浙赣省苏维埃政府工会秘书长李杰三担任，领导着 11 个县委、11 个县级区委、1 个浙西工委等广大地区和皖南红军独立团武装。这是一支与活跃在南京附近的宣城、郎溪、广德地区的由农民英雄王金林指挥的皖南红军独立团同名的地方游击队。有趣的是，李三杰指挥的红军独立团并不是一支由农民暴动而建立起来的武装，而是如滴水汇川的形式产生的。中共的徽州工委在划归江西指挥以前，曾领导了 1932 年的休宁万安镇上安徽省立第二中学的学生罢课运动，还争取到了驻守祁门的国民党军第五十七师某团的兵变，但都因各种原因而归于失败。

中共皖南特委领导下的黟县县委在红七军团从瑞金出发的同时，曾接到了中共闽浙赣省委和皖南特委的指示，决定于这年8月1日在际村举行农民暴动，建立苏区。8月2日，际村农民暴动延期一日发动了，然而因人数少得可怜而退到了柯村，以躲避国民党当局的搜捕。中共皖南特委领导的另一次较成功的起义是柯村暴动。在红七军团北上即将进到浙西地域的1934年8月21日，刘毓标等领导的太平中心县县委经请示闽浙赣省委的同意，在柯村举行了3000人参加的农民暴动。9月2日，闽浙赣省委派遣的由原闽浙赣省供销社主任宁春生为首领的红军游击队300余人赶到柯村，建立了东起黟县方家岭，西至石埭、祁门交界的赤岭，北达石埭七都，南到祁门历口的方圆100多里的椭圆形苏区，正式建立了皖南柯村苏维埃政府，主席宁春生，下设劳动、交通、财政、教育等部，区、乡也迅速建立了相应政权，同时还设立了红军医院、修械厂。一个自幼做郎中学徒的当地人当上了红军医院的院长。当农民获得了苏维埃政权分配的土地以后，整个山乡一派热闹景象。面黄肌瘦的农民脸上露出了从未有过的憨笑。

虽然正当中央苏区和闽浙赣苏区遭受强敌包围的时候，黟县地区暴发了两次农民暴动，是十分及时与必要的，但是规模过小而无助减轻闽浙赣苏区的压力。

寻淮洲等军团负责人未必知道上述的情况。因为闽浙赣省委拍来的报告并未作此情况的长篇叙述；此外，皖南当地的共产党组织又没有一人前来积极寻找红七军团。虽然当时的屯溪既是皖南特委又是歙县县委组织的驻地，但他们都未前往寻找红七军团的踪迹。

## 红军找不到一个向导，留下的重伤员被当地村民砍杀抛尸荒野

寻淮洲、乐少华及其所部对于崇山峻岭已是相当熟悉，从瑞金中央苏区到福建的武夷山系，已经过了不知多少大山，然而最使其遗憾的是在此连一个像样的向导也未找到。当地的农民听说红军到来就像躲避瘟疫一般惊恐得四散而逃。当然，这与国民党地方当局对红军进行恶毒的造谣诽谤是分不开的。

王永瑞师长统率的红三师在汉口地区，遵照军团首长的临时决定，暂时与红一、红二师分手了，正缓慢地向着白际、清岭方向前进。寻淮洲统率着红一、红二师在屯溪附近的榆村地区遭到国民党军的阻击以后，立即转向岭后、威风岭、狮子岭、结竹营，也向巍巍高耸的白际岭走去。国民党军第四十九师紧追不舍，也紧随到了白际岭后。9 月 26 日，王永瑞统率的探路部队主力又与红一、红二师重新会合。其一部与跟踪而至的第四十九师发生了小规模的战斗。该师的一个独立排在这次突发的激战中失散。不堪重负的红七军团运输队将在沿途历次战斗中负重伤而难以迅速痊愈的数十名伤病员托付给了当地的农民予以疗养，并付给足够的银圆。其中有 30 名被安排在白际岭下的一个小村子里隐蔽养伤。然而很不幸，不知是当地农民受敌人宣传影响太深，还是胆小认为收养红军的伤病员对他们是极大的牵累，或是伤病员身上带着亮澄澄的银圆，绝大部分伤病员被村中的农民用柴刀砍死并抛尸山崖野谷。两名虎口脱险的伤员上官克敏和谢长利逃往浙江而幸存于今，曾深沉而辛酸地回忆了当年的这段历史。

## 向中央报告实情：部队减员严重，每次能投入战斗的不过 1000 余人

　　红七军团经清岭、清坑赶到了桥亭。红军部队断断续续地行进在崎岖不平的山路上，然而紧紧追赶而来的第四十九师虽然被红军牵着鼻子乱窜，但始终只有一天的距离。当然，这也正是第四十九师的用心所在，他们并不想轻易地将实力消耗掉。红七军团继续经依家坦、佐溪转进了浙江遂安县木瓜、大水坑，然后，又转到开化县港坑一带。连续 3 日的回旋，寻淮洲、乐少华、曾洪易没有摆脱掉国民党军的"追剿"，也未能与地方党组织取得联系。在十分沉闷的情况下，军团首长决定首先从内部整顿开始，振作精神。工作开展是极为顺利的，然而是否收到了实效，还不敢说。紧接着，以曾洪易为首，寻淮洲、乐少华 3 人联名向正在瑞金反击国民党军大"围剿"的朱德、周恩来、王稼祥报告了从瑞金出发以来部队行动的真实情况，报告直陈了"部队行动疲劳，日常进行的军事、政治、教育工作全部停顿，此情过闽江以后更突出"，"以福州桃源战斗未取得胜利后更加明显，部队组织变动太快，不利发挥战斗力，主要是因战斗减员较大，伤病员日益增多。一般情况下随部队行动的都在四五百人之多，担架队员也基本是自己的战士担任，严重影响部队的战斗力，到此时部队只有 3300（名）指战员，但直属队却仍占 1300 多人。另外，除去伤病员和担架员运输员等，每次能投入战斗的不过 1 千余人"。

　　红七军团领导原以为到了目的地皖南以后，部队所处的环境以及部队自身的情绪都会好一些，然而，到达后才发现其情形令人

大失所望，因而在向军委的汇报中特别地指出："在皖浙边的群众工作毫无基础，屯溪虽有组织，但我们离该地只 10 里，仍未与我们接头。我们为减少伤病员的困难，使部队轻便起见，急需后方安插，并无意求得在婺源、休宁、祁门地域驻防。""最近几天，行军因错路已到开化边境，山高路小又远，病员增多必须寄在群众家里。不愿意的则自动跑回部队。"显然，红七军团在皖南徽州面临的处境是十分困难的，为此，红七军团请求"拟即向婺源以北之玄口行动，以便找一适当地点休息而截击，请即电示"。

红七军团在无向导的情况下继续前进着，次日中午部队返回到安徽休宁县岭南一带时，才发现又一次走错了路线。进入徽州几日来的困难行动，使寻淮洲、乐少华、曾洪易都十分伤感。正在红七军团左右为难的时候，朱德从危急的中央苏区战场上拍来了指示电，首先对红七军团在徽州的深山丛林中团团转而大为恼火，毫不客气地指出："你们又不遵照军委电令留在屯溪石门以西山地，而竟无目的的（地）由白际南回浙江开化之北，这样的乱窜只能增加疲劳与减员，不能作战且更便利敌人追击，军委严令你们停止这种行动并立即纠正不愿作战的错误。"看到朱德严肃冷峻的电报内容，寻淮洲、乐少华似乎有了头绪。朱德此外还要求："红七军团应在浙西开化婺源之间山地，休息待机并积极侧击与伏击尾追你们的敌人，左纵的先头部队于开化以北地域对婺源德兴敌人则戒之，以便转移被敌包围形势，然后须转回屯溪石门以西，执行军委给你们的原任务。"原任务是指什么？当然是指应在该地域相机打击国民党军并尽可能扩大红军的影响。

毫无疑问，红七军团应迅速改向婺源方向行动，9 月 29 日中午，当红七军团刚刚进到婺源段莘地区时，闽浙赣省委拍来了红七军团盼望已久的有关皖赣苏区的重要情报。

## 先遣队的新依托地皖赣苏区又传来令人不愉快的消息

皖赣苏区是中央要求红七军团到达皖南目的地并与之联系的重要地区。红七军团面临的皖南形势，不利于红七军团的各方面行动。因而，十分有必要向皖赣苏区靠拢，以求发展。显然，皖赣苏区必然成为红七军团最关注的地区之一。

这块长 500 余里、宽 60 余里的狭长苏区，是 1933 年 1 月由方志敏派人建起来的。它统辖着赣北的梁县、乐平、婺源、彭泽、鄱阳、都昌、湖口和皖南的浦、东流、祁门、望江、宿松等县。

闽浙赣省委发来的情报，其来源虽然不是省委特派员在皖赣苏区的调查报告，而只是一位亲去皖赣苏区的年轻的红军学校毕业生的见闻汇报，但可以说这是一份极有价值的情报。因为，而后发生的事件证实了这一点。这位年轻人的口述报告，首先使红七军团知道了皖南的革命暴动早已经失败，其次是掌握了皖赣苏区共产党组织大体上的部署和活动情况。闽浙赣省委在其报告中说："浮梁以东有柏林、前姑、兴田、侈英溪、电源、奋演岭、莲沙坑等地区；秋浦以南有黎痕、大板桥、块田、板场、林口、养风镇、欺狮、杨家等地区；彭泽东南有牌楼下苏区及皖赣分区委驻奉溪岭，2 区委驻地侈滩附近，5 区委驻地柏林前，秋浦县委驻地黎痕，1 区委驻地大板滩，田板是 2 区委秘密驻地区，3 区委驻地杨林口，4 区委驻地养风镇，7 区委驻地欺狮附近之桃树店、雅桥以及浮梁东部曹湾市、鹅公滩、车埠、铁路桥、失守望等地区均被国民党军占驻。"报告虽然介绍了皖赣苏区大批共产党组织遭受破坏的情况，但同时指出并非到处都已呈现鸡犬不留的惨象，在部分地区仍然有着共产党的组织及活动。如"秋浦南部的苏枕坂、金家村、马坑、斗林地区，欺巫山曹溪一带共产党组织还与婺源县委取得联系"。

当然，红七军团渴望的新依托地皖赣苏区内传出如此令人不愉快的消息，使红七军团指战员们都感到懊丧与泄气。以刚强著称的寻淮洲面对糟糕的现实，毫不犹豫地率部继续向着皖赣苏区的中心区——秋浦县黎痕地区前进。

红七军团沿着弯弯曲曲的山间小道经沱口来到了清华街，当地百姓闻讯后竞相而逃。红七军团意外地抓获了几个富裕的绅士。寻淮洲、乐少华对于闽浙赣省委拍来的使人大失所望的情报深信不疑，来到黎痕立即研究如何进行今后的行动，因而又向朱德转拍去了有关皖赣苏区大片地区已被国民党军占领的情报，并请求给予红七军团以新的指示。

10 月 1 日，国民党军第四十九师紧紧追到了段幸地区的时候，红七军团却又顺利地进到了安徽休宁西南的流口地区。红军的侦察部队迅速侦察到了流口别动队虽然不断加强装备，但对于拥有3000 之众的红七军团来说，毕竟是个区区小数。红军十分迅速而轻松地包围了流口别动队。然而，平素从未领尝过红军厉害的祁门流口别动队竟对红七军团人多势众而毫无顾忌地在一个小山上架起了仅有的一挺老爷式旧机枪，首先向红军开始尽可能猛烈的射击。红军立即隐蔽起来给予还击，流口别动队很快被红军的优势火力打得落荒而逃。

## 查湾休整，总部遭敌机轰炸，先遣队向皖赣边境转移

　　红军主力马不停蹄地继续向西沿着祁门塔头岭下、松潭、横楼下、榨里、姚村、老胡村、碣上，一夜间跋涉坎坷的山路50里。尽管红七军团已经习惯山路，然而此时的祁门山路，不仅路窄崎岖，而且人迹罕至、蛇虫横行，这使先头部队的开路工作更为艰难。皖南的荆棘之多，是非他处可比的，主要是这里的山地与气候实在太适宜于荆棘与草丛生长了。10月3日，疲倦的红军来到了祁门县芦溪乡查湾村。这是一个偏僻的小山村，全村约30户村民，附近还散居一些零星的村户，这在皖南是十分普遍的。一条清澈见底的小河绕村而去。河水中随处可见游来游去自由自在的鱼儿，有的重达几十斤。刚进村口，突然发现路边有座碉堡，然而却未放出一枪。红军的先头部队警觉地迅速绕到碉堡下，原来碉堡内空无一人。为了防范红军，查湾村绅士曾多次请求县府加强自卫力量。倘若让地方县太爷们亲自来到深山体察，从而一决加强与否，显然是十分困难的，这不仅因为坐轿子从县城来到查湾需要两日的时间，而且在于来到查湾将十分可能是空手而回。虽然，查湾与邻村的店铺滩都曾拥有十多人的自卫队，若是打猎尚能派上用场，而面对大股红军自然是不堪一击。当这虽居深山却有点"识时务"的自卫队听说红军也就是当局一再宣传的赤匪时，早已吓得魂飞魄散，红军尚未进到村头，自卫队早已不知躲到哪里去了，甚至连他们的家人也未必知道。村民们发现自卫队跑得无影无踪，便也紧跟着进了深山野岭。

　　红七军团的指挥部设在村后一间古典式的江南徽派建筑特色

的深屋内。正屋有一四方形天井，这使红军即使坐在屋内也能看见天空盘旋飞掠的飞机。按照惯例，红军派出了小分队挨户访问与调查，居民们立即发现红军一点也不令人恐惧，只是有些让人疑惑。也许是因为年长而并不害怕被割去头颅的缘故，最后留在村中的都是老头老太。红军失去了最有效的宣传对象——青壮年农民。

部队机关安顿下了，寻淮洲、乐少华、粟裕、刘英等军团首长并未躺下休息，而是来到了连队，以期尽最大可能地提高部队进到皖南这块最终目的地以来一直存在的低落的战斗情绪。面对部队各种物资日益匮乏的现状，军团负责人现场调整了一些红军纪律，告诉红军官兵，如果希望从村民屋里获取一些食物或日用品，并不是不可以的，也不必如过去那样由统一的机构来办理，而是只要个人付足钱款就可以了。因为，佩带武器的红军官兵是可经常性地从富裕的绅士或财主那里搜查出金条和银圆来的。

红七军团准予所属官兵实施宽松的政策后，在不足一个时辰的光景里，正屏住呼吸躲藏在山坳里的村民便清晰地听到了村中一连串牲猪被宰杀时发出的嚎叫声。当然，红军都是付了足够钱款的。仅有30户人家的小村要承担几千多人部队的膳食供应显然是不可能的，红军领导对此早有估计并给予了适当地安排，除总部设查湾外，其余散落在附近开展休整。距离查湾村仅有12里远的芦溪村，曾建立过极短暂的苏维埃政府。遗憾的是，该村的村民也如叶公好龙式地跑到深山中去了。年轻的村苏维埃主席留下等待红军，且尽可能地在芦溪、奇岭口地区安置了一些红军。

祁门县政府听说红军到来不知所措，急急忙忙地派出第三自卫队前往溶口的董家湾，以第二分队驻守峰滩高亭，另派余部前往协助。当然，这一切都是枉然的。事实上，他们谁也不敢接近红军。

　　红七军团在查湾休整两日后，部队稍为有了一些振作。红军的搜查队在搜访中查到了自以为毫无畏惧的绅士郑氏三兄弟。然而，整整两日过去了，躲进深山的村民却并未因他们的猪、牛、鸡、鸭的生死存亡问题而贸然下山，也许他们从村中传出的杀猪声中明白了是怎么一回事。村民们甚至连婴儿也都已一个不留地带进了深山。两日来，村民们靠什么生活，估计是不成问题的。十月的深山中，野味有的是，只要上山时背上几袋米就什么都解决了。一向善于做思想政治工作的乐少华、刘英派出巡山宣传小队，他们沿着弯曲的山道一面敲锣打鼓，一面高喊："我们是红军，是工农的军队，是为工农谋利益的。"然而，能够清清楚楚地听见红军的锣鼓声和呼喊声的村民们仍然将信将疑地不肯下山。

　　虽然查湾村村民由于害怕躲上了山岭，但红军并未停止其一向采取的革命行动。红军以富豪绅士缺席的形式没收或征收了富有者及宗族祠堂的租谷，张榜公布数字，作为对红军的捐献，同时拿出一部分分发给从居屋摆设看上去明显贫困的村民。物品放在空无一人的村民房屋之中，遗憾的是这种分配方法无法判断出谁是懒汉谁是负担过重或体衰者。从祁门松潭村跟随红军而来的裁缝戴昌华在查湾连日来为红军赶制衣服，从而得到了红军的一笔丰厚的奖赏。至今谈起此事仍神采飞扬。

　　寻淮洲在宁静的指挥部里连续向军委主席朱德报告了近日来红七军团的行动。10 月 6 日凌晨，朱德来电告知寻淮洲、乐少华：尾追的国民党第四十九师已经向着红七军团追来，应"立即布置侧面阵地，当敌向我进攻时在有利条件下应突击其先头部队"。一时间，曾洪易、寻淮洲、乐少华、刘英、粟裕等进行了热烈的讨论：是退还是战，相持不下。

正当红七军团领导们激烈争论的时候，蒋介石坐镇的南昌行营直接派来了两架飞机在查湾村上空上下飞掠、左右盘旋，然后在耸立着多根电线的总指挥部前投下了两枚炸弹，电线被炸得乱七八糟，使红军受到了极大的震动。军团首长断然决定立即退出查湾村。临行前，一名红军宣传员找来了一把竹梯在村民郑富镜家宽敞的墙壁上写下："农民起来组织赤色农会！""红军是工农自己的军队！""实行土地革命！""欢迎保安团士兵当红军！"这些标语半个多世纪过去了，曾被村民们一描再描，说明它写进了贫困的农民心中。

10 月 9 日凌晨，天空晴朗。历经查湾 7 日休整的红军北上抗日先遣队在精神较前稍振的情况下向着皖赣边界前进。

# 第 14 章　迂回赣皖边　移师赣东北

　　红七军团从查湾、芦溪分头出发，驻查湾的主力分作两路：一路从狭窄的木桥渡河经尚田，向江西省浮梁县陈七、港西挺进；另一路到店埠滩，然后乘船或涉水经燕子河进入浮梁，在港西重新会师，紧接着就向皖赣苏区驻地程家山而去。驻芦溪、奇岭口的红军，也迅速进入浮梁县向程家山方向进发。

## 红军首次在皖南打出了令人振奋的局面

　　国民党军的"追剿"部队在红七军团进入祁门查湾休整时再次盘算着给红军来个紧紧拖住而一举歼灭。为抢首功，协剿的国民党军新编第七旅以最快速度向查湾猛扑，于 10 月 8 日午时赶到浮梁与祁门交界的青石滩东北之谭口地区侦察，伺机进袭。当晚，红军的侦察部队与在青石滩赶修工事的新编第七旅一部发生了激烈的遭遇战。机灵而无心恋战的红军立即撤到了流口。次日凌晨，国民党军新编第七团第一营以及机枪连跟踪红军向流口挺进，但主力仍在谭口地区。国民党军兵分两路渡河夹击红军，以第三营进攻红军左侧，第二营正面展开攻击。红军沉着应战，连续的小胜使红军愈战愈勇。为了发挥红军的优势，即英勇顽强、生死无畏的精神，最后采用短兵相接战斗方式，一直战到 9 日正午时分。红军的参战官兵都汗流浃背，突然分两路迅速撤退到了深山密林之中。国民党军素知红军的厉害，也只得望林却步，转到东山，却又突然与驻扎在东山地区的红二师另一部不期而遇。极其突然的正面相见，双方都显出了暂时性的混乱，随即就发生了激烈的交战。占据有利地形的红军发现国民党军人数众多，但仍然发起猛烈的进攻，使国民党军尸横遍野。国民党军只得立即退回到新桥沿河一线地区，与红军形成对峙局面。4 小时后，国民党军仍然糊里糊涂地对抗着，红军却已从右翼迂回包抄了敌人的后方，国民党军被红军密集的枪炮声压在地面上不敢抬头。红一师闻讯前来增援，红军发起了第三次攻击。国民党军四散而逃，连发求援电的电台也不知在何时被红军的枪弹击毁而无法使用了，只得步步后退到了白石岭。夜幕降下，红军主动停止了追击，开始休整。当然，更主要的是要打扫战场，结果获取 100 多支长短枪。国民党军在惨痛的激战后，顿时感到了黑夜降临的轻松与喜悦，借着月色夹着尾巴逃跑了。在 10 日天色未明之时，红军已经不知国民党军跑到何处去了。整个交战的伤亡结果是红军 30 名、国民党军 100 余名。红军首次在皖南地区打出了令人振奋的局面。

## 寻淮洲虽难摆脱曾洪易、乐少华的干扰掣肘，仍尽力执行朱德的命令

闽浙赣省军区司令员刘畴西、政委聂洪钧从朱德那里得悉了红七军团即将进入赣东北的情况后，十分高兴。虽然，此刻仍一点

不知寻淮洲及其所部现时的具体情况，却尽可能全面地做好了掩护和接应的准备，并且于 10 月 9 日 10 时向朱德作了关于派出军队接应的汇报。一向注重通盘谋划的朱德第二天即向刘畴西、聂洪钧发出电令，要求注意："一是第八十七团应迅速归还主力，以后原则上不要将十军主力分散，以致在战况紧急时不能适时的（地）集中与敌作战；二是红十军不应与攻占军械岭的国民党军对峙，而应隐蔽西北准备侧击继续前进之敌；三是补充红十军的新兵应迅速编入连队，成立新团；四是补充红七军团的计划应继续执行，并望以可能数目迅速电告寻淮洲、乐少华及军委。"刘畴西、聂洪钧对此电令极为震动。半小时后，朱德又向红七军团发出了电令，要求"七军团应迅速击破一方面的敌人，以破坏其'围剿'计划"。显然，这是基于数月来特别是近日来红七军团的报告要求而作出的决定。同时，电令又更具体地指示："如果确查第七旅已经行动到了流口，则七军团应在其前进的侧翼实施攻击，如第四十九师已到查湾，则七军团仍由流口西南回击其先头部队。"朱德对于红七军团始终寄予厚望，红七军团担负着红军战略大转移——长征的第一北上先遣队的使命。对于红七军团的每一次行动他都不厌其烦地予以过问，一旦发现错误和不足，便毫不客气地予以纠正，并时常加以提醒。

红七军团在查湾的休整是在数十里范围内进行的，行军也是以一种迤逶数里的方式进行的。远在千里之外瑞金的朱德获悉这一情况，以极其关注的心情多次发来电报，指出："你们行军部队长至数十里并疏于侦察警戒，以致后卫为敌袭击遭受损失，望利用此教训迅速即教育干部整饬部队并采取有效的办法加紧政治工作，以纠正涣散现象。"最后，特别叮嘱："你们决心如何电告军委。"当然，是指红七军团对军委电令的执行计划。

寻淮洲虽然难以摆脱对军事问题毫无把握的曾洪易以及乐少华的干扰掣肘，但仍然尽其最大的能力来争取有效地执行朱德的军事命令，这不仅仅因为寻淮洲是从朱德、毛泽东开创的井冈山根据地来的军事指挥员，而是由寻淮洲一向的工作个性所决定的。

## 浮梁遭遇战，国民党军竟在白刃战中将红军的阵地夺去，这种情形是极为罕见的

红七军团乘胜向浮梁县前进，10 月 11 日，到了该县鸦桥、北源桥地区，准备再一次运用复杂的山区地形以伏击穷凶极恶的追剿之敌。国民党新编第七旅则从红军的侧翼储田桥与第四十九师分道协同，试图堵截红七军团。

国民党军的侦察队从红军途经村镇的村民那里得知红七军团正埋伏在鸦桥、北源桥地区。新编第七旅旅长李宗监再次做起钳住红军进而消灭红军的美梦，但是，心中仍然暗暗有着一些忧虑：现在第四十九师也已追赶而来，究竟红军能够被谁消灭尚难定夺，眼下最现实的办法就是迅速而谨慎地向着鸦桥、北源桥行进。10 月14 日拂晓，国民党军新编第七旅由新家源动身于上午 10 时许赶到了鸦桥，未见红军的踪影，便就地垒灶做饭，准备从容地饱餐一顿而后继续跟踪。然而，正待揭锅时，突然从附近森林中传出一连串枪炮声。新编第七旅第三团立即向红军的后卫部队发起了进攻；而该团一营则正率一、三两连在左翼山头向北源桥方向进攻；该团第二营全部正面追击；该团第三营坚守鸦桥阵地。国民党军第三团团长率特务排及第二、四两连，也从正面向红军发起进攻，企图将红军控制在森林之中。两名身先士卒的红军指挥员被迎面扫来的枪弹

击中，当场倒下。红军毫不示弱地立即予以反击，首先将敌第三营击退。国民党军立即又派遣大量便衣队员从侧面包抄红军右翼，却很快被红军发现。当然，紧接着是一场激烈的肉搏战。极为罕见的事情突然出现了，这就是红军的阵地竟然在白刃战中迅速地被国民党军占领去了。这在整个红七军团北上的行动过程中是不多见的。不过，国民党军便衣队也付出了相当的代价，其队长在混战中被当场砍死。

下午 2 时，国民党军又发起了更为猛烈的进攻，双方再度出现了激烈的战斗。一小时后，红军因为弹药缺乏被迫返回，经北源桥向黎痕撤退。在撤退的过程中，红军竟然意外地在路边发现一挺机枪和 20 支步枪。黄昏时分，红军全部撤出了阵地。但是，使红军大为不解的是，急欲歼灭红军的国民党军眼睁睁地看着红军撤退也未紧紧跟踪而上。这大概是害怕红军反击的缘故吧。

## 长征出发前一天，朱德指示先遣队秘密移师赣东北；安徽省主席刘镇华调来两名高参守徽州

红七军团结束了在浮梁进行的胜败参半的战斗以后，却再度出现了彷徨症状。红军在战场上搜缴的弹药少于在战斗中的损耗，更为糟糕的是，有相当数量的红军士兵已不知去向。寻淮洲面对此情此景，立即与乐少华联名向军委主席朱德作了毫无掩饰和夸张的报告。朱德在接到寻淮洲的报告后，当日，即 10 月 15 日 8 时半，也即 8.6 万余中央红军从于都开始出发的前一天，给寻淮洲、乐少华发来指示："第一，你们应立即派出数小组便衣侦察队，分途联络我失散的部队并集结于白泥滩地域；第二，部队集结后应立即转

移地域，脱离敌人，并极力隐蔽起来。"对于红七军团今后一个长时期的行动，这是寻淮洲、乐少华、曾洪易、刘英、粟裕等许多人都极为关注的问题。朱德对此经过左思右虑，给予了明确答复："立即侦察转移到赣东北苏区的道路，并迅速隐蔽地转移到红十军苏区，以便进行部队的整理补充，执行情形火速电告军委。"

国民党徽州地方当局对于红七军团在赣边积极活动极感紧张，数次急电安徽省府求援。在 10 月 10 日的"双十节"，蒋介石发来回电："着皖南剿匪部队，共 17 个团，编为两支队，浙保安处长俞济时，赣保安处长廖士翘，分任指挥，由镇华统一指挥，积极进剿"，同时电令安徽省主席刘镇华"设置行署于屯溪，居中督饬"。在安庆的安徽省府主席刘镇华也害怕其省府近邻徽州被红军占领，这样既影响本人声望，还会受到蒋介石的惩办，因此不得不从鄂豫皖苏区战场调来素有"剿匪"经验的李杜、刘沛两名高参驻屯溪，出谋划策以图剿灭江西红军。当时的国民党地方报《徽州日报》曾在醒目的《论剿匪三大要政》社论中透露："徽州数年来，地方财力大有枯竭之虞，饷粮也筹措不易"，只得高声疾呼："凡殷富之家，能像汉朝的卜式输财纾难"。徽州之贫困落后由此可见一斑，然而，贫困的百姓已对其只能在纸面上使百姓富裕的无能政府失去一切信心。

面对朱德发来的关于红七军团宜转移到赣东北的指示电，曾洪易显得极为高兴，认为这与随军北上以来他一直主张的意见是何其吻合。然而，富于独立作战经验的寻淮洲却十分纳闷，他不理解返回赣东苏区的起初目的，肯定不会仅仅是为了休整，如果返回去是为了补充部队然后重新回到皖赣和皖南行动，那就大可不必返回赣东北了。因为，寻淮洲早已知道在赣东北苏区外围国民党已经布满了数不清的地雷和大量的军队，构筑了一道又一道的封锁线，假如现在要进出赣东北苏区则必然要遭受两次以上的激烈战斗。最后，寻淮洲毅然与乐少华联名致电朱德，提出："如不必要我们回闽浙赣时，即以主力向皖南之石埭、太平、祁门、休宁地域，究竟如何盼速电示"，同时，建议将剩余所部整编为4个营。虽然，乐少华同意与寻淮洲联名向朱德请求不去赣东北，而向石埭、太平地域行动，但却还是主张迅速补充人员，对此积极的建议，寻淮洲也是十分赞同的。寻淮洲仅仅是不同意回赣东北而已。

红七军团继续向黎痕地区前进。这是皖赣苏区剩下的一块中心区，有一定的农工基础。驻扎在附近的皖赣特委书记柳真吾和军分区司令周成龙闻讯迅速赶来，与其在途中相见。寻淮洲、乐少华与柳真吾、周成龙等进行了热烈的交谈，要求地方党委能够为红七军团补充一部分新兵。从赣东北前来支援皖赣苏区红色斗争的柳真吾、周成龙当场爽快地予以同意，他们认为给远途疲劳的中央红军补充一些新兵是十分应当的，但同时又提出不是马上而是相机补充。这其中的奥妙就在于担心一旦红七军团得到补充扬长而去，皖赣苏区必将遭受"追剿"红七军团的国民党军更严重的进攻与破坏。

### 吸引敌人，以减轻中央苏区压力的任务基本完成；8.6万余中央红军主力正安全行进在陈济棠的防区里

正当红七军团苦苦寻求一个适宜的行进方向之时，中共临时中央负责人秦邦宪、李德、周恩来的最高三人团已经最终决定中央红军除少数留下，其余全部向西进行战略大转移。当然，国民党军

的层层封锁与"围剿"并不能使红军领导们束手无策，周恩来、朱德十分有效地利用了广东军阀陈济棠与蒋介石的矛盾：一个想拥兵自重；一个想借刀杀人以收一箭双雕之效。这种同床异梦的关系，被机智冷静而忠实的红军高层政工人员何长工利用，与陈济棠的代表在江西寻邬县寂静的山村中一幢小洋楼里，订立了"互相借道、互通情报"等 5 项协议。10 月 16 日，中共中央和红军总部从瑞金出发，率中央红军主力以及机关共 8.6 万余人开始从于都进行战略转移，缓慢却安全地行进在陈济棠的防区内。

就在大军开始长征的当日，朱德仍极其认真地就寻淮洲、乐少华于最繁忙时拍去的请示电复电红七军团，同意寻淮洲、乐少华提出的不回赣东北而留在皖南石埭、太平、祁门一带活动，因为寻淮洲认为，中央红军已经长征，能否吸引"围剿"的国民党军以减轻中央红军的压力，已经从广东军阀陈济棠那里得到了较好的解决。目前，剩下的重要问题就是尽最大力量来扩大红色区域，一切只要能够发动起来的地区都可以。当乐少华获悉朱德已经同意红七军团暂留下行动的消息，立即找到了柳真吾、周成龙再次商量。乐少华说："我们的目的也是要消灭敌人，何况要依靠皖赣苏区作战。对红七军团有利，同时保卫和扩大皖赣苏区也是红七军团的任务。"如此开诚布公的谈话，正中柳真吾、周成龙的心意。柳成龙当即同意予以补充新兵，随后从所部中拨出 250 人补充到红七军团。

寻淮洲对朱德同意红七军团不去赣东北感到高兴，然而曾洪易对此却闷闷不乐，显出沮丧神情。

红七军团继续在黎痕地区休整。10 月 19 日夜晚，寻淮洲、乐少华、曾洪易、刘英、粟裕各位军团首长再次汇集一处，对今后的具体行动进行周密的研究。寻淮洲首先提出先派遣一部分武装去皖南侦察，然后主力部队再相机开往。寻淮洲的主张获得了一致的赞同。因为，这是一个切实可行的办法。会议刚刚结束，寻淮洲、乐少华就立即向朱德汇报了红七军团具体的行动方针："为加速发展皖南苏区，我们决定派王天龙、周葛并将我教导队侦察连组织 200 多人枪的挺进队，还有部分工作团人员，明日去皖南石埭、太平一带帮助并布置该地工作，以作七军团将来移动之根据地。"此外，还根据红军近日来损失较大虽有补充但仍薄弱的状况，再次建议将原有的 3 个师 9 个团缩编为 4 个足营，每营设步兵 3 连，机枪 1 连。为使朱德能更加深切地理解红七军团缩编的实际意义，寻淮洲、乐少华在其汇报中还直接列出了如下理由："一是由军团直接统率之机关可减少；二是干部问题也可解决。"当然，究竟如何行动，最后还得请示朱德。

长征途中的朱德于 10 月 19 日 21 时收悉了红七军团的电报，次日 20 时又收到了红七军团差不多内容的电报。红七军团的想法是显而易见的。鉴于中革军委原定红七军团的最终目的地是皖南，当然包括秋浦地区。虽然该地区已受到国民党军的破坏，但是前往开展扩大苏区游击区的活动却仍然是十分必要的。与此同时，朱德又不断收到赣东北、闽浙赣苏区频频告急并要求红七军团返回赣东北的请援电，这当然使朱德及其他军委领导都感到为难。朱德经过谨慎的考虑，遂于 10 月 21 日 20 时半给寻淮洲、乐少华发来明确的指示："同意你们 20 日 20 时来电，袭取石门向东"，但却突然改变了 18 日发来的关于同意红七军团去赣东北闽浙赣苏区的决定，明令要求："红七军团今后仍逐步转向闽浙赣苏区，但兵力决不应分散尤戒意志不专，行动无计划，作战无决心，这是最影响士兵和疲劳士兵的。"对于红七军团关于将 3 个师缩编为 4 个足营的要求略感不快，这显然是告诉朱德，红七军团又遭受了较大损失，但不大可能获得理想的补充，当然十分不利于红七军团高举红军北上抗日先遣队的旗帜。因而，朱德认为红七军团还不能化整为零，所以只同意将红七军团的 3 个师缩编为 2 个团，并将从皖赣特委处补充的 250 人也统一编入。

由于最高军事机构的权威性仲裁，使红七军团妥善地解决了去留方向问题，至于具体怎样行动，军团内部又发生了争议。乐少华认为红七军团悄悄地从黎痕苏区撤出以后，国民党军一时还未及弄清红军的具体情况，故而应迅速结集兵力选取一适当地点以打击尾我之敌。作为一名纯政工干部，曾洪易看到了部队疲劳厌战松懈的现状，认为目前亟须提高部队战斗情绪，首先应消灭一些敌人或打开几个较富的村子，解决给养并提高士气。寻淮洲、粟裕、刘英都认为曾洪易的意见是比较切实可行的。经反复地谋划，红军将领们觉得距离黎痕苏区不远的官村坂是较理想的进攻目标。这个村子，虽然筑有强固的碉堡，但是比较富裕。红军长驱直入发起强攻而一举占领。战斗不到一小时，很多地方保卫团团员还未弄清是怎么回事便被消灭干净。这场漂亮的战斗，使红军缴到了 80 余杆长枪和大量食品、银圆等，从而使红军的作战情绪得到了极大的鼓舞。

按照原定的计划，红七军团应该即刻准备去攻打石门街，然而行进到途中，皖赣苏区突然送来了情报，报告国民党军现在正向黎痕进发。显然，这是希望红七军团能杀个回马枪。军团负责人一致认为回击黎痕是十分应该的，不仅仅在于感谢皖赣苏区的有力支援，而且在黎痕与国民党军作战可以取得皖赣独立师的积极配合，依此看来胜利的希望是极大的。红七军团立即返回黎痕。有趣的是，国民党军追到黎痕后，发现红军已经转移，便急急忙忙地沿着红军转移的路线追击。而红军迂回到黎痕时又跟在国民党军后边追击其部队。这幅场面，恰如中国北方农家用两头毛驴碾转盘一般在转悠。

当红军发现原来是在与国民党军转圈子，曾洪易似乎从中悟出了返回赣东北苏区的理由，认为如此转盘式行动毫无意义，不妨趁早返回赣东北。然而，寻淮洲、乐少华都主张继续截击国民党军。恰恰就在这时，派遣去皖南石埭地区开展武装斗争的王天龙率领所部未找到适当的向导而未能与地方党组织及游击队取得联系，故只得返回红军主力部队。

与此同时，正在长征途中的中共临时中央和中央革命军事委员会于 10 月 22 日发布《关于成立中央军区发动群众开展游击战争的指示》，指出："中央军区从二十二日起，即宣布成立，项英兼司令员。"今后由项英继续领导南方地区共产党及武装。肩扛红军北上抗日先遣队旗帜的红七军团今后即属中央军区指挥。当然，严酷的南方斗争现实使中央军区并未能与红七军团取得紧密联系，红七军团在一个相当长的时间内仍然直属于朱德领导的中央革命军事委员会指挥。

10 月 22 日夜晚，红七军团收到朱德的一份急电，得知国民党已经从"围剿"方志敏领导的闽浙赣苏区的军队中抽调了近 22 个团的兵力扑向黎痕，试图全歼红七军团。对此，朱德发出指示：红七军团相机决定是向皖南还是向赣东北地区转移，这是红军北上抗日先遣队自北上以来首次获得自己决定战略方向的权力与机会。曾洪易立即急不可耐地作出反应，他认为中央不了解皖南的实际情形是如何的糟糕，因而坚持迅速返回赣东北，因为无论苏区情况怎样不妙，但毕竟是苏区。寻淮洲、乐少华在过去讨论问题时拍桌子对骂是司空见惯的，但此时此刻，两人却不谋而合地主张还是向皖南行动比较妥当，并决定在继王天龙联系分队出击皖南无结果后，可再派一个营的武装部队先行出发到皖南或皖中地区，进一步积极地与地方共产党、游击队联系，并相机向国民党军展开进攻。

虽然，红七军团已经从朱德的电报中获悉有大批的国民党军前来"围剿"，而且在皖赣边界追剿的国民党军已经切断所有通向皖南的便捷道路，但是，寻淮洲、乐少华仍然坚决地主张继续向着皖南开拓前进，于是决定绕道沧头、浩阳、历公街然后利用夜晚天黑向皖南转移。但遗憾的是，即使红军那样地灵活机动却还是未能躲避国民党军的跟踪追剿。10 月 23 日，当部分红军转移到安徽祁门倒湖时，遭到了新编第七旅李宗监的堵截。疲倦的红军无心恋战，只得又转回到浮梁县经桃墅店来到潘村、安州一线地区。其中一部分则继续转移到浮梁与上饶交界的石门街地区，驻守在安徽祁门县城的国民党军第二十一旅旅长李文彬获悉红军向潘村而去，当即令驻扎在良禾口的第四十一团团长率一、三营加速追击，驻扎在诸口的第四十团团长率一、二营拦腰出击。10 月 25 日晨 6 时，第四十一团在潘村与红军发生激烈战斗。红军被突如其来的猛烈攻击弄得不知所措，因弹药缺少，红军立即奋勇反击，迅速接近国民党军展开了激烈的肉搏战。潘村附近，一时间，喊杀声枪炮声交织在一起震天动地，当地百姓惊吓得四散而逃。几经拉锯式的反复作战，下午 6 时，红军突然撤出战斗向南转移。古话说："冤家路窄。"夜晚 10 时，转移的红军翻山越岭，好不容易到达高塘，即又碰上迎面赶来的国民党军第二十一旅第四团遭遇战。一小时后，疲惫不堪的红军因武器弹药等缺乏而被迫返回。面对严峻的形势，红七军团领导此时似乎感到要迅速地突破国民党军的封锁线以进到皖南是十分困难的事情。此后的事实也证明了这一点。

## 红二、六军团胜利会师，红七军团向方志敏靠拢

在此同时，奉命西征的由任弼时、萧克、王震统率的红六军团在其行进征途所遇到的困难一点不比红七军团少。在贵州瓮安，红六军团竟然遭遇到国民党军 24 个团的"围剿"。任弼时、萧克、王震面对强敌当前，团结一心，机智果断地采取暂时分散、灵活作战的断然措施，艰苦奋战，终于粉碎了国民党军的"围剿"。10 月 24 日，在贵州东部印江木黄地区与贺龙等统率的红三军团胜利会师，红三军团恢复红二军团番号。10 月 26 日，又乘胜进到四川酉阳的南腰界地区，从而极其成功地完成了行程 5000 里历时 80 余天的红六、红二军团大会师的西征行动任务。

红七军团在皖南、皖赣边均遇到了极大的困难，只得整日穿山越岭并趁着黑夜突破了国民党军第二十一师、第五十五师以及浙江保安纵队部署在江西上饶、德兴、玉山间的堡垒封锁线，被迫转向赣东北地区。

在此同时，10 月 25 日，远征中国西南地区的中央红军已经顺利地攻占了新田、古陂地区，轻而易举地突破了广东军阀陈济棠设立的第一道防线。10 月 27 日，正在南昌行营烦躁不安的蒋介石颁发了捉拿红军领导人的赏格："生擒朱德、毛泽东者，赏洋 10 万元；生擒或杀死彭德怀等以献首级者，各赏洋 1 万元。"然而，由于朱德、毛泽东、彭德怀等红军领导不仅受到红军士兵的护卫，而且是深扎在众多的贫困农工之中，致使蒋介石的赏格升到 25 万元之多

也无人问津。

正在闽浙赣苏区全神贯注地指挥着反"围剿"的方志敏，根据朱德的电令，将一支极具作战能力的独立营派遣到了玉山地区，积极地配合红七军团进入赣东北的行动。也正因有方志敏派遣的十分熟悉当地情况的独立营的有效引导与配合，才使红七军团3000余人迅速地渡过了婺河，经玉山县白沙关、童家坊、上饶县石人殿，终于在30日胜利到达距离方志敏的闽浙赣省苏区驻地横峰县葛源不远的德兴县重溪地区。红七军团长长的担架上抬着几百名伤病员。军团政委乐少华、红三师师长王永瑞和政治保卫局局长周群都成了担架上的胜利者。

# 第15章　十军团英雄聚首
## 赣东北冤家碰头

　　红七军团高举着中国工农红军北上抗日先遣队的旗帜历经千难万险，在无法克服皖南与皖赣边危机的情况下，遵照中央革命军事委员会的命令来到了赣东北闽赣省苏区的德兴县重溪地区。虽然，刚刚进到苏区就能清晰地听到国民党军"进剿"苏区而发出的隆隆炮声，但已显得不像在皖南、皖赣边时那样一筹莫展，最重要的是安全感增加了许多。11月1日，闽浙赣省工会、妇女联合会组织了令人感动的慰劳队，给红七军团送来了草鞋5万双，当然，这是3000余人的红七军团无法消化的一个数字，每人可得十多双。此外，还送来了堆积如山的粮食、糖果及土特产等慰问品。这使身体显著恢复健康的乐少华十分感叹："这样大和这样热烈的慰劳，是我们红七军团所没有碰到过的。"赣东北的百姓农工是勤劳、朴实、善良和慷慨的，他们为苏维埃运动付出了数十万的生命。11月2日，兼任闽浙赣省主席的省委书记方志敏和闽浙赣省军区司令员刘畴西、政委聂洪钧等率领着在"争取创造百万铁的红军"运动中征召的500名新兵来到了重溪地区的绕二墩、枫树坞等地，热情而亲切地会见了红七军团的领导寻淮洲、乐少华、粟裕、刘英等人。虽然除去随军的中央代表曾洪易是熟悉的人以外，其余的都不

熟悉，但都一样地有着一种亲切的感受。这使双方都得到了鼓舞和
振奋。

## 曾洪易、方志敏都曾是闽浙赣省委书记，但他们政见不合，积怨已久，本是一对冤家

　　曾洪易与方志敏是熟悉的。1934 年 1 月 15—18 日，中共中央
召开第六届五中全会，各省委书记必须到会。曾洪易身为中共闽浙
赣省委书记是一名当然的代表。曾洪易作为中央代表就任闽浙赣省
委书记这在当时是十分正常的现象，就像张国焘被派往鄂豫皖苏区
一样。方志敏与这位中央钦差平时共事时常常只能敢怒而不敢言。
曾洪易返回中央苏区改由方志敏出任省委书记，方志敏感到曾洪易
一贯的右倾消极革命思想给苏区发展带来了灾难与后患，曾经认真
而严肃地指出其军事上战略上的错误，如将红军摆在苏区内部与敌
人堡垒作战，陷红军于被动而不向国民党军空虚的浙西皖南发展，
在工作作风上又缺少自我批评的精神。即将出发的曾洪易毫不买账
地一一进行了反驳，双方争论相持不下。最后，曾洪易带着一肚子
怨气跑到瑞金开中央全会去了。方志敏在举步维艰的情况下接替了
曾洪易的省委书记职务，他并未埋怨，而是立即积极地纠正过去的
偏差。首先，将新成立的红十军开赴皖南、浙西一线，比较迅速地
建立了化（开化）婺（婺源）德（德兴）苏区；其次，果断地停止
了"左"倾的查田运动，缓和肃反，并抽调数十名干部开办白区工
作训练班，然后分配到皖南和景德镇一带，重新开展白区工作，从
而大大地缓和了苏区内部的紧张气氛，振奋了苏区军民的革命信心
和勇气。

当方志敏从寻淮洲等红七军团领导的介绍中知道了英勇善战的红三师师长王永瑞在浙江西部的大陈战斗中身负重伤而危及生命的时候，亲自赶到王永瑞接受治疗的一所简易医院看望了这位英勇无畏的骁将。政治保卫局因肃反运动的广泛开展而在红军中远近闻名，此时，红七军团政治保卫局那位伤口即将愈合的局长周群对于闽浙赣省这位最高党政负责人的光临，感到极为兴奋和感谢。

一向善于捕捉政治宣传机会的方志敏，面对眼前这支出生入死、威震沙场的英雄军队，认为十分有必要让红七军团组织多种报告团到红十军和地方机关中去作一些鼓舞斗志、增强信念的政治宣传与动员，当然，最为关键的是提高克服眼前多种困难的勇气。乐少华、寻淮洲欣然予以同意，随后即派出多个宣传小分队。在寻淮洲、乐少华的热情引导下，方志敏看望了红七军团饱经风霜的红军官兵，当即表示即使在当时财政极为困难的条件下仍拿出两万银圆慰问红七军团，以使红七军团能尽快地恢复生机。

## 红七军团政治委员扩大会议上，特邀出席的方志敏一言未发

对于红七军团的沿途行动早有诸多意见的乐少华借方志敏到来的机会提议召开一次红七军团政治委员扩大会议，并且特邀方志敏参加。方志敏对于乐少华的提议极为关注，当然不仅在于红七军团曾是赣东北的老红十军一部改编的，而且在于闽浙赣省面临严重的局势。会议的开始，有些出人意料，乐少华首先情绪激动地指责了曾洪易消极避战的右倾思想的错误，如在福州的战斗中对部队不负责，毫无作战决心，一味鼓吹退却逃跑，并且指责曾洪易一路上

胡言乱语说中央革命军事委员会不懂实际情形。乐少华的发言当然使方志敏大为惊讶，这与曾洪易原任闽浙赣省委书记时大搞肃反运动时的"左"倾表现恰恰相反。对于曾洪易一百八十度的大转弯，方志敏感到大惑不解。因为，曾洪易也曾有过右倾表现，但不至于达到丧失党性原则的地步。紧接着，刘英直率地对寻淮洲执行中革军委的命令不够准确有力以及乐少华对一切持无所谓的态度均加以严厉的指责。虽然会议讨论激烈，畅所欲言，但遗憾的是，谁也说服不了谁。以持重谨慎著称的方志敏在对红七军团的内部作深入细致的调查了解之前，始终一言未发，只是默默地认真地听着，并不时做些简单的记录。

已是入夜 21 时，方志敏、聂洪钧回到葛源并立即向朱德、周恩来、项英及秦邦宪作了汇报，除去报告红七军团已经转入赣东北闽浙赣苏区，得到了 500 名新兵的补充，现在整训待命的情况以外，主要是就红七军团的指挥权问题提出意见，认为："现闽浙赣环境甚严重，为保卫并发展闽浙赣皖一片苏维埃区域，七军团须依闽浙赣军区向东北突击敌人德（德兴）化（开化）堡垒线，在敌人侧后方的反攻，配合野战军粉碎敌人围剿。赣东北从五次'围剿'开始，就已有国民党军的四面包剿；自七军团进入后则更将大批围剿的国民党军吸引来，自然，闽浙赣省的形势日益严峻。"对此，方志敏、聂洪钧在其报告中十分坦率地叙述了自己的主张："七军团直属军委指挥系统，为使七军团行动与保卫闽浙赣苏区任务密切地联系起来，配合野战军进行总战备意志，我们意见还是闽浙赣军区统一指挥更好适宜。军委指挥七军团，军区是保证军委命令执行。"

方志敏虽然对曾洪易或"左"或右的思想极为不满意，但为了整个苏区的巩固与发展，表现出极大宽容而与之共事。当曾洪易返回闽浙赣苏区以后，方志敏仍考虑由曾洪易重新担任省委书记的职务。因此，在这份报告中特别指出："省委已决定曾洪易回省委工作，对于七军团省委另派代表去加强。"当然，这其实也正进一步向军委恳求将红七军团改由闽浙赣省军区指挥。对于将一支中央红军拨归地方军区指挥，朱德、周恩来在此前是没有作出先例的，当然也始终未予同意。最后决定由项英主持的中央分局和陈毅主持的中央军区指挥。曾洪易对方志敏、聂洪钧的上述主张十分赞同。因为，这观点与他在随红七军团北上时的主张一致。方志敏与聂洪钧、寻淮洲、乐少华虽然仅有一面之交，然而，一向刚直的方志敏与具有湖北人直爽性格的聂洪钧都了解到了红七军团的军团长与军团政委间的诸多矛盾，甚至激化到不愿在一块合作共事的程度。因此，方志敏、聂洪钧在报告中直言不讳地说道："寻乐彼此关系不好，两个都要求调动工作。"他们之间的诸多矛盾均在于刚柔急缓的殊异。寻淮洲在中央红军中享有"猴子"的称号，这不仅在于他机灵过人，而且在于他极为好动，十分好斗，以至于一旦离开打仗，就很不习惯。他天才般高超的指挥艺术使他的部队常常捷报频传。而乐少华则一向沉静，并且带有一种特有的任性，常常因缺少军事知识而使红军陷于被动地位，这使寻淮洲对乐少华产生了更大的意见。

对于毗连地区的工作，方志敏、聂洪钧也作了比较准确的报告："省委为加强闽赣、皖南、浙皖工作，已调了大批干部到这些地方去，现需继续派人去加强开展白区群众工作与游击战争。"

正当方志敏、聂洪钧渴望中央革命军事委员会的朱德、周恩来能给予迅速而满意的回电时，朱德等统率的中央红军主力已经转移到了湖南宜章地区。虽然是悄然而近乎于安然无恙地转移着，但此时已不像在瑞金时那样可以从容有度地迅速作出回应，因为还要时刻考虑到突然遭到南昌派来的飞机的袭击。倘若不是通过广东军阀陈济棠的暗中协助那就不敢想象会是怎样的一种局面。因为，中央红军在陈济棠的防区内是不会遇到多大麻烦的。这一切首先归功于富有军事外交才华的周恩来和何长工的积极成功的工作。因为，他们使红军的良好策略最终得以付诸实现。

此时的闽浙赣苏区、省委、省政府和军区机关负责人正与最高的军事指挥机构进行着紧张的联系工作，红七军团的主要任务则是休整，包括医疗伤病员、补充给养、训练新兵，使之更适合于今后也许更残酷的战斗。当然，在一个良好的根据地里休整将是一件十分令人惬意的事情。除去最初从百姓那里获得的募捐慰劳外，还从方志敏苏区多年的积蓄中取得一批服装、鞋帽、粮食以及武装弹药的补充。在如此艰难的条件下，仍然给予红七军团以大量的物资援助，这当然要归功于方志敏、邵式平、黄道、吴先民等人，他们一向注重勤俭节约，艰苦奋斗，狠抓经济建设的求实精神，是永远有着借鉴意义的。

## 方志敏亲手创建了赣东北根据地，他的领导地位却遭到排挤

早在 1927 年 8 月，深受周恩来、贺龙、朱德领导的八一南昌起义影响的方志敏、黄道、邵式平陆续从外地返回家乡弋阳、横峰，开始了秘密发展中共党员的活动。一个月后，方志敏竟神奇般地在其家乡弋阳县第九区建立了 29 个共产党支部。他使用了如中

国宋王朝时农民起义领袖方腊使用过的方法，利用亲属、邻居来歃血为盟建立秘密的共产党组织。三个月后，黄道等也在横峰县三分之一以上的乡中建立了由共产党领导的农民革命组织。1928年1月，方志敏、黄道、邵式平联合组建了中共5县工作委员会和暴动总指挥部，以方志敏为统帅。这次暴动的结果是：弋阳、横峰取得了成功，建立了弋横县委政权后，立即招来了国民党军队的围剿，然而，方志敏、黄道毫无惊慌之色，从容应战，不断取得了反击胜利，根据地不可遏制地扩大着。这并不在于什么神秘的指挥，而首先在于久受压迫的农民的不满与反抗情绪像火山一样猛烈地喷发出来了。1929年2月底，横贯两县的信江边，召开了党的信江地区第一次代表会议，组织了以方志敏为代理书记的信江特委，拥有弋阳、横峰、贵溪、德兴、上饶、余干、余江7县县委以及万年、铅山、乐平等中共支部，有6000多名中共党员。随着中共组织的壮大，苏维埃政府不断增多，继弋阳、横峰外，又有贵溪、德兴两县建立了苏维埃政府。同年10月，方志敏、黄道又在弋阳召开了第一次信江地区工农兵代表大会，选举产生了以方志敏为主席、邵式平为军委主席的信江苏维埃政府。1930年3月，召开信江第二次苏维埃工农兵代表大会，由方志敏担任信江苏维埃政府主席并兼任军委主席。接下来一个时期，率兵出征成了方志敏最重要的事务。在中共福建省委指导下，1930年5月，与江西信江苏维埃毗连的福建崇安县也建起了苏维埃政府。连续3个月的出征，方志敏把苏区版面扩大到了500多里，人口100余万人。中央军委对于方志敏所取得的成就十分赞赏，7月21日，正式批准同意成立红军第十军，并派遣周建屏充任军长，邵式平任政委。同时，信江特委更名为赣东北特委，由李立三派来的唐在刚担任书记。这是方志敏第一次在老家失势。8 月，赣东北地区苏维埃工农兵代表大会召开，成立了赣东北革命委员会，方志敏便担任了政府的主席。当 9 月赣东北特委更名为赣东北行动委员会以后，唐在刚仍然担任书记。

赣东北苏维埃区域随着红十军卓有成效的战斗而不断发展壮大，随后，中央即将闽北党组织与苏维埃全部划归赣东北根据地。1930 年 11 月，中央特派员涂振农来到了弋阳，带来了中共六届三中全会精神，即消除李立三的"左"倾思想，决定取消赣东北革命委员会，成立赣东北苏维埃政府，仍以具有深厚影响的方志敏为主席，并将赣东北行动委员会更名为赣东北特委，唐在刚仍为书记，年轻的方志纯任共青团特委书记。

## 曾洪易效法张国焘，在赣东北大搞肃反，滥杀无辜

1931 年 3 月，赣东北特区工农兵代表大会在苏区首府横峰县葛源召开，正式成立以方志敏为主席的赣东北苏维埃政府。随后，方志敏又接任了涂振农的红十军政委的职务，理由是涂振农面对国民党军的"围剿"感到害怕，表现出动摇。方志敏的苏维埃政府主席的职务交由方志敏的生死与共的战友黄道担任。4 月，中央又派遣万永诚、倪宝树接替方志敏的红十军政委职务。不到 3 个月，中央又派遣曾洪易、聂洪钧来到了赣东北，主持召开特委扩大会议，再次改组了特委，仍以万永诚任书记，增加聂洪钧任组织部部长，涂振农任宣传部部长，关英接任方志纯的共青团特委书记职务，也就是说又尽量使万永诚成为空头书记。9 月，组织部部长曾洪易主持召开了赣东北省第一次党员代表大会，正式成立以万永诚为书记的赣东北省委。这当然是秉承了中共中央旨意的一次有计划的行

动。11 月，赣东北第一次工农兵代表大会，正式成立以方志敏为主席的赣东北苏维埃政府。在此期间，赣东北省委苏维埃胜利地粉碎了国民党军的三次"围剿"。

1932 年 3 月，张国焘在其主持的鄂豫皖根据地丧心病狂地掀起肃反运动。在这里，有文化知识竟然成了罪状。这在中国历史上并不仅见，而在世界史上却是比较罕见的。张国焘统治鄂豫皖苏区使得众多的知识分子的冤魂四处飘零。如此荒唐事件形成的经验传到了曾洪易操有实权的赣东北苏区以后，竟被曾洪易当作树个人权威的绝好方法而大加效仿。一时间，对"政敌"讲些健康方法的，即以健康会的罪名大加逮捕。诸如此类莫须有的罪名而使赣东北的元老吴先民、汪明、黄镇中，还有福建的陈耿、徐福元都惨遭屠杀。曾洪易在 1933 年 4 月向中央作洋洋得意的报告时说："在这次大破获中，党的干部已大大的撤换了。如上（饶）铅（山）县的干部十分之九，弋阳的干部也有十分之八，乐平有十分之九还要点一下小数点八，万年有十分之六，其余横峰、德兴、余江、贵溪都要占十分之三至五。闽北更甚，反革命分子已破获了三批，县委也有二三次的。全省的知识分子已去了十分之九还要多一点。"

十分奇怪，曾洪易进行的肆意屠杀，竟使红军在恐怖中更加积极地工作起来。曾洪易的意志在赣东北获得了首次的统一强化，无论是军事战斗还是经济建设的数字都呈现了增长的现象。几乎每个红军的神经都紧张起来，也许害怕自己的消极工作情绪将会招致杀身之祸。

6 月的艳阳天，国民党集中了 50 万军队，向苏维埃根据地发起了第四次"围剿"，其中以 36 个团的兵力专门对付赣东北根据地。万永诚主持的省委立即召开了常委会，作出《为打破敌人的四次"围剿"的具体工作布置》。土生土长的红十军继续运用过去一贯奉行的策略，即可胜则战、不胜则走的古老而颠扑不破的战术。

在一次次胜利的形势下，这年 10 月，赣东北省委更名为闽浙赣省委，仍然由敦厚的万永诚任书记。紧接着，赣东北省委苏维埃也更名为闽浙赣省苏维埃政府，仍由方志敏任主席，省军委改为省军区，以唐在刚任司令员，曾洪易任政委，邵式平任军委主席，下辖闽北军分区，以薛子正任司令员，黄道任政委。

这一次，红七军团途经皖南来到了赣东北，虽然未能取得皖南党组织的帮助与支持，并不是皖南没有共产党组织，而是没有派遣得力的、见过世面的人员前往开展与发动有关斗争。皖南早在 1932 年 12 月，中央即已明令要求将当时的中共徽州工作委员会划归闽浙赣省委。万永诚领导的省委迅速遵照命令将徽州工作委员会更名为皖南特委，派出宁春法前往皖南歙县小练村担任书记。

1933 年 3 月，闽浙赣省苏维埃第二次工农兵代表大会在葛源召开，准备建立红十军团，并继续选举方志敏担任闽浙赣省苏维埃主席。

方志敏、黄道、邵式平等创建的根据地，虽然多次被中央派遣来加强工作的人员牢牢地控制着，但一直是持续不断地发展和扩大着的。只有一次版图有所缩小，就是 1933 年 4 月 26 日，张闻天主持的人民委员会召开了第十次常务委员会，作出决定，将闽北区和信抚苏区从闽浙赣省的版图中划去与中央苏区的建（宁）黎（川）泰（川）县组建为闽赣省，赣东北苏区主力军红十一军和闽北独立师随同划归闽赣省。曾洪易通过一番努力替代了万永诚的省委书记职务，随后却遇到了第五次反"围剿"的重大行动，不久即被中央召回瑞金参加中共六届五中全会。等这次曾洪易开完会议随红七军团北上返回到闽浙赣省的时候，形势已经不是想象的那样乐观了，而是到处布满了国民党军的封锁线。因此，中央干脆同意了方志敏的请求将曾洪易留下等待随军北上，这从另一个方面说明了中央早在 1934 年年初就有了派遣大批武装北上的打算。

## 中央急电：七军团并入十军团，新十军团归中央军区司令员项英指挥

现在，方志敏见到了曾洪易，顾不上翻阅历史的旧账，而是积极地开展反击国民党军"围剿"的行动。毕竟老牌红十军被抽到中央去了，致使在反击第五次"围剿"时才深感缺少强大军队作后盾的烦恼。国民党军日益逼近，而中央红军主力却已向西转移，这使方志敏、刘畴西感到不安。11 月 4 日凌晨，方志敏、刘畴西再次以闽浙赣省委、军区名义向党中央和中央革命军事委员会发出急电："中央红军成立野战军司令部，突破南线敌人进到大庚、五阳后总的战略及最近行动到底怎样？盼即尽可能电示我们。"并且汇报中还讲道："环境极端严重，敌人堡垒前进步步紧逼，苏区活动范围日益缩小。"似乎方志敏针对此情显得有些一筹莫展，故而请示："究竟如何应付？无论如何请详细指示为盼。"

与此同时，顺利地突破了国民党军第二道封锁线的中央红军正在山间小道上拥挤缓慢地继续向着湖南省行进。

蒋介石立即在南昌行营颁布了紧急堵截电令，并判断出了中央红军主力行进部队将十分有可能改变路线，从而制定出了颇为严密的第三道封锁线。

正在率领中央红军以每日 10 公里速度向前行动的朱德，收到

了方志敏、刘畴西的请求急电后极为重视，立即召集了军委各位领导共同研究，妥善地回答了方志敏、刘畴西。经过反复的权衡，中央革命军事委员会领导们认为，已有的苏区最好不要丢失，开辟新的苏区也极为重要。所以，当日下午 2 时半，朱德以火急形式给予了回电，同时也向留下负责南方工作的中央分局书记项英给予了电示，指出："七军团已进入赣东北苏区，七、十两军团应即合编为十军团。七军团编为十九师，暂辖两个团；十军团为二十师，辖三个团，军团部兼二十师师部。十军团长由刘畴西担任，乐少华任政委，寻淮洲任十九师师长，聂洪钧任政委。刘乐并兼二十师师长、政委。""洪易留赣东北为省委书记，志敏为军区司令员，洪易兼政委。七军团的改编整理与补充应由军区及新的军团与十九师的首长负责进行，并在一星期内完成。""新的十军团目前的任务：十九师于整理后仍应出动于浙皖赣边新苏区，担任打击'追剿'的敌人与发展新苏区的任务，二十师则留老苏区，执行各任务时应该统受军区、军团领导并求协同动作。军区及新组成的十军团统受中央军区项英司令员指挥。省委也受中央分局领导并由中央分局、军区依次电达方针，规定具体位置。"电令最后再次明确地指出十军团和闽浙赣军区今后属中央军区领导。

方志敏、曾洪易认为十九师即将离开苏区是极为可惜的事情。这支部队是方志敏一手拉扯起来的一支久经沙场锻炼的英雄部队。本来希望这支部队到赣东北，就是为了支援闽浙赣苏区的反"围剿"战争。然而，这支部队出苏区是中央革命军事委员会的命令，只得遵照执行。曾洪易、方志敏、关英、寻淮洲、乐少华、刘英、粟裕等共同研究了对军委指示的贯彻意见，首先就内部人事作一番调整，决定由年轻的关英任省委组织部部长，胡仰山兼任宣传部部长，刘英任军区政治部主任，粟裕任军区参谋长，王如痴任十九师参谋长。十九师积极休整，随时准备出击浙西，并由军团政治部随同行动。

## 赣东北面临"最后的总围剿"，中央红军主力向广西挺进

正当中央革命军事委员会向闽浙赣苏区发来紧急指示电的时候，国民党军的"围剿"已经随红七军团进入赣东北而更加紧迫。红七军团一进入赣东北，浙江保安纵队就立即赶到了玉山、常山、开化县堵截。为防红七军团东部复出到浙江地区，第四十九师又紧紧跟随，最后赶到了婺源以西之中六、分水一线堵截；原先驻守婺源县的白不罗村、官庄、廖家一线与驻守乐平县的第五十五师连成一道长长的封锁线，负责"围剿"闽浙赣苏区的总指挥赵观涛，从飞机侦察中得知红七军团已经到达葛源附近地区，立即命令浙江保安纵队司令俞济时和第四十九师伍诚仁率部继续向南线追击，另令第二十一师向横峰县逼近；第十二师向贵溪、弋阳两县开始"最后的总围剿"。

面对危急的形势，刘畴西、聂洪钧基本上是日夜坚守在阵地上指挥红军作战。也许正是这地区阻隔的缘故，中央革命军事委员会的急电并未迅速传到刘畴西和聂洪钧手中，这从刘畴西、聂洪钧给朱德、周恩来、项英的汇报请示电文中可以清清楚楚地得到证实。刘、聂请示电文首先报告了紧张的军事形势，接着汇报了在几天前即已拟订的军事计划，如北线敌人猛进，则七军团及红十军一个团坚决迎击敌人，消灭敌人一路队；南线则以十军的十三团及

三十师钳制敌第二十一师、十二师，如北线敌人仍是缓步筑垒前进，则红七军团向南线或北线突破，转闽浙边扩大地区游击战争以创建新苏区，钳制中区东北线计划的南下及西战。随着局势的急速变化，刘畴西、聂洪钧在电文中直接说道："洪易已回省委。志敏、洪易要聂洪钧暂时去七军团随同行动一段时期。"对此，刘畴西、聂洪钧都感到有所不解，故而提出"洪钧去随七军团行动是否有必要"，以及"七军团与闽浙赣军区关系究竟如何"的问题。此时正在前线指挥作战的刘畴西、聂洪钧像方志敏、曾洪易一样对于中央的指示极为关注，电文最后明确地请求中央革命军事委员会、中央分局和中央军区能就电文提出的有关今后的作战计划等行动给予指示，并同时也通知给红七军团及中央军区所属的其他红军部队，以求配合行动。

然而，到目前为止，人们尚未发现有朱德、周恩来、项英回复刘畴西、聂洪钧的文电资料。也许是中央已经向方志敏的闽浙赣苏区及红七军团的领导发过指示的缘故。但从后来的事态发展情况来看，似乎还能隐隐约约找到一些答案。当然，这些答案与中央革命军事委员会 11 月 4 日发出的指示电是相一致的。

11 月 7 日，闽浙赣省苏区的红军官兵与红七军团的官兵在葛源共同举行了颇具声势的庆祝苏联十月革命胜利 17 周年大会。在西南的中央红军主力未能大规模地予以庆祝，却成功地攻占了宜章，突破了国民党军的第三道防线而向广西猛烈挺进。这当然算得上是最好的庆祝。

当红七军团、红十军和闽浙赣省负责人与中央革命军事委员会取得联系并迫切要求给予新的具体指示的时候，在苏区的其他人，首先是各级地方党政人员差不多都投入扩大红军和征收钱粮的紧张事务中去了。由于闽浙赣省苏区很有建树的生产，使得各项工作都有了较好的支持。知识分子出身的方志敏十分注重推广新法种粮，使亩产量达到500公斤。苏区工业除去各种兵工厂外，有炼铁厂、榨糖厂、织布厂、织袜厂、铸锅厂、樟脑厂、硝盐厂及煤铁厂。在战场上阵亡能得到一口棺材盛敛，这也许在其他军队中是不多见的吧。当时的有些工厂一直开办到乡村。除了生产获取经济来源外，苏区还向农民征收一定数量的土地税，同时还从土豪劣绅、资本家那里无偿得到一些补充。方志敏执政的物价，一块银圆可买10斤猪肉或毛鸡。在这里，红军吃菜是绝对平均的。无论是军官还是士兵，每日是7分钱。粮食定量，红军士兵每月3斗3升大米，而军官只有2斗8升。这是对血战疆场的士兵爱护的真实体现。当然，方志敏统率与管理的军队的战斗力比普通军队要强得多。特别要提到的是，方志敏对于教育的重视是极具战略家眼光的。1929年，即暴动刚成功不久就创办了专门的劳动小学。到1934年，全苏区已多达400余所。此外，还建立了军政学校和共产主义学校。

## 曾洪易只会纸上谈兵，闽浙赣苏区日益缩小

现在，曾洪易重新担任省委书记。人们还记得肃反时他是如何的激进。他在1934年年初的中共六届五中全会上也同样激进得使人亢奋，中央苏区传出了"以红色堡垒抗白色堡垒"、"不失苏区一寸土地"、"为阻止殖民地道路与实行苏维埃道路而斗争"等口号。曾洪易虽然此行一开始就对苏维埃的发展产生过种种疑问，但他小生产者的急躁性格使得他仍然十分卖力地机械地执行着或许能取胜的对抗式堡垒战。也许，曾洪易并不知道这正是国民党军十分

期待的事情。战场是无情的，任何的说教都将在这儿一试高低。是胜利者就可挑选一种认为自己适合的说教来反复诵念与宣传。曾洪易熟练的纸上谈兵技术与策略使得闽浙赣苏区日益缩小，红军的伤亡在一天天增加。

面对这一切，方志敏心情异常沉重，但却十分沉着而镇静。整个苏区的形势似乎是无可挽回地向着险恶的方向发展，这责任当然不全在曾洪易，主要是在中央的"左"倾路线以及敌强我弱的态势，方志敏万分焦急。遗憾的是，曾洪易面对困难重重的局面，没有振作以求改变的思想，反而一味地鼓吹右倾的悲观思想，以至于方志敏曾两度严厉地批驳了曾洪易鼓吹的共产党现在应该放弃武装斗争的荒谬主张，并且毫不客气地将曾洪易的悲观思想如实地报告给了中共中央。

# 第16章　再袭浙皖边　开辟新苏区

国民党军日甚一日的"围剿"，使得方志敏积年创建的苏区土地不断减少。方志敏、刘畴西等领导们都深深感到缺少军事力量的苦衷。然而，中央革命军事委员会11月4日的电令，明白地要求红七军团与红十军合编为红十军团后，仍然需要离开闽浙赣苏区，到浙皖边区开辟新的苏区，当然，闽浙赣苏区眼下就自然失去了红七军团强有力的支撑，方志敏对此难以理解。来自中央苏区的聂洪钧坚决主张按照中央革命军事委员会命令将红七军团开到皖浙边区。

## 方志敏眼看自己亲手创建的根据地一片片被吃掉，又不得不忍痛送红十九师出征

正在热烈议论的时候，首府葛源突然形势急变，国民党军已经开始缩小了对葛源的四面包围。国民党军在四周布满了层层封锁线，也只有一两条小路可以勉强通行。整个苏区只剩下纵横百余里的范围，而且，苏区内的青壮男子差不多全部被动员参加了红军。更为严重的问题是，苏区开始缺粮。看来，红七军团出击浙皖边在客观上也是势在必行了。方志敏痛心疾首地目睹着自己亲手创建

的苏区一片片地被国民党军吃掉。11 月 15 日，国民党军第二十一师调遣了 3 个团，第十二师抽一个团，开始进攻葛源。11 月 20 日，国民党军第四十九师 3 个团从南港向黄柏塘进攻；国民党军第五十七师抽 2 个团进攻芳墩、德城口、高山，下一步准备进攻界田桥。为了减少不必要的伤亡或者可以让红七军团跳出重围，像当年太平军李秀成、陈玉成破江南、江北大营一般"围魏救赵"，在 11 月 17 日，曾洪易、方志敏、刘畴西即联名并以"闽浙赣军区"的名义，向正在长征途中的朱德、周恩来、秦邦宪和留在瑞金地区的项英发出了准予闽浙赣苏区实施以红七军团来进行"围魏救赵"的请示计划。电文说："现决定十九师 18 日晚通过封锁线挺进到江山衢州调动敌人。如果敌军不被我大调动而继续进占葛源芳墩时，则我主力军活动范围过于狭小，实为不利。省委准备在必要时移闽北，此间成立分区改为游击区域，十军（新二十师）亦离开闽浙赣区域，求得野战勇气，创建新的游击区域与摇篮，这项意见如何，请立复。"

　　然而，到目前为止，尚未发现有朱德、周恩来的复电资料。而主持中央军区工作的项英收到了电文后，立即与中央分局成员梁柏台等留守领导人展开了认真周密的研究，并于 11 月 18 日 19 时以中央军区的名义致电方志敏、曾洪易、刘畴西、乐少华、寻淮洲、聂洪钧，同时也电呈了朱德、周恩来。项英的复电要求闽浙赣省委与军区应根据闽浙赣形势，通盘考虑所有的问题，认为"十九师虽然已经决定出到浙皖"，但是"二十师留在苏区活动将受到限制与不利"，"两师分散行动亦不能有利的保卫闽浙赣苏区以调动敌人，创建新的苏区壮大红军"，因而指示："红十军团必须全部立即在江西玉山县与浙江常山县遂安县交界处开展活动并且派遣一部分兵力去破坏铁道，威胁衢州，借以调动闽浙赣苏区的敌军。"不难看出，中央军区此时对于红十军团是赋予重任的。然而，在红十军团的高层机构——军政委员会中，却没有吸纳一向稳重并富有野战经验的寻淮洲，仅有方志敏、刘畴西、聂洪钧、乐少华和刘英5名成员。对此名单的拟定，到目前为止，仍未有确切的材料证明是项英的主张或是闽浙赣省委的推荐名单。但是，寻淮洲一直不愿去闽浙赣苏区，这在很多材料中都得到了证明。项英的指示电还要求闽浙赣苏区的红十军团必须离开，但闽浙赣省委和政府机关却应留在赣东北地区坚持斗争，不应该移到闽北地区，至于由谁来担任新的军区司令员，则由省委省府来作决定就可以了。军区今后的武装仍然需要，否则一切都成了空话。军区的基本武装则以独立师，也即原来的新三十师为基本骨干，继续广泛开展群众性的游击战争以保卫苏区。要求红十军团突然全部离开苦心经营数年的根据地，还必然会给根据地中的民众以极大的震动，项英对此早已有了估计，因而在指示电中特别强调："十军团的出动，你们必须在群众中进行深入的解释工作，绝不是退却逃跑放弃苏区，完全是为了调动敌人，保卫闽浙赣苏区及创造的苏区。"

方志敏、曾洪易对于红七军团的外出已十分惋惜，但对项英的电令中也要求红十军团出动，一时尚不明白。就红七军团的外出问题，省委早就专门召集过会议。在那次会议上，方志敏犹豫不决，希望战斗力较强的红七军团能为苏区多打几次胜仗，用以振奋军心民心。曾洪易认为红七军团接受了苏区群众的大量慰劳品，应该打胜仗来感谢一下，然后执行中央军区的命令立即出动。其实，对于方志敏的犹豫心情，结合当时赣东北的形势是可以理解的。闽浙赣苏区的形势日益危急，以方志敏亲手创建的红十军一部为前身创建起来的红七军团回到故土，犹如亲子回到母亲怀抱一样，母亲当然是舍不得儿子迅速离去的，更何况母亲遭受了严重的外来威胁！

## 程子华的"北上抗日先遣队"出发

11 月 18 日晚，红十九师 3000 余人悄悄地在师长寻淮洲、政委聂洪钧、参谋长王如痴以及临时从省军区政治部改调红十军团政治部主任的刘英的统率下如期出动。这支部队犹如从瑞金出发时一样神秘，此时仍然高举红军北上抗日先遣队的旗帜，但其秘密任务已不是吸引国民党以利中央红军主力的反五次"围剿"斗争了，而是去浙皖、皖南地区开辟新的根据地以"保存红军实力"，吸引"围剿"闽浙赣苏区的国民党军并求赤色斗争的发展。当然，在客观上，也可以牵制一些国民党军部队。

红十九师不折不扣地按照中央关于在江西玉山县和浙江常山县之间活动的指示秘密地行动着。虽然此时，"围剿"闽浙赣苏区的国民党军已将封锁线布置到了苏区首府葛源附近，但红十九师毕竟是一支久经实战锻炼的英雄军队，特别是有精明强干的师长寻淮洲实际上的全权统率，因为刘英对寻淮洲持有钦佩和尊敬的态度，这与乐少华不服气的态度大不一样，从而使红十九师十分轻松地通过了国民党军的第一道封锁线。

红十九师高举北上抗日旗帜的初步计划是到达桐庐、淳安一带创造游击区以威胁杭州，并为在浙皖边开创新的苏维埃根据地打下基础。

要求迅速出动的原红七军团团长寻淮洲在行进途中与刘英等认真地回顾了在赣东北的工作经历，对于曾洪易的右倾主张十分不满，并认为这是一种十分危险的征兆，于是致电中央军区进一步指出了曾洪易的右倾动摇错误。

中央代表程子华在 8 月 28 日通过鄂东北道委所在地卡房地区突破敌军阻拦后，于 11 月 16 日统率红二十五军 2980 人高举"中国工农红军北上抗日第二先遣队"的旗帜，从河南罗山何家冲出发，向着鄂、豫、皖、陕、甘地区北进。

性格耿直的刘英，他身材矮小，有着吸烟的嗜好。他细心认真的警卫员程美兴在行动前经常捎来金菊牌之类的香烟以供刘英提神。他们十分和谐地共同地行走在崎岖的山间小路上，亲如兄弟。红军的官兵关系绝大多数都是如此，只有张国焘、曾洪易这样的红军军官是例外。

## 神兵突降常山

红十九师官兵行走在并不熟悉的山道上，国民党军正从四面八方奔涌而来。当然他们只是预定性的集结，并不是发现了红十九师的秘密行踪。红十九师于 11 月 19 日顺利地来到了玉山县周村街，接到中央军区要求红十九师转向闽浙边前进的电令。寻淮洲、刘英欣然同意了这一决定，这使聂洪钧十分为难。一向与中央保持绝对一致的聂洪钧此时认为闽浙边大多是崇山峻岭，人口稀少，粮食缺乏，同时又没有党的地方组织，如果去闽浙边，还会带去大量"追剿"的国民党军，只能增加闽北苏区的压力，即使去了也只能产生较弱的政治影响。如果在浙皖边，既有大山便于游击，粮食供给也较有保障，又有一些党的组织援助，而且是国民党军往来的重要地区，可以牵制较多的国民党军，从而有利于闽浙赣苏区的反"围剿"。聂洪钧的一番理论赢得了寻淮洲、刘英的赞同，立即以电报形式报告了中央军区和中央革命军事委员会。

11 月 20 日，红十九师经玉山县贲口地区于当晚进到常山县草萍附近，又马不停蹄地连夜绕道中坊、白石、十五里向常山县城急进。然而，早已对闽浙赣苏区虎视眈眈的国民党军，突然发现了红十九师的行踪。伍诚仁统率的国民党军第四十九师自红七军团于 10 月底进入赣东北苏区后，便驻守皖赣边密切监视红七军团和苏区的形势；王耀武统率的补充第一旅去赣东一线堵截苏区的红军，以防外出；俞济时统率的浙江保安纵队则驻守苏区附近的浙江常山县，防范常山、开化、玉山一线红军的到来。

红十九师突然逼近常山县城，虽然国民党军早有戒备，但红军的神速足以使俞济时倒吸一口凉气。俞济时一面急调杜志成率领浙江保安纵队第三团到玉山县堵防，一面又调蒋志英率部急忙赶到常山、玉山边界堵截。

寻淮洲率所部犹如神兵一样突降在常山县城，国民党县长大吃一惊，惶惶不可终日，他根本不知道国民党军是否能够抵挡得住红军的进攻。11 月 21 日凌晨，红军的侦察部队悄悄逼近了常山城西门边峰寺一带，突然遭到驻守该地段国民党军的袭击，红军立即予以反击。国民党城堡内吐出了长长的火舌。一个小小的弹丸县城顿时枪声大作。显然，红军的进攻受到阻击便不可能轻而易举地取得成功，红军侦察队迅速撤离，而附近的国民党军不断迫近。精明的寻淮洲考虑到形势可能迅速变化，这将极不利于红军今后的行动，便当机立断留少数部队在城郊的五里亭、七里坞一带掩护，主力转移，经毛亭、溪滩、山边、过坑、湖石头，越过常（山）华（埠）公路，在湖口北面的浅水地带涉水渡过常山港，经锯家、煤山赶到大梗一带宿营。

这次进攻常山，红军神速地逼近县城，使敌极为震动。当救援的国民党军到达之时，红军已经迅速地撤离了现场。奉命日夜兼程追赶的蒋志英气喘吁吁地赶到红军曾到达过的草萍地区时，却又因目标不明而不便贸然进攻。俞济时的上司赵观涛获悉方志敏苏区派出了一支红军部队，自然喜滋滋地立即亲自赶到了常山县城，急令在玉山县协助防范的浙江保安纵队第三团速到常山县。

红十九师井然有序的大撤退很快完成。这种严肃治军的理想效果是寻淮洲在无数次实战中锻炼出来的。红军的后卫掩护部队撤退到了城外七里坳附近，突然与迎面赶来的浙江保安纵队第三团遭遇。国民党军凭借其优势装备猛烈地向着红军方向扫射。红军避其锐气躲在一边。国民党军以为红军被击退便壮着胆子向前逼近。红军在隐蔽处一边撤退一边射击。结果双方都有伤亡，战斗持续了一个多小时，红军全部撤出战斗，乘机翻越了几座山头到达了一个深山村庄——大梗村。经过一夜的休整，寻淮洲、刘英、聂洪钧更加谨慎。今后的行动到底应该如何？聂洪钧认为，如果改向闽浙边行动，则必然会困难重重。刘英沉默不语。

到过浙西山村的人都会知道，初秋的山村凌晨是十分静寂的。墨翠世界中，郁郁的森林与褐灰的土地把山村点缀得如中国泼墨山水一般美丽。天明以后，寻淮洲又率部匆匆而行了，沿途经过彭川、东鲁、才里、达塘再次到达芙蓉。差不多每一位红七军团的官兵都能记得第一次北上时曾在这里与国民党军发生过小小的周旋。这次，虽然寻淮洲并不想在常山县城停留很长时间，但派出必要的警戒部队四下警戒一番还是必要的。红军的后卫部队在回龙桥附近展开警戒，以确保红军行动的万无一失。

正当红十九师的领导们在为今后的行动方向发愁的时候，中央军区再次拍来了指示电，电文提到红十九师出发后闽浙赣苏区发生的重大事件，决定红二十师也必须出动。红十九师的行动方向还是按照中央革命军事委员会在 11 月 4 日制订的计划向浙皖边前进。中央军区这份同时也发给了方志敏的电令还严正地指出了曾洪易的右倾机会主义错误并给予严重的警告。这使红十九师官兵都感到振奋。中央军区的电文还使曾一度沉默不语的刘英开始发言了，更使寻淮洲明确和坚定了在浙皖边行动的决心。红十九师领导们迅速取得了一致的意见，决定：向遂安、淳安、分水等县行动开展游击活动，积极发展红军力量。

## 打击蒋志英，在浙西造成一定的红色声势

此时的国民党军，由蒋志英亲率曾在七里坞与红军后卫发生战斗的浙江保安纵队第三团，以及第四、第七团共 5 个营渡过常山港，四处搜寻，围追堵截。寻淮洲率部在芙蓉休息一夜后，就于 11 月 22 日天明后立即又转向章金地区行动，翻越东岭、西岭，七折八转，突然又插到常山县重地白马地区。蒋志英在数次的失败中总结了一些经验，将所部分作几队，以浙江保安纵队第四团两个营为第一队，沿着红军的足迹追击，其余组成第二队四处搜索。红军留在回龙桥附近的部队在与浙江保安队第三团发生激战后，又与以浙江保安纵队第四团为主组成的第一队进行了数小时的战斗。当然，作战双方都是在丛林中进行的，并未形成对峙的状态。中午时分，红军撤出战斗追赶主力部队。国民党军到底是人多势众，蒋志英很快分头搜寻到了红军曾宿营过的芙蓉地区。除去发现了红军张

贴的被国民党军称作"赤匪赤化品"的标语口号外，似乎一无所获。蒋志英对于如此懊丧的结果是司空见惯了的，并未感到丝毫的遗憾和耻辱。

红军的侦察员迅速地探听到蒋志英仅仅带了浙江保安纵队的5个营孤军向白马搜索前进。寻淮洲、刘英、聂洪钧都认为抓住这个有利时机打击蒋志英的一部，可以在浙西造成一定的红色声势。

红军主力部署在里湖、余村后山间和东侧山上，其余的，一部分占领白马西南隔溪高地，一部分到凤凰山一带警戒，做成一个大口袋，等候蒋志英到达芙蓉后立即赶向白马。蒋志英从老百姓口中和红军刚经过不久的明显被大批人马踏过的道路上获悉了红军大致的行动方向，即以浙江保安纵队第四团第二、第三营为前卫，以浙江保安第三团第一、第二两营居中，以浙江保安团营为后卫，向着白马方向逼进，企图揪住红军不放而予以全歼。

双方都在细心地盘算着对方。中午时分，蒋志英的先头部队赶到了凤凰山与那里担任警戒的红军小分队遭遇。枪声划破长空，像报警器般传到了双方的指挥部。红军小分队面对全副武装的国民党军，稍作抵抗即感到压力强大而撤退到了森林之中，随后即从森林中消失而去。国民党军误以为红军设下了伏兵之计，故而犹豫不决使红军悄悄离去。突然，天空中响起国民党军飞机引擎发出的响声。原来浙江省府从杭州派了飞机帮助国民党军侦察轰炸，随即就在阵地上投下了几颗炸弹。迷茫的国民党军听到国民党军的飞机声，顿时精神倍添，继续向前推进。埋伏在里村一带的红军主力，坚守阵地一声不吭。当国民党军前卫进到了余村、里湖一带正向土坡行进之时，遭到了红军猛烈的袭击。

蒋志英突然清醒地认识到这次才是中了红军的埋伏，便慌里慌张地命令其侧翼部队迅速抢占大桥西侧和东南高地，用以支援前卫部队。国民党军凭借优势兵力，阻击了红军的进攻，双方展开激烈的拉剧战。

蒋志英在激战中发现红军的力量似乎并不可怕，便大胆地组织反攻，突然一颗流弹飞来打中了蒋志英的手臂，这使蒋志英当场吓得面如土色。但蒋志英仍然未放弃袭击红军的念头，因为他认为这可能是他立大功的一次机会，他仍然继续组织进攻，激战至天黑，却仅仅缴获红军 8 支长枪。蒋志英眼见在白天未能取得胜利，到了夜晚就毫无希望了，或许还会遭受更大损失，于是决定撤出战斗转向常山。

红军打败了蒋志英，并未去追击。因为寻淮洲也深知蒋志英必定是返回常山大本营，红军前去十分不利，于是消灭了 100 余名国民党士兵后毅然携带着缴获的战利品经乳洞山到上坊地区宿营。

上坊在当时并不算一个很小的村庄。红军受到当地民众的欢迎，但从他们的眼神中也流露出疑虑，希望军队不要侵扰他们贫困的生活，对于其他的东西，则一概不敢苛求。因为，上坊村的民众对红军知之甚少。红军像平常一样露营野外，将伤病员安置在山村中，第二天凌晨便匆匆赶路，预防国民党军的"围剿"，部队翻山越岭，涉水经桃林、彭家庄、茅坪、桐川、陈家店，于上午 7 时抵安阳坂，击溃淳安常山警备队的阻挡。转向东北进入淳安县境，经过程村、石岭下直抵淳安重镇港口。

## 北渡新安江，鲁涤平严令各区县守住地盘

"追剿"的国民党军部队对于红军逼近港口大出意外。守卫港

口的仅有淳安县的少数基干队员。当这些似乎从未打过大仗的士兵听说红军大部队来到时，纷纷夺路而逃。红军只用很少的兵力便顺利地捣毁了国民党的公安分局，并生俘局长，屋内仅有的9支步枪及警服全部成了红军的战利品。

无论是从古老的志书记札还是眼前的现实中都可以看到：港口是淳安的大镇，交通方便，商业繁荣，街道上各色杂货、行业小店鳞次栉比，地主土豪富商也极多。红军的到来，地方当局毫无防备，居民当然也就更无防备。地主土豪富商们着实吓得浑身发抖。

红军主力缓缓地到了镇上，其中一部继续前进攻占了淳安县威坪。30年后，威坪已淹没在新安江水底。为了便于红军展开活动，港口镇的发电厂在红军的监护下通宵发电以供照明。这发电厂自建立以来从未有过的举动给镇上的居民留下了深深的记忆。广场上架上了几只大瓦数的电灯泡，全镇灯火通明。红军在广场上召开了民众大会，宣传红军抗日救国的行动，并将没收来的粮食、布匹、食盐分发给了当地的民众。然而，红军并非像国民党地方当局宣传的那样是"红头发，绿眼睛，见男人就杀，见女人就奸，还要共产共妻"。红军除去枪决了几名民众痛恨的地主土豪以外，其余的人丝毫未动。这当然使当局的谣言不攻自破。

红军与国民党军在白马地区的交手使蒋志英丢下一百余具尸体，震动了在杭州的浙江省政府。俞济时急忙从杭州赶到常山。傍晚时分，与差不多同时到达的王耀武补充第一旅商讨"围剿"红十九师的计划。省府主席鲁涤平发出急令，要求各区县竭尽全力守住城池，否则以军法论处。

11月27日拂晓，寻淮洲命令将搜寻而来的官民船连成一片，在新安江上架起一座长长的浮桥，使红军顺利地渡过新安江继续向着北面地区进军。国民党军获悉红军攻占了港口镇，急忙利用公路水路用车船将国民党军补充第一旅运往桐庐一线堵截；同时，蒋志英又亲率浙江保安纵队第二团穷追不舍。红军迅速穿越杭（州）淳（安）公路，翻过施岭泗渡洲、渡市到达桥西宿营。红军小分队曾前进到离淳安县城不足 2 公里的东溪口，破坏淳安至建德的公路及电线。在渡市，也许是穷乡僻壤或当地保卫团毫无防备的原因，红军轻松地俘获了当局的训练队副队长，另外还有两名据说是民众痛恨的乡长等也被红军生俘。红军继续前进到了桥西，迎面看见了一个颇有威慑力量的公安派出所。红军毫不客气地向派出所小屋发起了攻击，但立即遭到还击。红军当场击毙了仅有的两名警察。

随后，红军即向浙江西北的淳安县逼近，使该县县长十分恐慌。因为，在浙西北的偏僻地区，国民党军的防卫力量一向是薄弱的。而且，省府一再强调如果失陷城镇必将受到军法严惩。眼下如何是好，县长只能紧急求援。补充第一旅已经赶到建德县城附近的白沙和淳安县界的茶园一线。红军摆出急欲攻打县城的架势，然而，寻淮洲、刘英等认真权衡利弊得失，决定还是放弃进攻，免得被即将赶到的国民党军拖扯在这片既陌生又缺少多方面基础的不祥之地。

红军离开了县城，回到桥西休息一夜。次日即经航头、山河村、奎星桥、富山于下午到达临歧。国民党军的侦察机在停止了数日的跟踪侦察后，又突然出现在桥西的上空。

临歧是个并不算小的山村。它位于昱岭山脉的南端，西距安徽地界不足 60 里，北到昌化约 100 里，与分水县相距约 80 里。红军在临歧一片宽阔的河滩上召开了军民大会。十分善于进行政治思想工作的刘英向贫困的民众解释了红军是怎么一回事，并生动地比喻"蒋介石好比一棵树，地主土豪好比树根，砍断树根，才能把蒋介石推倒"。刘英这番形象生动的演说使当时的亲历者们终生难忘。一位精神饱满的老人说："那次大会以后，红军还将不知从何处抓来的几名地主土豪枪毙在河滩上。"

当时，临岐附近只有西部浙皖边界驻有国民党军能对红军构成一定的威胁，其余尚在更远的地方。寻淮洲以其独有的胆略先率部向东经海口、新华、何家门里、高峰、鱼塘、叉口、长田头进到分水县境，继沿探汉岭、小药坞来到了距离分水县城仅40里的合村地区。在村中一座叫作豪山的小学校里，红军指挥部安扎下来了，先头部队全部集中到操场上，听取寻淮洲夺取分水县城的战斗动员。根据寻淮洲的部署，侦察连化装成国民党军的前卫尽快接近分水县城。数小时后，侦察连奇迹般地经百岁坊、诸家、花桥、富家、砖山埠、南堡转向大路直逼县城。

## 分水一战，王耀武再也不敢靠近寻淮洲

寻淮洲率部随后跟进袭击分水城。国民党军万万没料到，因而来不及在此设防，所以此时分水几乎是座不设防县城，不仅没有国民党军正规部队，就连地方保安团也寥寥无几。国民党县长钟诗杰是个秀才出身的文士，听说红军要攻打县城便吓得不知如何是好，慌忙中经部下指点才想起急电省府速派大兵支援。正在桐庐、建德一线防范的补充第一旅得到红军进攻分水县城的消息后，立即向分水县城急进，其先锋队一马当先赶到分水县城附近，立即以一部分扼守路边小山；主力则停留在天目溪两岸休息，等候后续部队的到来。倘若后续部队迟迟不到，就首先向红军发起进攻，借以钳

制红军。

与此同时，经化装的红军侦察连就在国民党军的眼皮底下沿着天目溪经南堡到达城外五里亭。五里亭的警察以为是自己人而毫无戒备地攀谈起来，突然被红军一个不留地俘虏了。红军继续前进到距分水县城 4 里远的山脚边，结果遭到驻守国民党军的阻击。激烈的枪声，使刚刚到达天目溪东岸的补充第一旅先头部队也一齐向着红军猛烈地射击。红军侦察连发现了国民党军已经警觉便迅速撤回百岁坊。红军主力部队此时已悄悄赶到褚家，占领了凤凰山、金紫山一带高地，准备进攻补充第一旅。

夜幕降临了，双方部队各自相安无事地开始休息。11 月 29 日天明微明，国民党军补充第一旅继续沿着南堡搜索前进，大约在上午 9 时赶到了富家地区。旅长王耀武的指挥部设在村后的太平庙。现在这里早已改作印溪小学。王耀武立即派兵占领了附近的大墓山、笔架山、老坞、前山等处高地。接着，国民党军即以笔架山等高地为掩护，向红军金紫山阵地发起猛攻，战斗进行得异常激烈，尘土被炸得像一根根泥柱。国民党军的炮弹将大树成棵地轰倒，借着猛烈的炮火连续发起 3 次冲锋，夹杂着一片嘶喊声。红军沉着地将国民党军一次次的冲锋打了回去，激战持续到天黑。一向精于打夜战的红军看见夜幕降下，就像掌握了整个战斗主动权一样兴奋，接连向国民党军发起了反击。国民党军一到天黑便感到恐怖而显得手足无措。红军迅速地占领了笔架山、大墓山阵地。国民党军在夜色中败退到了富家，以密集的火力封锁了通向该村的道路。

寻淮洲、刘英、聂洪钧都充分地估计到次日天明后国民党军必然会凭借优势装备与兵力重新进攻红军的，便决定乘机撤向合村一线，避免与国民党军遭遇。

　　国民党军发现红军突然悄悄地撤离了战场，便也悄悄地返回原防，清点丢下的一百多具尸体。王耀武对于自己部属损失的数字大为吃惊，无形中增加了对红十九师的惧怕神色。

　　红十九师突然又折向北经水牛塘、天子岙、桥坑进入昌化县境，到达青坑口、高桥头等处开始休息。补充第一旅虽然在分水遭到了惨败，但迫于上锋的命令只得继续追赶，却再也不敢短距离接近。红军在青坑口附近依靠当地老百姓的支持，美美地吃了一顿午餐，也算是庆祝分水战斗的胜利，然后又匆匆地上路了。11 月 30日下午，红军又改向西北行经会头湾、柴门、长门头，到达八都、湍口一线。

　　红军在分水的胜利，虽然补充第一旅多方掩饰，但随红军步步紧逼临安，还是再次震动了杭州城。1934 年 12 月 1 日的《东南日报》以显著标题刊登了一条被补充第一旅歪曲的消息："残匪逃窜分水，被我截击后退回淳安北部"，并称"残匪于 30 日晨由淳安北乡窜至分水县境，并有一部至离县城约 10 里的南堡附近，经我国军迎头痛击，现匪纷纷向西南溃退，王旅长跟踪追击，蒋副指挥亦率部由淳安北进，双方夹击，当不难悉数歼之"。省府主席鲁涤平焦急地再次急电浙江保安纵队和补充第一旅加紧追堵。浙江保安纵队司令俞济时还要求安徽省保安团也向浙江靠近。在此混乱之中，尚能注意到团结合作的安徽保安团，其先头部队立即以汽车急运到昌化县，加强防卫，并企图在浙江境内即将红十九师一举歼灭。

# 第 17 章　皖南不设防

　　红十九师在浙江攻城陷地异常活跃。浙江省主席鲁涤平为防被邻省耻笑而欲就地消灭红军，便迅速地调遣了皖浙边境上一切可调动的国民党军以对红军实施围追堵截。一时间，安徽省南部的歙县、绩溪、旌德一线几乎都成了空虚地带。红十九师的侦察兵迅速获取这一情报。虽然，红军缺少现代化手段，但红军掌握了国民党军行动的规律，便等于增加了若干的装备。

## 昌化伏击战，皖南不设防

　　12月2日，神奇的红十九师迅速翻山越岭经过石板桥、岔口、葛家、苦竹坞、秀上、江岭到达杭（州）徽（州）公路上的横溪桥地区。皖南山区，地形复杂，而且东西两乡间语言都有区别。当地居民虽然并不富裕，但一般又都能自给衣食，除去灾年，社会矛盾并不是十分激烈。因此，国民党军及地方当局是无须费多大的心机的。红军来到这里为了保密起见，几乎暂时停止了一贯大张旗鼓的宣传活动，比如搭台演讲、四处张贴标语等。在路途中，红军从截获的一名国民党军情报人员口中得悉协助浙江保安纵队"围巢"的安徽保安团正乘坐汽车从昌化赶回歙县以堵截红军的重要情报，立即决定迅速赶到昌化县白果乡险峻地段设伏予敌打击。

红军无论是对饥饿还是对辛劳的忍耐力都是称著于世的，人们不仅从举世闻名的中央红军主力的万里长征中得到证实，而且在这支红军长征的北上先遣队中也同样可以得到证实。红军迅速赶到了地势极为险峻的白果乡公路两侧草丛中，静静地几乎连粗气都不喘地等候着国民党军的到来。直到下午4时，红军才听到了公路上隆隆而来的汽车马达声。国民党军的汽车在公路上若无其事地缓慢行进。18辆军车齐整而威严地正欲接近红军的伏击阵地的前沿申民桥头时，一个红军士兵沉不住气急切地开了枪。红军只得提前发起攻击。然而，被红军打得胆战心惊的国民党军遭到红军的突然袭击，急忙调头而逃。而首当其冲被红军当场击毁的第一辆军车上的国民党军当场被击毙数人，其余只得下车抢占有利地形隐蔽。然而，退却的国民党军却不都是能逃就逃的。除去最后几辆军车上的国民党军随车逃跑外，很多国民党军竟然又纷纷下车向红军射击，救援其被红军截获的弟兄。国民党军凭借优势火力占领了公路南侧彤公山和马头山，大部队经猴头退到洲头后的蝴蝶山上，对红军形成极大威胁。

红军怎么也没有料到，本来稳操胜券的战斗不仅不能取胜反而被国民党军瞰制。红军指挥员立即集中兵力去抢占彤公山、马头山，狡猾的国民党军坚守蝴蝶山据险顽抗，激战持续到了天黑。

当黑夜即将到来之时，红军的情绪陡然间高涨起来。寻淮洲命令立即撤退。在这里，红军损失了18名士兵。

红军在撤退中发现国民党军追击而来，立即转道悄悄地经过大小石门、火烧舍，于12月4日傍晚时分来到浙皖交界的大山区浙基田、阳山和安徽绩溪县的阴山地区。

按照惯例，红军每到一地经常要进行一系列程度不等的宣传鼓动，以求尽量发动山村的村民。然而，此次红十九师进入皖南却一直在静悄悄地运动。当地村民见到如此众多的部队，一部分急忙逃入深山，但是仍有少部分瞪着迷惑的眼睛。山里人的心中如十五个吊桶在打水——七上八下。

红军露宿浙基田地区野外。当红军来到同山下的时候，俞济时指挥的浙江保安纵队电令其所属的各保安分处及各县县长，在简要通报了红军此次进发浙皖边界地区后，再次要求各县修葺城防工事，四处布设侦探步哨。

红军在国民党军不设防的皖南地区悠然而行，来到伏岭下，前卫部队当场捕获正欲返上海经营大中华菜馆的老板胡元堂。胡被迫跟随红军一个多月，最后因自述在上海曾资助过上海商务印书馆内一名江西籍的共产党人杨希，用以证明他是拥护共产党的绅士，因此他终于被红军释放而重返上海。随后，红军将从浙西捉获的 16 名顽固劣绅予以枪杀，弃之荒野。临行前，红军还在当地村民的墙壁上留下了"北上抗日，保卫江南"、"红军支援工农"等标语。

### 轻取扬溪镇，攻占旌德城

第二天凌晨，寻淮洲率领所部悄悄出发经半岭亭、上雪堂、路亭向着绩溪的名关"江南第一关"进发。奉命率领县自卫队前来阻击的队长周子达闻讯红军大部队浩浩荡荡而来，急急望风而逃。中午，红军的前卫部队顺利通过"江南第一关"进入伏岭理村庄。

奉命斜抄红十九师的国民党军第七师第二十一旅第四十团急从水北村赶到罗坑地区，布防于虎形、凤形、四姑庵、凹头山等处向红军展开射击。然而，对于零星部队的骚扰，寻淮洲毫不理睬，继续前进。在伏岭，红军年轻力壮的士兵撬开了原绩溪十三都都董邵之厚家坚实的黑漆大门，将其所存的粮食、皮料、绸缎衣服全部搜缴散发给了当地的贫困农民，并捉获一名保长和两名富裕的士绅。傍晚时分，红军到达杨溪镇。红军的突然袭击，使镇上无论是富裕的士绅还是有权势的恶霸，甚或是贫困的百姓，都感到有些手足失措。

杨溪镇是芜（湖）屯（溪）公路的必经之地。红军到达杨溪镇以后立即烧毁了芜（湖）屯（溪）公路上的高枧桥、清水塘桥，以断绝国民党军的迅速追击。在此同时，红军的另一部破坏了宁国与绩溪交界地区的公路。这一回红军恢复了一向注重的热烈的宣传发动工作，在杨溪四处张贴书写北上抗日的标语，并且在宽敞的广场上召开了军民大会。杨溪镇上几乎所有的成年百姓都被动员参加了会议。当刘英的政治演说结束后，红军士兵立即抬来了从该镇利头、利和等4家商店没收来的财物，当场分给了那些衣衫褴褛的穷困百姓。世辈受穷勤劳本分的杨溪百姓分到财物以后，眼睛里含有既感激又带有疑虑的神色：红军到底走不走了？走了以后怎么办？会议结束，百姓们怏怏而去。

寻淮洲从闽浙赣省委那里获悉在皖南确实存在着众多共产党的地方组织，虽然第一次到皖南时费去九牛二虎之力也未找到一个，只是到了皖赣边界处才与皖赣特委党组织取得了联系。为了扩大游击区或苏区，寻淮洲将此不愉快的事情忘却在脑后，再一次派出小分队去寻找皖南地方党组织及游击队。红十九师下一步行动方向，则仍然按照中央军区的指示向着黄山前进，以便与随后而来的红二十师会合。

早在红十九师逼近杨溪镇以前，国民党杨溪镇公所即从浙江方面得到了情报，立即以电话形式报告给了屯溪、宁国等邻近地区的国民党政府，提醒他们严密注意防范红军的突如其来。曾经一度迷失了追击方向的补充第一旅又拼命地直扑杨溪镇。

红十九师离开杨溪镇经过板桥下村，捕捉了 3 名地主，并展开宣传，接着又经长岭、隐塘向着旌德县城急进。

隶属安徽第九行政区统辖的旌德县，是一个地脊民贫的弹丸小邑，位居群山万壑之中。此时正值秋旱，物价腾贵，民不聊生。县长彭树煌自从接到杨溪镇公所的电话以后，心神不定，慌慌张张地派遣保安队第一分队赶到宁国与旌德边界的乌岭地区等候红军。然而，12 月 6 日上午 10 时，县长突然接到报告说红军已经从南面攻占了白沙镇，离县城只有 10 里远了，便又急急忙忙地派出县保安队第二分队跑步赶到城南五里亭阻挡，同时下令紧闭城门，自己则率保安队、政警队、公安队及壮丁队等五花八门的地方杂牌军数十人坚守在城楼上。

仅有十多名队员的保安队小分队眼见红军浩浩荡荡而来，吓得立即掉转屁股向梓山逃去。12 时，红军开始直攻中市桥。坚守城楼的保安队员等立即开枪射击。红军迅速架起机枪一阵猛烈扫射，掩护攻城部队迅速架起云梯直上城墙。保安队见势不妙，立即弃城而逃。而县长彭树煌则不知在何时已出大西门逃之夭夭了。

红十九师以最快的速度占领了县政府，随后就打开了县城监狱，释放了 48 名反国民党政府的"政治犯"和贫苦群众。在县政府的衙门前院，红军当即焚毁了文卷档案，并活捉了一些来不及逃跑的国民党地方官员。当然，典狱员和公安局局长等百姓特别痛恨的官员是首先需要俘获的。因为，县政府进行的任何一次镇压共产党的活动都是离不开这些帮手的。与此同时，红十九师开展了自本次出击浙皖边以来最大的一次宣传活动，四处派出宣传小分队，到处书写张贴红军标语。也许至今仍然有人感到奇怪，红军为何能在这样短的时间内在老百姓房屋数米高的墙壁上写下许多大幅标语，即便有众多的梯子也绝非易事。一位当年曾经历此事的老红军士兵回忆说：他们通常是由一名善于书写的士兵颈上挂着颜料桶，然后以架人梯的形式上去书写标语的。

为使红军的影响能得到最大限度的扩展，红十九师在县城梓山小学平整的操场上召开了军民联欢大会，它不像苏区的联盟大会可以十分协调融洽地表演很多戏剧节目。在这里只有重复演讲着红军北上是为抗日，而蒋介石不但不抗日反而反对红军抗日等类的政治宣传。

体面的军民大会结束后，一部分士兵给在场的贫困的老百姓分发了从县城恒丰米店及德裕号商店没收来的大米和布匹；另一部分红军士兵则全副武装地将从绩溪、旌德两县活捉的土豪劣绅枪杀在县城北门刑场。

## 两件稀奇事：电灯和传教士

虽然，旌德是个陆不通车、水不通舟的交通闭塞的弹丸小邑，全县东西南北相距不足100里。孙中山于1911年10月10日发动辛亥革命取得了成功，而旌德县城的居民竟然时隔一个多月才从一个偶经该县的老秀才口中得以获悉这一重大事件。但红十九师此次路经旌德县城，却有两件事使众多的红军士兵在半个世纪以后仍然记忆犹新。一是县城不知从何处引来了电灯。一位经历者说，只有在攻打福州及浙江港口镇时，看到过较多的电灯。第二个比较有印象的地方就是旌德县城了。在县城福音堂内，红军发现了两名美国传教士。当这两名自认为并不介入政治的美国传教士正在从容地进行着教仪活动的时候，几名年轻的红军士兵突然提枪进入了这座外观豪华的福音堂。据当时经历过此事现仍健在的红军士兵回忆，当时他们完全是因对豪华而奇怪建筑的好奇心驱使他们进入教堂的。这两名美国耶稣教徒是一对夫妇，身边有着一个美丽活泼的小女孩。这几名年轻的士兵在离开教堂时带走了这两名教徒。虽然这两名教徒声称自己是上帝的使者，但在红军面前都一样无济于事。因为，年轻的红军士兵对于耶稣教太陌生了。

事实上，弹丸之地旌德县还有值得记述的历史故事。首先这个地区的年轻人崇尚读书，绝不是因为学而优则仕。县城凫山学院以及日新、梅村、仕川、成志、黎明等数所小学校曾向上海、武汉、芜湖地区的大学校培养输送了数十名有文化知识的倾向共产党的人士。其中的梅大栋早在 1925 年就曾在武汉、安源等地与中共早期的工会领袖刘少奇等一同活动，并从武汉带回了由共产国际赠送给中国共产党中央的有编号的银质马克思胸像一枚，随即在旌德创建了皖南地区最早的共产党组织——中共旌德三都补习支部。与很多地方共产党组织发展方式不一样，就是并非仅从均田免赋、土地共有等内容上去发动农民，而是运用陈独秀、李大钊等创办的《新青年》以及马克思的《资本论》、《共产党宣言》、《唯物史观》等类为无产者服务的理论中，从争取小学教员和知识分子入手，逐步发动农民，以求最后实行总暴动来建立新政权。1927 年，蒋介石继制造安徽省府安庆的"三二三"事件后，又在上海发动了

全面反共的"四一二"反革命政变。共产党猝不及防地被蒋介石从
背后砍了一刀，损伤了元气，各地党组织的活动也因此受到了压
制。然而，继梅大栋之后挺身而出的共产党人王庭甫竟然胆气冲天
地发动并亲自率领着一百多名武装的农民自卫军于 5 月 16 日，即
"四一二"政变刚一月余，就攻打了旌德县城，北上屯溪以图会师
武汉国民政府北伐军的军事行动，遗憾的是由于敌强我弱，以及
行动泄密，暴动宣告失败。当然，国民党地方政府立即枪决了组
织并参加武装暴动的共产党人。但这次武装行动比中共历史上的
"八一"南昌起义及"九九"秋收暴动还要早两三个月，因而是中
共地方史上的一大骄傲。

此后，梅大栋、梅大梁重新出现，他们借助国民党党员的合
法身份秘密地组织了"青少年社"、"仕川教育促进会"等开展共产
党活动。在 1928 年春的一天夜晚，梅大栋、梅大梁集中了全县一
切可以争取的知识分子在偏僻的县城西乡下洋村秘密地召开了党
义研究会第一次代表大会，成立了旨在利用合法称号进行活动的
"教育促进会"和"教育基金管理委员会"，并形成了附有"报告"、
"讨论"、"民众运动"三大项内容的党义研究会活动办法记录。这
份记录中关于"发展"一项的内容十分不寻常，规定第一条就是
"发展组织，注意知识分子和小学教师"。其标准也非一般，指出：
"以铁的纪律为立场，主义为重心，完成主义为归宿。"这当然是指
共产主义。

党义研究会的积极活动被国民党地方当局发现后，于同年 11
月 18 日同时分头行动逮捕了党义研究会的领导梅大栋、梅大梁等
人，并且搜缴了一批马克思、恩格斯及列宁的原著。这一事件，曾
使南京国民政府也感到震动。1929 年 2 月 7 日，南京国民政府向

全国发布了第 15 号训令，通告逮捕旌德县共产党人情况，在如此闭塞的弹丸小县，竟有如此规模的共产党人活动，这当然使蒋介石大为吃惊。这一切，红十九师当然是一无所知。

## 史达能夫妇的遭遇

12 月 7 日凌晨，红十九师离开了旌德县城向西边的蔡家桥、孙村、庙首方向前进。四小时以后，浙江保安纵队即率所部马不停蹄地跟踪追击。男扮女装的县长彭树煌得悉红军离开县城，国民党军已追赶到达，便又重返县城。当然，首先是受到国民党军的冷嘲与讥讽，随后就是上司的训斥。次日上午，红军后卫部队与追击的国民党军第二十一旅先头部队发生激烈战斗。红军继续进到了庙首。国民党军穷追不舍，在庙首的大街上，红军不仅积极宣传了北上抗日的道理，而且宣布将要把从县城福音堂内抓获的美国传教士史达能夫妇就地予以枪决，用以补偿红军在沙村激战时的损失和故意使蒋介石政府发生国际纠纷事件。①

面对生死抉择的现实，高傲的史达能夫妇此刻表现出了对延续生命极其渴望的神色，这使他们昔日所有的威风都荡然无存。史达能立即表示愿意出巨资来赎取生命。庙首的一名地方医生自告奋勇地站出来为这两位美国传教士求情，并愿以生命担保，然而，红军对此都未予理会，不仅立即枪决了史达能夫妇，而且将这位愿意以生命担保洋人的地方医生一并处死。

史达能夫妇被红军处决的消息几日后便传到了南京国民政府，

---

① 敌军是在孙林开枪三小时，当时有红军小分队抵抗而产生伤亡。目前未发现红军记载资料，而敌军有战报记载。

外交部立即派遣了湘鄂川皖赣 5 省外交视察专员杨光德赶到安徽查询事情真相，处理善后问题，同时命"追剿"各部及浙皖军事机关加紧"追剿"，与此同时，驻南京的美国领事艾奇逊立即乘车专程赶到安徽芜湖督促查询，并将史达能传教士的女儿寄养在芜湖小孤山瓦尔德教士家中。附近屯溪、郎溪等地的美国传教士也闻讯齐集芜湖凭吊。对于史达能传教士被红军枪杀一事极为重视的美国纽约环球新闻社社长魁约克直飞中国，驱车到达芜湖拍摄了凭吊史达能夫妇的有声电影。

红军继续前进。心神不安的地方民众为红军送来了煮熟的鸡蛋、花生。由于红军有严格纪律的约束，使红军士兵不能随意取用地方民众送来的食物。如果确实需要，则必须付给足够的货币。

红十九师来到了下洋，立即处决了 7 名保长和顽固傲慢的富豪。这当然使下洋的民众大为震动。

# 第18章 汤口会师

1934年12月10日，方志敏率红十军团第二十师与寻淮洲所部红十九师会师皖南汤口，遗憾的是，两支劲旅的会合招致了国民党军的包围合击，血战从此拉开序幕；同一天，中央红军实现"通道转兵"，由于采纳了毛泽东的建议，放弃北上与红二、红六军团会师，转向贵州前进。不久即召开遵义会议，从此杀开一条生路。

自从红十九师出击皖浙边界以后，第二十师和闽浙赣军区原属的地方部队第三十师一直在顽强地抵抗着国民党军的四面包剿。一贯注重发展经济并且确实使闽浙赣苏区辖地老百姓的实际生活水平获得迅猛提高的方志敏，对于红二十师也立即向皖南出动的命令有点费解。这不单因闽浙赣苏区是方志敏亲手创建的具有极好民众基础的根据地，而且因他清醒地认识到了面临如此险恶严峻的形势，即国民党军正以全力寻找红军主力决战的紧要关头，再将红二十师也带出苏区到白区去会师，这就不能不考虑到红十军团有被全歼的可能性。鉴于如此的深虑，方志敏不会迅速积极地将红二十师带出苏区。

然而，项英主持的中央军区却再次来电督促方志敏将正在与强敌对抗的红二十师带出苏区。此时，葛源即将被四面进逼的国民党军占领。

## 苏区人热泪送红军，方志敏一定会回来的

无论遇到什么情况，方志敏坦然从容的仪度都将丝毫不受影响，这与同时代的另一名中共高层领导周恩来十分相像。方志敏无条件地执行了项英的指示。在他和曾洪易、乐少华、刘畴西共同研究红二十师即将离开苏区的问题后，紧接着又召开了多次苏区善后工作会议，对苏区、白区以及军团、地方军等一切工作都作了不失偏颇的安排。关于方志敏本人是否立即随军团离开苏区，有相当的人员似乎从方志敏不愿红七军团及红十军离开苏区的思想中猜到了什么，于是劝说方志敏还是留下坚持。但是，方志敏同所有合格的军人一样深知"军人以服从为天职"，决定以军团军政委员主席的身份随军行动，这也是必须的。这一举动使一部分土生土长而又长年坚持赣东北的红军官兵感到不解。即便是平时从未离开过家园，只要稍微思考一下，也能想象出身在他乡战斗的境况。这时一个极不平常的现象出现了，这使方志敏、曾洪易都感震惊，一部分红军官兵坚决反对红二十师离开赣东北而出击皖南。对这违抗军令的严重事件，省委进行了细致地调查。原军区宣传部部长朱绍良竭尽全力地煽动红军官兵坚决不要离开赣东北地区。这位以其身份产生较大影响的异己分子的煽动，使相当数量的红军官兵都认为他的主张具有正确性。

省委和军区决定要逮捕这位煽动抗拒军令的别有用心分子。全军召开斗争大会，当场开除了他的党籍。为此事件，一向散布右倾悲观情绪论调的曾洪易却认为乐少华、方志敏决定的这一行动是

过火行为。连曾洪易也未想到，调查组还从这位宣传部部长宿舍里发现了 300 多块银圆，同时查出他共挪用公款 700 多块银圆。这在当时的物价水平下实在不是一个小数目。乐少华立即组织人员对朱绍良进行了审问，结果发现他还是从曾洪易当年主持的大肃反中漏网的敌对分子改组派的重要谋臣。

在如此危急的形势下，差不多一切都已准备就绪，方志敏即将要率部出发了。

关于方志敏出发的具体时间，迄今为止仍未发现有明确的记载。据曾在中共执政后任过中共中央组织部副部长的李步新回忆说，大约是在 1934 年 11 月 24 日，他当时以赣东北中共上饶县委副书记及上饶横峰两县战地委员会书记的双重身份跟随方志敏一同行动，当时他编在随军干部团。

在红二十师远征前，像很多红军大部队一样，闽浙赣苏区召开了盛大的北上誓师大会，几乎所有的红军官兵都参加了这次英雄会议。满含热泪的农工百姓怀着眷恋的心情来到了会场中，心中几乎都埋藏着一种深深的担忧：方志敏率领红军此去几时才能回来，而且红军一走国民党军必然会来屠杀抢掠的。

遵照中央革命军事委员会及中央军区的多次指示，方志敏向广大的红军官兵以及农工百姓作坦诚热情的演说，不断重申着红军此次出击皖南不是要放弃赣东北，而是要创造皖南新苏区以求连成一片。方志敏一再告诉乡亲们：红军一定要回来，红军一定会回来的。

## 进入文化之邦，缺少向导几度误入险境

当红军官兵离开家乡日远一日的时候，有相当数量的红军官兵不免怀念起赣东北老家那片美丽富饶的故土。那里盛产红花油茶和香菇。回想当年，男人当红军，阿妹肯定要采摘一朵艳丽的红茶花戴在阿哥胸前。赣东北的红油茶并不是所有地方都能采摘到的，只有在海拔 800 米以上的梧凤洞附近才能看到。香菇则是每个农家都熟悉的美味珍品。还有美丽的三清山风光。这块兼具"泰岳之雄伟，华山之俊俏，衡岳之烟云，匡庐之飞瀑"的旅游胜地，都将落于国民党军之手，这当然是红军官兵感到极为遗憾的。

方志敏离开了根据地赣东北，留下曾洪易主持闽浙赣省委工作用以支撑危局。可是，后来事情的发展十分令人遗憾，在曾洪易主持的省委领导下，即使就地坚持反"围剿"的红三十师全体官兵都以生死置之度外的精神去英勇奋战，闽浙赣苏区的领土仍然在不断缩小。这与曾洪易的右倾退让有着密切的联系，最后使赣东北根据地丧失殆尽。

离开了故土的方志敏却无时不在记挂着赣东北，记挂着赣东北的红军和人民，还有曾洪易是否在坚强地支撑着赣东北苏区。虽然，平素对曾洪易那种只会谈经论道而不善做实际工作心存不悦，但他毕竟是中央代表，而且此次自己又被派往统率红十军团，所以他也只得如此了。红十军团毫不停留地跋涉在山间小路上，也许是红军前卫部队过于疏忽大意，侦察时竟然将行军路线弄错，以至于自己险些送到国民党军的伏击圈中去了。由于地形复杂多变和缺少向导的引导，使红军耗去了许多时间。最后，经过 3 次往返行动，

红二十师终于在 11 月 29 日突破了国民党军闽浙赣苏区的封锁。越过山高林密的 30 里岗进到安徽婺源县。随后不久，这个富饶的小县因蒋介石为便于"围剿"江西红军而划入了江西省。

红二十师在北上皖南的过程中，除去与国民党零星的地方部队发生了一些接触以外，基本上是顺利的，经池源、上董向北行动，一路无大的战斗。当方志敏率部绕道一个叫镇下的村子时，婺源县的一位地方党组织负责人前来与方志敏部队取得了联系，随后积极建议红军立即派出一支部队袭击较为富裕的镇下村。事情的结局如同红军战前预料的一样让人满意。红军在镇下村获取了一笔可观的财物。

在中国历史上任何一支军队中，都很少有像方志敏一样能真正代表农工利益的知识分子将领，尤其是他良好的文化修养。他在青年时代，就善于运用诗歌、杂文、小说来揭露社会之黑暗，唤醒民众的反抗与创新精神，更使所有无论是当代还是将来一切富有正义感的人们都深感振奋的是：在他兵败被俘以后，国民党军要求他写些文字，他大义凛然泼墨而书留下千秋绝笔："方志敏，弋阳人，年三十六岁。知识分子，一九二五年加入中国共产党。"只要稍微回忆或翻阅一下当时条件下有关共产党发展的历史，自从广州起义失败以后，特别是张国焘在鄂豫皖苏区发动了大肃反的清洗以后，知识分子似乎就是中间分子、危险分子至多是可争取分子的代言词，更不能想象是在工农队伍中当然的平等成员或领导者。因而，方志敏不讳言自己是知识分子，其精神的可贵是显而易见的。

当方志敏率领红军踏上了这片曾孕育出中国儒教大师朱熹的文化故地的时候，他会产生怎样的联想人们并不知道。然而，这并不影响人们把他与这片文化之邦的人物作一比较。方志敏出生在一个富裕的农民家庭，为何要挺身而出反对这个社会？如果按照共产党的一般理论来解释，那是属于背叛了自身的阶级，而不是受了谁的欺侮压迫和剥削才开始倾向共产党的。他是从理论上首先认识到了共产党主张的正确性，从而自觉地反抗这个不平等的社会。可以说，方志敏的自觉革命很大程度上是仰赖于他的知书达理，而不是受了多少压迫和剥削来求报复的。与其相类似的还属婺源县最为著名的历史人物之一——詹天佑，他是一位出色的铁道工程学家。他不仅生于一个富裕的家庭，而且是使用了清末庚子赔款留洋深造归国并为国家作出重要贡献的人物之一。还有一位著名历史人物，名叫江永。朱熹虽然生前在宦海中并未隆盛，但他创立的新儒教理论却被以后的历代帝王视为有效的统治工具而广为传用。江永则是一位被清王朝的文化专制压迫得无法喘息而只得埋头于探寻中国方块字根源的考据学者。但诚如中国俗语所说的"七十二行，行行出状元"，江永因考据成功而成了婺源地方的一大历史人物。

12月4日凌晨，方志敏、刘畴西、乐少华、粟裕率领红二十师和军团部进到了婺源县叶村地区，恰巧与驻守当地正在待命"围剿"红军的国民党军独立第四十三旅刘震清部发生了遭遇战。方志敏等军团负责人几乎不约而同地从这场不应发生的战斗中发现：红二十师的侦察部队根本不像红十九师的官兵那样个个训练有素和机智能干。

方志敏在部属酣战之际，果断命令急速撤退到县城东部的大畈地区，可是不曾料想，又与第四十三旅的另一部遭遇，再度发生战斗。红军当然希望迅速撤退避免纠缠，却被正希望全力拖住而求全歼的具有优势装备的国民党紧紧咬住。激烈的战斗整整持续了17小时，直到天色漆黑。老天爷赐给了红军解围的绝好时机。红军立即利用夜色机智敏捷地撤出了战斗。作战双方对于此次战斗的伤亡损耗情况都作了较为精确的统计。若干年后，人们才知道彼此间都未赚到多少便宜。

## 红十军团轻松行进皖南，中央红军展开湘江血战

由于缺少得力的向导，红二十师遇到不少麻烦。为此，方志敏派出小分队专门去寻找一名得力的向导。很快，小分队发现了一位颇具阅历并乐意充当红军向导的老汉。方志敏部在向导的引领下安全地行进在一条山间的小路上。当红军到达济溪河畔时，为防万一，红二十师分作两路前进：一路经岭南、山溪；一路经米坦、官，分头向休宁地界前进。

在安徽休宁县横茅地区，红二十师两路很快会合。军团领导们似乎感到如此众多的步兵行进在狭窄凹凸不平的山间小道上有些不方便，也许目标过大，随后又令红二十师再分两路：一路经千金坦；一路经新岭脚，直逼休宁镇龙湾镇。

与寻淮洲统率的红十九师北上皖南的行动有着很大区别的是，方志敏统率的红二十师至此一直未展开过轰轰烈烈的政治宣传活动，行经的村庄为数有限，很多是从傍而过，大都是行进在人烟稀少的崇山峻岭和森林草丛之中。红二十师离开苏区根据地后，军事供给上主要是以战养战，这就决定着红二十师必须与村庄、村民和国民党军发生接触，以期得到物资和武器的补充。在苏区，方志敏的红军还可依靠征收农民的土地税等维持红军生存与发展。而现在，保障红二十师经济供给的任务主要是由原苏区财政部副部长谢文清统率的大约有 500 人组成的红十军团没收委员会承担的。当

然，即便是拥有武装的部队，没收也并不是一件十分简单的事情。为此，军团保卫局就协助没收委员会，逮捕和处决了那些与红军作对的人。当时国民党的基层政权主要是保甲，其首领是红军捕杀的主要对象，其次是官僚买办资产阶级。50 年以后，年过八旬的谢文清告诉笔者，他负责的没收委员会在皖南行动的过程中，大约没收了七八万块银圆，还有部分金条、银器。这位诚实的老人说当时他并不知道皖南和徽州曾经是以经商出名的地方。没收来的银圆主要供给部队，其余还有相当部分则交给了随军的金银匠打制各种金银首饰，以供红军派遣到白区的特工人员开展秘密活动。

方志敏在出发前即为部属规定了比以往任何时候都要严格的纪律。红十军团政委乐少华在结束了皖南行动一年以后，曾向中共中央呈送了一份较为详细的报告，记载了红十军团红二十师的先头部队竟然在皖南发生过乱捉猪鸡和乱捕地方士绅及没收商店等违反军纪的现象。这位一向直言的政委立即与方志敏取得了一致的意见，制止了这种有损红军威名的行动。

方志敏在皖南的最初行动是既紧张又松散的。行进途中，红二十师先头部队侦察到在五城附近的下洋村驻扎有番号不明的国民党军正规军，休宁县城海阳镇也有国民党军驻守，于是决定避开县城改向伦堂、月潭进发。红军的大部队浩浩荡荡地开到山斗、龙湾、月潭一线停了下来，首尾相距达 30 里远。

红二十师继续前进，翻越了人迹罕至的大商岭到达上大商村，迅速动员被吓得魂飞魄散的乡民，拆掉乡民们的门板在率水河上临时搭起了一座简易浮桥。

红十军团红二十师的先头部队差不多是在毫无阻挡的情况下渡过率水河的。而与此同时，中央红军主力则正在湖南与强敌展开激烈的湘江大战。虽然中央红军曾经利用过长期割地而据的广西诸侯与蒋介石的矛盾,与白崇禧秘密地订立了"对红军只宜追击不宜堵截,对蒋军则必须堵截"的密约,但是屡遭挫败的蒋介石事实上对这些诸侯除了利用也不抱有多大希望,故而直接调用嫡系部队"围剿"红军而演成湘江血战。毕竟中央红军领导中英才集聚,智慧超常,终于冲破了国民党军的阻拦渡过了湘江。当然,中央红军也为此付出了巨大的代价,总数由出发时的 8.6 万余人锐减到 3 万余人。

## 兰渡大捷,红二十师北上行动中唯一的一次大胜仗

方志敏顺利渡过率水河来到了龙湾镇,将总部设在镇外一条小街上。不知从何处得到的消息,龙湾区公所的国民党官员早已逃遁一空。红军毫不费力地捣毁了上街头、关帝庙以及溪口仅有的 3 座碉堡。区公所内摆放的一架陈旧的电话机成了红军心爱的战利品。驻宿山斗的红军士兵同样又烧毁了山斗仅有的两座碉堡。虽然这个数字比龙湾镇的要少,但是倘若知道了山斗仅是一个只有十多户人家的小山村时,便能了解到国民党地方政府对于山斗一带的防范红军事务还是颇为重视的。方志敏率部进军皖南沿途并未发现有大股围追堵截的国民党军,这主要归功于寻淮洲统率的红十九师早已将国民党军吸引过去,使方志敏能够拥有较充裕的时间和精力来广泛宣传。但遗憾的是,当方志敏尚未进入山村之时,村民大都早已逃遁一空。故而方志敏所部只能在墙壁上刷写或张贴一些宣传标语,一位红军士兵在鹤城乡樟源里村一座高大的老屋上方端端正正地留下了"贫苦农民团结起来,打倒土豪劣绅! 打倒日本帝国主

义！废除保甲制度"的标语。

关于方志敏所率的红二十师在休宁县没收财物的情况，据当地的中共党史资料征集研究机构提供的不完全统计，在方志敏率部到达歙县汤口以前的这段时间里，先后在休宁县区域没收了11家远近闻名的富户。早在出征以前，红二十师即已准备好了较为充裕的御寒衣物，因而，没收来的粮食供给部队，而布匹、棉花之类则常常散发给当地贫困的村民，以争取这些穷人的支持。这和明王朝的开国皇帝朱元璋颇有相似之处。公元1357年，即在朱元璋建立大明王朝前11年，朱元璋率领他的农民起义军途经徽州休宁、歙县一带，要求所部务必军纪严明，不许乱动百姓的一草一木，同时也将缴获的大量物品送给沿途的百姓；此外，还微服从连岭出石门，亲临徽州隐士朱升的山宅，访问建国大计。朱升是一位满腹经纶之士，曾官至池州路学正，后辞官隐居到休宁歙县交界处的石门。朱升深感朱元璋的真诚之意，便授之三术："高筑墙，广积粮，缓称王。"朱元璋采纳了，最后也成功了。

方志敏来到徽州时，徽州已随徽商的衰落而日衰一日。凭借官府权力而名噪一时的徽州茶盐商贾已随清王朝的消亡而日益衰败了。方志敏此来徽州未能访得什么隐士贤能，甚至连乡民的支持也难得到多少。因为，国民党地方当局早已反复地把红军丑化的如同恶魔一样，使小农意识强烈的徽州人闻风而躲。

方志敏率领所部在龙湾街度过了寒凉的一夜，紧接着又继续出发，在深山野岭中寻找便捷的通道，以期快速到达早已用无线电与红十九师联系好的会师地点——歙县汤口地区。

红二十师经休宁县梅里、首村、上里桥、汪金桥、竹背后、钗坑，再度避开县城折向西八都、典口地区，然后又分两路向西馆、兰渡、环居村一带进发。

方志敏统率的红二十师虽然是静悄悄地进到了安徽婺源、休宁地区，但尤如夜鹰一般监视着红军动向的国民党军依靠着先进的技术装备迅速侦悉到了红二十师的行动。赣闽浙皖边区剿匪总指挥赵观涛对红二十师也秘密进入皖南，暗暗吃惊：红军竟然如此神速地突破了其在闽浙赣苏区布下的重重封锁线。使赵观涛感到烦恼的是，下一步究竟如何行动才能奏效。显然，仍按照那种紧步红军后尘撵赶的方法不是上策。为此，赵观涛向蒋介石拍发了电文，请求蒋介石批准将正在"围剿"方志敏、寻淮洲所部的各路国民党军重新编组为三个小分队，以新编第七师二十一旅李文彬部及第十一路军赵团为第一分队，以补充第一旅王耀武部为第二分队，以第四十九师伍诚部为第三分队，统归浙江保安纵队司令俞济时指挥，分三路行动包抄"追剿"。蒋介石立即批准了赵观涛这个雄心勃勃的"围剿"计划。赵观涛因此乐不可支，他可以用总指挥这顶桂冠拉住俞济时，待来时有功则归于己，有过当然要推诿于俞济时这个预定的替罪羊了。已经追赶到了婺源县的国民党军第四十九师奉命直趋休宁、祁门地区，防范红军西撤。

晴好无雨的 12 月 8 日，方志敏及其部属几乎都感到振奋和难忘。上午，从婺源县追赶到休宁的第四十九师先头部队在县城附近发现了红军的踪迹，故而不敢孤军突进，只得退守县城，等候其主力的到来。中午，方志敏的侦探获取了准确的情报：有一支 100 余人的国民党军部队正由黟县渔亭往休宁县城方向行动。方志敏、刘畴西当机立断，决定在兰渡、西馆路段大桥附近设下埋伏。下午 3 时，4 辆载着国民党军部队的卡车开到了兰渡桥头。红军突然发起袭击，国民党军手足无措。红军在炸毁公路上的木桥后，后续部队又抢先占领了国民党军正欲攻占的环居东北面山头及西馆河堤，并将树木横拦在附近的公路上，切断了国民党军的退路，战斗不到一小时，即以红军获取全胜而告结束。这是方志敏出师北上以来最精彩的一次战斗，也是红二十师北上行动中唯一的一次全胜的战斗。

国民党军的4辆军车全都成了红军的战利品，可是十分有趣的是，数千人的红二十师竟然没有一人会驾驶卡车。一位亲身参加此事的红军士兵在半个多世纪后回忆道："因为大家都不懂怎么弄它，最后只是拆掉电瓶供发报用，并用石头将车灯全部砸坏了丢在一边。"红军在这场战斗中缴获了迫击炮3门、机关枪5挺及弹药一批。国民党军官兵除去当场被击毙的外，其余全被生俘。

红军的胜利，震动了当地勤劳但缺少文化知识的山区百姓。他们莫名其妙，根本不知红军到底是什么样的军队。红军必须经常反复地去作一些动员与说明，才能使山区百姓对红军略有了解与好感。无数次事实证明，红军运用分发战利品及浮财的办法，最能迅速地得到山区百姓的理解和支持。红二十师在休宁的胜利还使国民党军第四十九师备感紧张，但是素知红军善于运用"拖刀诱敌计"和伏击战术的国民党军部队，却又不敢紧紧地盯着，而是仍要保持一定的距离，不敢孤军突进。

## 两支劲旅，会师汤口

方志敏率红二十师继续从容前进，同时派出一支小分队绕道搜索前进，到了儒村则亲率所部经岩脚、兰田与搜索部队会合，然后马不停蹄地离开休宁县境到在达歙县岗村、闵坑一带。12月11日，终于与先期一日到达的寻淮洲统率的红十九师胜利会师。

在此同时，艰苦转战于湘黔桂边界的中央红军，特别是一向注重实际战绩的毛泽东等认真总结了长征以来的失误并积极建议改变战略方向，于 12 月 11 日在湘南通道县召开了行进方向讨论会，争论是激烈的。毛泽东建议放弃北上与红二、六军团会师的计划，以避敌锋锐，改向国民党军力量薄弱的贵州前进。毛泽东以自己曾取得过丰硕的战绩、产生的威望和充分的理由，终于获得多数与会者的赞同。一个星期以后，中央红军负责人又在贵州的黎平召开了会议。这次会议上，因按毛泽东的建议，6 天就取得极大成功的事实，使毛泽东关于改变行进方向的主张最终形成了中央决定。

方志敏与寻淮洲两路会师，使仅有二三十户人家沉寂的汤口小村，迅速变得热闹异常。其实，这是红军北上抗日先遣队分别自瑞金和赣东北出发的两路部队的大会师。红七军团在 10 月底进到赣东北时，虽说也是两路会师，但事实上只是两路部队指挥员们的会师，而众多的红军官兵则并未会师。红十军团在横峰县坚持战斗，红七军团则在德兴县休整，两者相距有数十公里。

现在，这新老十军在安徽黄山脚下汤口村真正会面，红军官兵兴奋万分，载歌载舞，互赠纪念品。当地百姓很快都喜气洋洋地欢迎这支友善的红军部队的到来。当时的情景，不知比传统的春节要热闹多少倍。汤口村来了如此众多的人马，这实在是件破天荒的事儿。

红十军团政治部在程家祠堂屋前宽敞的草坪上举行了军民联欢大会，用竹木搭起的临时大会主席台上站立着红十军团所有的高层负责人。

至此，军团政委乐少华才向所有的红军官兵宣布了一项秘密，即红十军团已经中央革命军事委员会的批准，正式产生了一批军团负责人。军团长刘畴西、政委乐少华、政治部主任刘英、参谋长粟裕，红十九师师长寻淮洲、政委聂洪钧、参谋长王如痴，红二十师师长、政委由军团长、军团政委兼任。方志敏、刘畴西、乐少华、刘英、聂钧5人组成军团军政委员会，由方志敏担任主席统率整个军团。众多的红军官兵直到这时才比较确切地知道了红十军团的内部构成及其人员状况。方志敏在这次不寻常的会议上，发表了一番热情洋溢的演说。方志敏像很多专职革命家、政治家一样是一位具有相当文学造诣的天才演说家。自从离开葛源时作过一次生离死别般动人的演说以后，这是他第二次作比较正规的演说。他首先列举了一连串的事实来证明日本帝国主义侵略者已经打进到中国的腹地，中华民族沦亡已是迫在眉睫；同时，又列举了一系列事实揭露蒋介石的南京国民政府不仅不去抵抗日本侵略者，反而来屠杀工农红军，屠杀老百姓。演讲中，方志敏情绪激昂地大声呼吁：你们能看到同胞遭蹂躏而见死不救吗？他竭诚地召唤："乡亲们，赶快行动起来，打击日本侵略者，打倒卖国贼蒋介石。"即将结束演说时，方志敏以其潇洒的动作，振臂高呼："为争取北上抗日的最后胜利造成千百万铁的红军"，"中国共产党万岁"，"中国工农红军万岁"！方志敏慷慨激昂而极富政治色彩的演说使在场的听众，特别是红军官兵受到了一次深刻的教育，大家都为方志敏的赤诚之心所感染。

　　政治思想教育工作，差不多是所有共产党组织都要采用的一种增强战斗力必需的手段，这也许是因为接受共产党主张的大多都是贫困的缺少文化知识者的缘故，所以必须时时提醒注意。共产党组织者们总是尽可能地让他们的党员更多地理解并给予最大的支持，以期实现共产党的夺取有产政权、建立无产者政权的总目标。在赣东北，方志敏一直是位温和的政治家。他主张施行一种普施仁爱的教化方法，这显然区别于曾洪易简单而强制的手法。但是，由于自出发以来，红十军团几乎不是行军就是战斗，政治思想教育工作自然会受到很大影响，几至于停顿与瘫痪。军民大会并不等同于政治思想教育工作，当汤口的军民大会接近尾声的时候，十多名强壮的红军士兵抬来了从地主土豪处没收来的粮食、布匹，当场分给贫苦农民，虽然有些农民战战兢兢不知如何是好，但都无一例外地收了下来。分发活动结束了，按照红军的惯例，要拿被押来的地主土豪开刀问斩。对红军来说是要灭地主土豪的威风，长贫困山民的正气。对曾受过地主土豪的压迫与剥削的贫困山民们来说，则是报仇雪恨的正义行动。地主土豪随着红军士兵扣动扳机，一个个血流飞溅地躺在河滩上了。这一举动当然使当地很少亲眼看到枪杀活人的山民大为震惊，又似乎感到了无偿地得到了红军分发的物品后的安全感增强了许多，他们看到可能成为红军走后前来逼债的债主被杀了。

红军英雄般的行动深深吸引了正在汤口出卖廉价劳动力，修筑黄（山）青（阳）屯（溪）公路的青年民工，立即有一部分当场在红军设立的扩红登记处报上了平素很少有机会书写使用的姓名，要求加入红军队伍。

红军的对外宣传工作，从来不是局限在一时一地，而是一有机会便四处展开，以期最大限度地扩大红军的影响，军团领导陆续派出了一批宣传员深入到附近的青年农民中宣传革命道理和教唱革命歌曲："日本帝国主义真可恶，占领满蒙与中国；人们万众一心，驱逐日本帝国主义出中国，收回满蒙与东北。"

在此同时，军团政治部还组织了一批批的红军小分队深入乡村集镇，写刷标语。倘若人们到黄山旅游，兴许还能在汤口程家祠堂老屋墙壁上见到"行动起来，打土豪分谷子"的红军标语原迹。

随着红十军团的到来，一件件十分新奇而使当地村民大开眼界的事情发生了。从未有过马戏团光顾的汤口小村，这次居然单独地来了一个马戏团要主动为红军服务。虽然，红二十师出发时带来了自己的军乐队，甚至连大号都一应带上。但论起规模，与这自告奋勇而来的马戏团相比似乎还是略为逊色。夜间，红军举行了联欢晚会。从赣东北随军而来的工农剧团艺人演奏了乐曲，红军士兵无须化妆地登台演唱了传统的赣东北地方小戏。在稍后时间，与红军演唱相对应的就是这支有些神秘色彩的马戏团在附近的一片空地上耍起了马戏。

红军的保卫人员并不熟悉这个接近红军部队的马戏团的所有技巧，但对马戏团的一些艺人心不在焉的表演十分怀疑。果然，一名蹩脚的马戏团演员因为刺探红军的活动情况而被红军的侦察员抓获。经审问，原来这是一名混入马戏团的探子。当然，其他几名混进来的国民党特务也被俘获。

由于红军生活的艰苦，再加上连日的奔波劳累，方志敏的痔疮和肺病复发，政治部主任刘英为了照顾方志敏的身体健康，就让方志敏住进了黄山脚下的高级住宅祥符寺。相传，这所寺庙建于宋代，后来遭受兵火之毁，民国年间重建起来。寺内禅室门窗都镶上了一排排整齐的花纹玻璃。室内摆设颇为精巧，还设有洗澡间等。傍晚，正当方志敏站在寺前小山坡上思索漫步之时，突然听到"咣啷"一声。原来是总部传令兵程火龙洗完澡出来时，看到地主资本家用敲诈百姓的钱财来建造这样豪华的房屋供自己享受时，一时心中就好像窝了一团火，顺势拣起一块石头愤愤地将一块玻璃给砸碎了。方志敏明白了原委，却并未责备这位年轻的传令兵，他耐心地开导程火龙："伢子，这些好玻璃给砸碎了多可惜呀，你晓得这些房屋是什么人一砖一瓦地修造起来的？""我们穷人呗。"传令兵一点无拘束地答。"是啊，等我们将来革命成功了，这些房屋土地不都归还给贫苦人了吗？"一席话，直说得这位传令兵心头豁然开朗。

## 39 年后，大将与元帅的评说

红十军团在汤口会师，人们对此评说不一。其实，只要结合一下当时的整个形势，结论就会十分明确。自 1934 年 10 月 10 日，中央红军主力西行长征以后，特别是红十军团开往皖南，说明苏维埃运动已经处于低潮，国民党军队正在四处寻找红军主力决战，而红十军团却在四面无援的腹地两路会师进行大兵团活动，这自然会引起国民党军的包围合击，因此给自己带来极大的麻烦。

项英主持的中央军区没有及时采取分散游击的方针，却一再敦促把长于运动战游击战的红十军团与长于运动战阵地战的红七军团进行合编，这当然是恰合了国民党军"围剿"的企图。39 以后，粟裕将军曾就此事请教负责指挥红七军团北上的主持中央革命军事委员会工作的朱德元帅，朱德坦率地回忆了当年的情景，真诚地评说红十军团的合编："编成一个军团，不编不垮，一编正规战打不成，游击战也打不成。经验还是要把正规军变为游击队。"

# 第19章 将星陨落谭家桥

　　方志敏与寻淮洲两部会师汤口，声威大震。南昌行营的侦察机急速飞到汤口上空盘旋侦察。蒋介石闻讯惶惶不安，同时又存在几分窃喜。不安的是，如果红军抗日先遣队毫无阻拦地继续北上，就真有可能打破其"攘外必先安内"的既定计划，内里安不住，对外当然就攘不了。喜的是红军会师将便利其实施一举歼灭之计划。当然，蒋介石无论征伐什么对象都会选用一个堂皇的名目。这与所有军阀及行家里手们的手段都是如出一辙的。蒋介石选用了一个足以引起中外人士重视与兴趣的名目，所谓"避免国际纠纷听闻"。紧接着就在这个名目下，迫不及待地在红军会师汤口的次日晚，即12月12日晚急电编组一支"追剿队"，试图趁红十军团在皖南立足未稳而予彻底歼灭，遂任命浙江保安处处长俞济时为"追剿队"指挥官，统辖第七师第二十一旅李文彬部，第四十九师伍诚仁部，补充第一旅王耀武部，浙江保安队第二纵队蒋志英部，共约11个团兵力，专事"追剿"。同时部署：浙西、赣东一线由赣浙闽皖边区警备司令并兼边区"剿匪"总指挥赵观涛具体负责堵击，皖南则由安徽省主席兼保安司令刘镇华负责堵击。并且，还发出专门手谕："追剿红十军团，奋勇作战而获战绩者赏；行动迟缓，退缩不前者，以贻误军机论罪。"

俞济时对蒋介石亲委重任这一举动受宠若惊，怎敢有半点怠慢。前些时，所部在浙江"追剿"红七军团时被红军打得落花流水，自己先后受到蒋介石行政记大过和撤职留用两次处分，唯恐这一次再有闪失。俞济时受命后，立即在歙县设立了指挥部，急令第二十一旅迅速集结太平，补充第一旅集结歙县，第四十九师由婺源北调休宁，并电令航空学校派遣飞机协助侦察轰炸，同时，派出大量侦探四处活动。

## 寻淮洲主张避敌锋芒，刘畴西执意要打，师长当然得服从军团长

红十军团在汤口的休整是短暂的，虽然高举着北上抗日的旗帜，但最为现实的活动则是保存红军有生力量，建立一定的根据地。因而决定了"以黄山为依托，在皖浙赣边和皖南积极开展活动，牵制东南方面的国民党军，掩护中央红军的西进，并创立起新的根据地"的战略方针。红十军团6000余名官兵缓缓地沿着屯（溪）青（阳）公路附近翻越了皖南山区并不算高的汤岭、焦岭，向着谭家桥方向急进。12月13日，正在红军开始行动之时，红军的侦察员向方志敏、刘畴西等提供了一项使刘畴西很感兴趣的情报：国民党军的"追剿"部队正分三路扑来，中路之敌补充第一旅王耀武部与浙江保安纵队一部孤军突进，其前锋已抵达汤口地区。方志敏对此沉默不语。被兰渡大捷的喜悦大大刺激了的刘畴西这时一改过去的优柔寡断，坚决主张要给敌以打击。军团负责人立即召开紧急会议，一向善战的寻淮洲却认为最好不要进行如此冒险的战

斗，任何轻举妄动都将可能造成预料不到的损失，国民党军士气正旺，且拥有优良装备，而红军疲惫且对地形也不十分了解，主张诱敌深入到柯村苏区去打。而刘畴西却执意要打，并提出国民党军有优势兵力和装备，但是红军可以利用国民党军骄傲和地形尚不熟悉的弱点，在谭家桥至乌泥关一线公路边的复杂山地对国民党军进行伏击。军团长颇有理由的主张比起一名师长的主张，其分量当然会大得多。乐少华、方志敏等几乎都同意了刘畴西的意见。红军第十九师师部警卫员毕海深回忆："1932 年 12 月，我就跟着邵式平进到中央苏区，第二年在瑞金中央军事学校学习一年后就编入七军团警卫团从瑞金出发，走了四个月回到赣东北，后来又到安徽汤口和方志敏的红十军会师并合编。七军团改为十九师，军团长寻淮洲任师长。部队到谭家桥打仗，当时寻淮洲提出在谭家桥大马路上不好打，要把敌人引到苏区柯村去打，而军团长刘畴西不听，坚持要放到谭家桥马路上打，而且要把新十军放上去打，把第十九师放到一边去。战斗一开始，赣东北红军被敌军一个冲锋就垮下来了，后来调七军团上去打，虽急行了五里路，仍然上去一个冲锋就把敌军冲垮了。在这次冲锋中，寻淮洲受重伤，姚阿保当场负重伤。当时，寻淮洲对部队这次改编和担任十九师长是有意见的，想报告中央，但这时中央命令到了，就立即投入了战斗。"

中央军区项英在指示两支部队合并时还明确指出要在黄山附近打击敌人，但是没有指定在谭家桥，柯村也是黄山山脚下。在谭家桥作战完全是军团领导们的意志体现。红军的原则是下级服从上级。既然军政委员会的首长们已经决定立即进行谭家桥战斗，接下来的任务，首先需要认真地研究敌情。补充第一旅王耀武部是蒋介石的嫡系部队，装备精良，兵力与红军不相上下。如果要想拦头迎击，打硬仗显然不当。红七军团远离苏区，皖南地方党组织与武装力量一直未能积极主动地前来协助，所以不占天时地利。

谭家桥位于黄山东麓，地处旌德、太平、歙县 3 县结合部，东边有石门岗制高点，南面是乌泥关山隘口，北面为一路小山坡，地势险要，对于伏击战倒是一个可考虑的地点。

红军的侦察员又迅速提供了地形方面的情报。刘畴西等对此十分满意，很快作出战斗部署。作为军政委员会编外人员、本次战斗计划的反对者寻淮洲面对现实，除了默默地听从指挥外，不再发表任何意见。

红十军团指挥部设在一个极不显眼的小山——钟鼓山的后坳上，以附近一片山地和稍后的留杯荡为后方，兵力部署按照红十九、红二十师顺序沿乌泥关至谭家桥公路两侧自南而北设伏，将战斗力较强的红十九师配置在石门岗上锋一带，以一连控制石门岗制高点，其余部署在石门岗以北，石门口至木鱼山为一至六连阵地，鼓山至石壁坞、前干、钟山、鼓山等几个山坡上布置了机枪火力点，红二十师以一个营构筑工事，坚守谭家桥正面，随军教导团配有地雷和拉丝炮。红军设想等待国民党军通过乌泥关进入伏击圈以后，封锁乌泥关口，断敌退路。红二十师迅速拦腰出击，倘若钳住了国民党军还可有效地阻击援救之敌。

## 鏖战谭家桥，血染麻川河

12 月 14 日凌晨 1 时，红军大部进入了寒凉的草丛阵地，只有红十九师尚未到位。此时，正是皖南山林黄叶飘零，只有五针松的须叶仍郁郁葱葱地可以掩盖红军的踪迹。红军只得蜷伏在地面杂草

丛中。应该说，红军官兵此刻尚属轻松，连续 6 小时的埋伏犹如 6
小时不太自在的休息，国民党军的"追剿"部队，为了抢功的俞济
时和王耀武率领中路军发现红军从汤口出发，顾不上联络友军，便
急起猛追，沿着红十军团行进的方向从公路上"追剿"过来。凌
晨 6 时，俞济时以王耀武打头阵，王耀武即令以所部前卫第二团搜
索，余部按旅直属队、第三团、第一团顺序向仙源追击。2 小时后，
王耀武部接近了谭家桥地区，前卫部队扫视四周，发现了山坡上只
有悠然的樵夫，便大胆地向前推进。当然，樵夫是由红军士兵扮演
的，这是王耀武未曾料想到的。上午 9 时，国民党军前卫第二团及
浙江保安纵队第三营刚进入伏击圈，一名性急的红军士兵在阵地上
开了枪，立即惊动了国民党军。红军只得提前发起猛烈攻击。国民
党军第二团团长周志道当场被击伤左臂，国民党军的阵势立即混乱
起来。红军乘势继续射击，国民党军第三团紧跟而上，抢占乌泥关
东端630高地附近的515高地及西北制高点，并以第一团为预备队，
控制了黄石塘、乌泥关之间的地带。

　　红军初期获得的比较有利的战场形势迅速发生了变化，埋伏
于 515 高地东北森林的红二十师面对即将到来的严峻形势，立即向
正在抢占高地的国民党军第三团发起冲锋。与此同时，坚守在乌泥
关东南一带的红十九师此时仍未布置到位，红十九师主力没有到达
最能发挥战斗能力的石门岗以北地区，而是配置到石门岗以南的乌
泥关地区。这里地处悬崖峭壁，兵力施展不开。国民党军机动兵力
结集公路两侧，集中迫击炮、机枪等强大火力，向红二十师猛攻。
霎时，乌泥关沸腾了，炮火连天，硝烟弥漫，树木沙石被炸得横飞
乱舞，冲杀惊喊惨叫声混成一片。红军以其顽强的气质坚守住阵
地，但因受地形的限制和不长于阵地战，最后使阵地逐步被国民党

军占领。补充第一旅绝非全是等闲之辈，这从王耀武实施的一项计谋中，可以得到充分证明。差不多是双方激战刚刚发生，王耀武即令其侦探找来了当地一位茶庄的老板为其带路。老板便欣然领命带着国民党军迅速从乌泥关、黄泥宕包剿而上，从红十九师手中夺去了石门 630 高地。红军士兵在军团首长的反复鼓励下仍士气昂然地连续发起了 4 次冲锋，最后因缺少弹药而只得进行白刃战，鲜血染红了麻川河。红二十师挥舞梭标大刀冲过麻川河，在石门岗地区与国民党军进行激烈的白刃战。

国民党军被红军生死无畏的英雄精神所震慑，正在迟疑之中，当场就被红军的刀枪扎死数十人。红军缴获长枪 40 余支。正在密切注视战场动向的俞济时见状紧张起来，急忙亲率王耀武赶到前沿阵地，命令第三团迅速夺取乌泥关东北一带高地。红军的战场形势再度紧张起来。激烈战斗一直持续到下午 5 时。寻淮洲率领所部向国民党军发起了数次冲锋，虽然击毙了数十名国民党军士兵并击伤了国民党军第三团副团长程绍智，却因装备太差、弹药不足而遭受失败，自己不幸腹部中数弹而致重伤；所部一至六连大部分阵亡，军团政委乐少华和政治部主任刘英也先后负伤，红二十师八十七团团长黄英特当场阵亡。

面对严酷的战斗现场，并非每个红军士兵都称得上是敢死队队员。红二十师从赣东北出发时，一部分最后被编入部队的曾有过反革命的嫌疑分子，此时悲哀地认为红军是彻底地失败了，于是不顾红军纪律使劲地摇起用白衬衫或白土布做成的小白旗表示投降。还有一部分红军则悄悄地逃跑得无影无踪。

谭家桥战斗，红军伤亡 300 余人。深通吹牛术的俞济时、王耀武几乎是不约而同地一致命令其部属将红军伤亡数字扩大到死亡四五百人，伤员约在千人以上，俘获 132 人，缴获轻机枪 5 挺、重机枪 1 挺、步枪 72 支，另外还有军旗一面，而对其自身的伤亡数则尽可能缩小，伤亡仅有 220 人。因为，国民党军兵丁不足，可以随时抓壮丁补充。

## 伏击战打成消耗战，红十军团有被全歼的危险

红十军团进行了一场如此糟糕的战斗，使全军团处于有被国民党军全歼的危险境地。这场战斗是红十军团转向外线的首次大战，不仅暴露了实力，而且大长国民党军"追剿"部队的志气。方志敏、刘畴西、聂洪钧等在指挥部紧急研究，决定了为保存红军有生力量必须迅速撤出战斗，改变行程转向旌德、三溪、宁国，最后到太平柯村苏区集中休整。

红军开始撤退，只要能撤出，暂时不管方向。撤退中，值得庆幸的是，国民党军颇为密集的炮弹未击中军团简易的指挥部。黄昏时分，红军基本撤退完毕。在撤退之前，方志敏对受伤的官兵作了妥善的安排。

红十军团负责人最初是对战斗进行乐观估计的，因而将张德华负责的军团卫生部及其战伤收治所安扎在距阵地 5 华里外的小村，似乎成了真正的后方医院，而并非战场战伤收治所。当大量的伤员不断送到收治所时，张德华意识到了情况的严重，当然仅抬送伤员一项将使红军的战斗力受到削弱。面对此情此景，张德华只得尽最大力量忠于职守。当战斗将要结束时，方志敏痔疮复发破溃流血，马不能骑，就手持拐杖赶到战伤收治所看望每一个伤兵，使相当多的伤兵都因此流下了感动的泪水。方志敏的这种并未对伤兵如

何的许诺而使伤兵感激万分的工作方法是收效卓著的。

方志敏沉重地对张德华说，现已加派部队掩护你们，要争取时间迅速使负伤同志得到治疗。重伤不能随军行动的留在当地安置转移好，并要求地方工作团、供给部协助卫生部工作。

方志敏讲话后，张德华和地方工作团、供给部的领导人迅速到一处，紧急开会达成了3项协议。1. 派一个武装班和一个担架排，在红军阵地搜索收容有无遗漏的个别重伤员。2. 迅速行动，争取时间，使所有的负伤人员的创伤及时得到救治处理；除能行走的轻伤员以及需要抬送的少数重伤员随军医治外，多数重伤员留在当地转移医疗。3. 留在当地医疗的伤员每人发给零用银圆 50 元。军团同意这一处理意见。

然而，直至整个战斗结束，红十军团连当地党组织的人影也未发现，所以只得又背起重伤员一同撤退转移。

红十军团这次北上途中的首战是耐人寻味的。主战场乌泥关，原名乌泥岭。因为宋王朝时，有位爱国将领为抵御金兵南侵而在此凿壕设关，乌泥岭便改名为乌泥关。红十军团高举红军北上抗日先遣队旗帜北上至此，却不是与日本军队，而是与前来"围剿"堵截红十军团的国民党蒋介石的嫡系部队发生了激烈战斗。国民党"追剿"部队的本性在战斗中是显而易见的。另外，红军由伏击战打成消耗战，方志敏对此十分遗憾，从而给后人留下若干可供借鉴的经验。除去红军士兵过早暴露了目标外，他还认真地总结了如下几个方面经验："第一，地形选择的不好，敌人占据马路，是居高临下，我们向敌冲锋，等于仰攻。第二，钳制队与突击队没有适当的配备。我们没有集中主要力量，由右手矮头山打到马路上去。第三，红十九师是以有用之兵，而用于无用之地，钻入了一个陡峻的山峡里，陷进了有力不能用出来。十九师的指挥员没有十分尊重军团指挥员的意志，凭着自己的意志去作战，形成战斗指挥之未能完全一致。"

远在湘桂黔边界运动的朱德、周恩来、王稼祥对于红十军团在皖南进行了一场失败的谭家桥战斗一无所知。朱德统率的中央红军主力原来也计划北上湘西与西征的红六军团等红军会师，以组成更大阵容的兵团，后由于毛泽东的积极建议未与红二、六军团会师，不仅使红一方面军免遭了覆灭之危险，而且一连获得多次胜利。朱德、周恩来、王稼祥获悉红十军团进行了谭家桥战斗的情况，则是在 1935 年 1 月 20 日中央军区的项英向朱德、周恩来拍发了汇报电文以后的事了。

"追剿"红十军团的国民党军也因与红军连续苦战 8 小时之久，更兼黄昏的来临害怕红军的回马枪及夜战的战术，便也停止了追击。

## 将星陨落，年仅 24 岁

谭家桥战斗，几乎使红十军团失去了半数的迫击炮和大量的宣传品。在中国军事史上，似乎没有像红军这样重视"纸弹"的威力作用的了。纸条、标语、口号都可以攻心，特别是对心理正处于矛盾状态之中的对象。虽然，红军的行李日益轻便，但是谭家桥战斗的重创，却使红十军团负责人的心情变得极其沉重，方志敏的决断也变得更加小心谨慎。

激战带来的疲劳和损失，急需得到消除和补充，方志敏、刘畴西研究决定在柯村苏区进行休整补充，这其实已是当前唯一的选择了。由于撤退的仓促，红军分成了三路：第一路 300 余人经旌德县西乡三溪辗转太平县泾县之间秘密向柯村行动；第二路 400 余人经休宁兰田、黔县美溪一带向柯村进发；第三路主力部队则经旌德庙首向泾县行动。由于第十九师经过时打下的基础，庙首的老百姓听说红军路经此地，自动地沿途摆放茶水招待红军。12 月 16 日，方志敏、刘畴西率部翻山越岭到达泾县茂林地区，寻淮洲因伤势过重而不幸牺牲，年仅 24 岁。

　　泾县是一个以盛产中国名纸——宣纸的正宗产地。宣纸采用当地生长的青檀树皮和沙田稻草精制而成，它分吸水性较强的生宣和吸水性较弱的熟宣，曾经获取 1915 年巴拿马国际博览会金奖。同时，该县还盛产中国名笔——宣笔。这是采用当地人饲养的白兔兔毛制成的，从中国魏晋至唐宋时代，都一直是当地进贡皇帝的"贡品"。当红十军团被迫从谭家桥战斗中撤退以后，国民党军第四十九师、补充第一旅、第七师李文彬旅、浙江保安纵队蒋志英部立即蜂拥而来，开始了其全面的跟踪追击；同时，在浙赣边、皖赣边布置重兵堵截。在浙西有浙江保安纵队一部；赣东北有独立第四十三旅；皖赣边则有第五十五师李松山部，第二十一师赵旅；皖南则有阮勋旅、刘惠心旅和安徽保安纵队，企图一举消灭红十军团。

# 第20章  柯村突围

红十军团的计划地点——皖南柯村位于极为偏僻的深山老林之中，地处黔县、石康、太平3县交界处，隶属于太平县。60年后，共产党政府将该处划归了黔县，因此调查研究该事件的任务落到了中共黔县县委党史资料征集办公室和地方史志编纂办公室。

红十军团来到柯村休整的历史情况，由于有地方中共党史资料征集机构和地点方志编纂办公室的辛勤工作，才得以形成比较完整而详细的资料存留后世。方志敏选定柯村作为休整地，主要基于这里虽然只是一个仅有几个月生命史的小块苏区，但毕竟不同于国民党统治区域。

## 方志敏痛失战友，红十军团三路突围

1934年4月，正在赣东北积极开展第五次反"围剿"的方志敏深感开辟皖南地区红色工作的必要性，特别是国民党军压境时形成了后顾之忧，便开设了3个多月的白区工作训练班，选派了刘毓标、陈直斋、黄天贵、张金载到皖南开展工作，发动群众。当时曾在皖南秘密活动的皖南特委将刘毓标安排在柯村地区展开活动。也许天从人愿，当然是暴动策动者的心愿。当时的柯村，史载是"夏大旱，秋收不及五成"，然而，地主逼租逼税更为加甚，社会矛盾骤然激化。刘毓标大胆利用了这一有利时机积极活动，与坚持当地地下秘密斗争的皖西人韩锦侯、王和生、储高阳、储汉仪、储希文等发动了柯村暴动。炎夏 7 月，刘毓标在高山密林的一个阴凉处主持召开了中共太平中心县委会议，提出了武装暴动的计划，并报经中共闽浙赣省委批准，同时请求省委派遣武装干部前来支持。8 月21 日，中共太平中心县委的暴动计划获得了方志敏主持的闽浙赣省委批准，如期举行了响震四邻的柯村暴动。至月底，立即建立起了一条东西长 110 余里、南北 120 余里的苏维埃区域，建立了皖南苏维埃政府。主席则由省委在暴动成功后派遣来支援柯村的游击大队队长宁春生担任，宁春生还带来了 300 余人和枪，这当然给柯村苏区以极大的鼓舞。

此时此刻，方志敏一心希望迅速地赶到柯村，这不仅由于后面有国民党军的加紧追击，更为重要的是研究今后的行动方向。这次战斗的失败使方志敏的心情变得沉重。红十九师师长寻淮洲因为这场战斗而牺牲。对于这位战功卓著而又有些不太听话的红军将领的死去，方志敏在自己后来兵败被捕进了监狱而深感痛心，在他的监狱回忆录中写道："他指挥七军团，在两年之间，打了许多有名的胜仗，缴获敌枪 6000 余支，轻重机枪 300 余架，并缴到大炮几十门"，而且"他很细心学习军事学，曾负伤 5 次，这次伤了小肚，又因担架颠簸牺牲了！当然是红军中一个重大的损失"。

寻淮洲牺牲以后的行进途中，方志敏、刘畴西将其所部红十九师进行临时改编，以其一部增设红二十一师，师长由第三团团长升任，这符合日益紧迫的形势需要。新编后的 3 个师各有一个足营的人数。

红十军团在谭家桥战斗后失散的人员，有一部分是难以集合了。侦察排排长江天辉带领的 40 多人和王天龙团长带领的 80 余人在谭家桥战斗中失散了。方志敏、刘畴西来到太平县新丰村，决定将随军干部团的李步新留下联络失散的红军，发动群众，坚持地方斗争。随后，方志敏、刘畴西又率部赶到了青阳县陵阳镇，惩办了一个横行乡里、为所欲为的地头蛇——地方民团团长，并给百姓分发了部分布匹。苏区发行的纸币一般在国民党统治区域是不流通的。携带武器的红军来到后，镇上几家可怜的小店只好收取了红军的纸币，自认倒霉。然而，红十军团政治部及时发现了这一情况，为取得百姓的信任，立即派遣红军用银圆挨家挨户地询问并换回苏区纸币。这一举动，果真使红军重新在陵阳镇一带获得了百姓的信任。

两天以后，红十军团 3 路在柯村会师了。到底是苏区，前来欢迎的百姓满怀着发自内心的喜悦站在村口路边张望着红军队伍的进入。这与国民党统治区域的气氛是大不一样的。皖南山区隆重热情欢迎的主要形式是挂彩旗、燃放鞭炮，而在皖北主要是花鼓、秧歌等。这与皖南山区百姓散居的生活方式是相一致的。农民团杀猪送粮，农妇会赶制布鞋袜，慰问红军。最忙碌的数担架队，他们要将四五百名红军伤员运送到红军后方医院去。在通常情况下，当地游击队用一间茅屋作医院也绰绰有余，而如今红十军团的伤病员不仅占满了茅屋的每一个角落，而且还需在附近的王村和三合的两个地方设立分院。

方志敏统率的几千人马停留在这仅有几百人的山村中，村民差不多是拿出了所有的粮食供给红军。当然，红军付给了足够的银圆，而且还向附近的地方党组织及村民发放了活动资助费及救济金。

## 化整为零，苏区转为游击区

红十军团与皖南苏维埃政府联合在大田畈中举行了军民联欢大会。当方志敏、刘畴西、聂洪钧等红军大部队的首长走上主席台时，会场里敲锣打鼓、燃放爆竹，一片欢腾。皖南苏维埃政府主席宁春生首先致欢迎词，简短的发言介绍了红十军团的来临以及苏区的一般情况。苏区代表的发言主要是向红十军团表示要做好一切后方工作。方志敏作了极富鼓动性的演说，既介绍了日本军队入侵中国的情况，又揭露了国民党蒋介石"攘外必先安内"的反共卖国政策，告诫人们要坚信红军一定会取得最后胜利。最后，方志敏站立起来振臂高呼："打倒日本帝国主义"！"争取北上抗日的最后胜利，造成千百万铁的红军"！"中国工农红军万岁"！"中国共产党万岁"！

连日的奔波劳累使方志敏的痔疮和肺病日益加重，以致坐卧都难持久。联欢大会刚结束，方志敏又立即来到了宽敞明亮的政府机关驻地柯氏宗族祠堂内，召开了地方党和苏区负责人会议。在皖南，家族的力量是相当可怕的，它可以超越国家法律，倘若族中人违反了族规，便由最年长的族长在这宗族祠堂内进行公开的处罚。宗族祠堂一般都是由族中富户为主集资兴建的，建筑物通常也是族中最为考究的，面积也很大。空旷的厅堂，无论何时前往都给人丝丝寒意。红十军团到来后，厅堂内生了一个大火炉。在这里，方志敏憔悴的脸庞上仍然浮现出笑容接见来访者。来访的并不是什么新闻记者之类，而是方志敏不久前派遣来开辟皖南地方工作的老部下宁春生、刘毓标以及从鄂豫皖苏区来的韩锦侯、储汉仪等地方党组织负责人。方志敏认真地听取了他们关于共产党组织、军事组织等发展情况的汇报。方志敏点点头，但又十分遗憾地指出："你们的报告，我在江西就看到了。你们报告中就已建立5个县的苏区，现在看来是一个完整的县都没有，还仅仅是在几个县的边界上活动。"接着，方志敏郑重地指出，目前形势已经发生了变化，继续公开地与国民党军对抗显然不是上策，今后需要将苏区转为游击区，分田分地改为减租减息，苏维埃军队必须化整为零，开展游击战争，以最大限度地保存军队实力。已经公开的党员和其他积极分子应该跟随军队行动以保证安全。方志敏此刻比任何时候都要清醒地认识到红十军团离开柯村以后，国民党军将会怎样地对待柯村的百姓，屠杀、抢劫是自然会发生的事件，这就必须对整个柯村的百姓提供一定的安全保证，同时也是出于发展皖南游击根据地的需要，方志敏决定留下一个300余人的侦察营，明确指示其与最初从赣东北派遣来的宁春生率领的游击大队和当地游击队，一同合编为皖南红军独立团，隶属皖南特委指挥。对于皖南特委工作开展不力的现状，方志敏也决定加以改变，将原皖南特委书记李杰三予以降职，留下闽浙赣省委组织部部长王弼接任。一刻也不忽视武装部队的发展并积极掌握起来，这是方志敏治政的特色。此刻，方志敏给予皖南独立团的任务是：支持皖南特委，以黄山为中心，广泛开展游击战争，大力进行抗日宣传，发展白区秘密工作，相机建立新的根据地。

　　红十军团下一步应该如何行动，方志敏、刘畴西、聂洪钧，还有负了伤的乐少华、刘英，在方志敏居住的老屋中展开激烈讨论。有人主张返回赣东北，认为苏区有基础，无论怎样也比白区要强，先回去休整，然后再重新出动。有的主张把军队分散，转到浙皖赣边界开展游击战，因为按照一般情况，三省交界地区的管理是比较松懈的，国民党军经常所持的态度是"三不管"居多，因此，极便利于红军在此开展广泛而灵活自由的游击战争，以创建新的根据地。反复的争议，最后以少数服从多数的形式决定暂时先尽可能地摆脱国民党军的追击，然后返回赣东北。至于如何摆脱国民党军，安全地进入赣东北，有的认为皖南四面受敌，要躲藏可能被动，只有硬拼一场，冲出一条血路，争取时间迅速返回；有的认为，利用山区复杂地势绕道而行，通过那些偏僻的羊肠小道，再经过怀玉山返回赣东北。

人们也许不敢想象，方志敏身患多种疾病，却仍然支撑着病体没日没夜地工作着。白日经常是无休止地开会研究或视察情况，夜晚也从未睡过踏实觉，这样一来，方志敏的痔疮和肺病不仅久治不愈而且日益严重了。

从红十军团进入柯村开始，国民党军"追剿"队便向柯村方向包抄而来，两天后，柯村地区即是四面受敌。国民党军先头部队赶到柯村的近邻——郭村之时，其余各路国民党军也先后逼近了柯村。

方志敏、刘畴西清醒地认识到，面临众寡悬殊的危急局面，如果不尽快撤离，将有被国民党军聚歼的可能。事实上，当红十军团刚进入柯村地界的时候，方志敏、刘畴西即已经对撤离事项作了极为周密的部署和安排。首先，考虑到今后在崇山峻岭中与敌周旋，必须是轻装。因此，红军的炮兵营、军乐队都显得无甚必要。大炮予以掩埋，军乐队员自然成了战斗员。此外，一些年岁过小或营养不良、身体虚弱的士兵随同伤病员也留柯村，地方武装予以安排。

## 红十军团活捉黟县别动队队长

12 月 22 日晨，红十军团 5000 余人浩浩荡荡地撤离了柯村。早已习惯于翻山越岭的南方红军，比宋王朝时活跃在山东地界的梁山好汉还要强得多。方志敏几乎将痔疮和肺病全都忘记了，坚持率部经溪口、湘口、洪砻、奕村出钓鱼岭、方家岭、漳岭，直抵丰口、碧山、案台、光村地区，逼近黟县城。

离该县城不远的一个小山村中，曾经出了一个远近闻名的女子赛金花。她在扬州沦为妓女，却因一个十分偶然的机会结识了清王朝的状元洪钧，从此便与官僚阶层发生了接触，曾随洪钧出使德国，学会一些德语。八国联军侵入中国的时候，她竟又成了八国联军首领、德国人瓦德西的相好，当然，对于这一切，方志敏和他的战友们是没工夫去研究了。正当红军士兵对这山区小城作出各种各样设想的时候，隐蔽在案台山、八卦鼎地方的国民党黟县别动队突然向红军发起袭击。国民党黟县县长庄继先、别动队队长曾镇国带领自卫队隐蔽在路边树丛中。这使红军大伤脑筋。国民党军在暗处，而且熟悉地形。红军虽然有数量优势，但对此情景也感麻烦，这场使红军大伤脑筋的麻雀战从中午一直持续到下午 4 时。红军毕竟人多势众，最后还是活捉了别动队队长曾镇国。

红十军团在黟县案台山、八卦鼎地方主要损失不是人员伤亡而是宝贵的时间。方志敏据此情况，当机立断地改变了进攻黟县县城的计划，立即率所部折向西南，经丰口、长岭、光村、古筑、干田向赤岭前进。

黄昏时分，红十军团赶到了赤岭。为使今后的行动卓有成效，方志敏再次亲自走到士兵之中，最准确而详细地了解现时红军官兵的思想动态，并对一些问题作了解释。当方志敏看见一名士兵的双手负伤不能正常饮食，正欲请求战友帮助的时候，方志敏立即主动前来，亲手为该士兵喂完了满满一碗凉水。

黟县的西南有一处著名的旅游胜地——西递。这里有一处群落较为完整，保存着明清王朝江南风格的古建筑民居。红军的兴趣并不在于它的艺术价值，而在于是否是地主老财剥削老百姓得来的。因为形势紧迫、任务艰巨，红军也就无暇顾及而匆匆地绕道离去了，因为要随时防备国民党军的围困。

红军转到祁门县东部横路头村，发现了两座国民党碉堡。也许是山里人耳朵特别灵的缘故，当秘密行动的红军将要到达的时候，坚守碉堡中的地方自卫队早已吓得逃之夭夭了。像类似情况，在黄山附近的山区乡村里是十分寻常的。红军转到休宁县兰渡时，非但没碰上第一次到达该地的好运，相反，国民党军突然出现在红军的四面八方。

## 从国民党军的眼皮底下转移出来

为了尽量摆脱国民党军的围追堵截，红军以一向不畏吃苦的精神，选择了一些人迹罕至的羊肠小道，使国民党军的"追剿"队遇到极大的困难。红十军团司令部曾经命令将所有的马刀收集给前卫部队，面对蒿草野树，前卫部队成了地道的开路先锋。

红军又像幽灵一样从国民党军的眼皮底下转移出来了，并气喘不停地但却是平安地来到了歙县许村地区。这里同徽州其他地方一样，这迅速的动作也许比高级魔术师还要高明三分。在这里，军政委员会立即开了一次短会，再次分析了敌强我弱的严重局势，认为最好以交通闭塞和民众贫困的旌德为中心，然后向宁国、宣城广泛开展游击，同时鉴于王弼主持的皖南特委前往屯溪秘密联系的困难，无法到岗，又派出聂洪钧前往皖南特委，接任特委书记，争取在皖南发动年关斗争，开展游击战争或举行暴动来配合红十军团的行动。就这样，聂洪钧从随军携带的战利品中挑选了一件精美大方的皮袍，同时还架上一副有风度的绅士眼镜，正由于过去长期脱离了耕种，相貌堂堂的聂洪钧十分成功地装扮成了一地道的商人，甚至还有点像是官商。

一个星期以后，正当聂洪钧在皖南四处奔波寻找失散的皖南特委机关时，突然收到了方志敏统率的军政委员会的一封密信，告知中央军区再次电令红十军团立即向闽浙边境转移的消息。聂洪钧毫不犹豫地立即给在柯村地区的皖南独立团写了密信派人送去，再次强调皖南独立团今后的任务仍然是开展皖赣及闽浙赣地区的游击活动。

聂洪钧是一位生于湖北省咸宁县的壮实汉子，在国共合作时，曾去农民运动讲习所学习，后经海陆丰根据地的创建人彭湃等介绍加入了中国共产党。蒋介石发动"四一二"事变后，前往莫斯科中山大学学习一年后回国，1931年，在周恩来主持中央局时，被派往闽浙赣省委充任省委组织部部长。这一次，他受方志敏派遣留下担任皖南特委书记，以接替始终无法发展中共地方组织和根据地的王弼。然而十分遗憾，聂洪钧浓重的湖北口音，在这个以乡土音为主的皖南山区是十分容易引起地方当局的警觉并受到监视或

跟踪的。聂洪钧在并未找到王弼的情况下，即已十分敏感地认识到
了这一问题的严重性，于是决定由交通员陪同秘密地离开了皖南，
于 1935 年 2 月 5 日到达上海，向上海的中央秘密联络小组送上请
调报告，明确要求在全中国除老家湖北和皖南以外，任何地方都可
以去。

# 第21章　重返赣东北　喋血怀玉山

　　无休止的疲劳转战，使红军队伍中出现了一些厌战的征兆。方志敏、刘畴西深感红十军团亟须抓住一些战机打几个胜仗来鼓舞和振奋士气。红军沿着山道来到了歙县大谷运、汪满田地区。国民党军曾在谭家桥打败了红十军团，现在，如果要迅速歼灭红十军团，首先必须防止红十军团越过芜（湖）屯（溪）公路东移。为此，俞济时紧急调遣第二十一旅沿绩溪县临溪滩一线公路堵截。第二十一旅立即奉命赶到绩溪县杨溪观音桥地区；同时又急令第四十九师向歙县大谷运靠拢。俞济时亲率补充第一旅急奔歙县岩寺堵截。

## 谭家桥是红十军团的滑铁卢，常胜将军粟裕生前曾嘱托将其部分骨灰撒在该地

　　国民党军"兵精马壮"。红军当然不敢恋战，但找上门的国民党军并未让红军走脱。国民党军第四十九师与红十军团在大谷运、汪满田地区展开了激烈的战斗。补充第一旅在谭家桥战斗中所取得的"战绩"，足以使第四十九师羞愧不堪。伍诚仁师长急令第

二九四团正面堵截，第二八九团以及第二九一团各一部从侧翼包围。红十九师第三团在团长王吉山率领下顽强地抵抗，最后面对弹药严重不足的情况，便采取了集中火力选择国民党军一部猛烈袭击，主力红军则乘机悄悄地退出阵地。十分遗憾的是，留下担负掩护任务的团长王吉山不幸被国民党军密集猛烈的枪弹击中而阵亡。幸运的是，红军已经消失在丛山之中而退出了这场恶战。

面对日益增多的强敌，方志敏决定放弃向东行进的计划，开始转向西北，并以神兵天降的速度急赶到了绩溪县金坑地区，立刻又折转西北向太平三口方向前进，紧接着又翻越雀岭到达谭家桥地区。对于像粟裕那样的常胜将军来说，谭家桥战斗就像拿破仑滑铁卢战役一样，抹去了"所有的胜利记忆"。以至在半个世纪后，粟裕将军在逝世前还特嘱将其部分骨灰撒在谭家桥。

红十军团突然重新出现在谭家桥地区，这使国民党军十分吃惊。俞济时又急令驻守太平县甘棠镇的刘惠心旅和阮勋旅赶到三口、辅村一带堵截。当然，红军不可能在谭家桥地区驻扎很久，遂即经由汤口翻山越岭向南转移，绕过了有名的集镇——歙县雄村。这里，在清王朝时出了一个以"多磕头、少说话"出名的世故宰相——曹振镛。红军向江村方向前进，即将到达江村的时候，红军的先头部队与国民党军第二十一旅先头部队不期而遇，发生激烈战斗，主力又与该旅主力遭遇激战。国民党军居高临下，红军却像角斗士一般勇猛冲击，迅速与国民党军短兵相接。激战使双方都付出了代价，但谁也都未弄清确切的伤亡数字。

## 遵义会议召开时，方志敏、刘畴西正全力向闽浙赣苏区突围

红十军团乘隙撤出，继续转移经休宁县高桥和黟县东坑、历舍、木抗等地，到达祁门县最热闹的集镇金字牌。一部分打散了的红军小分队也随后赶到了金字牌。与此同时，中央主力红军正按照毛泽东西进贵州的建议行进着，并神奇般地取得了一系列的胜利，从而彻底地改变了在深山野岭中疲于奔命的被动局面，到达了乌江猴场地区。

红十军团负责人都在认真思索着，如何尽快地摆脱国民党正规军的追剿。

方志敏忍受着日益加剧的痔疮疼痛，仍然沉着冷静地率部行进在崎岖不平的山间小路上。方志敏率部来到黟县碧山地区时，再次避开了县城。因为国民党军的紧追不舍，几乎使红军不知在什么地方再能寻找到打胜仗的机会。国民党军补充第一旅和浙江保安纵队一部又双双紧追到了黟县宏村附近。第四十九师这一回捷足先登赶到了休宁县半田地区堵截红军东进的道路。方志敏只得北上重新赶到祁门县金字牌，再转到西南沱溪口地区，而国民党军则闻讯赶到金字牌。红军马不停蹄地折向休宁县鹤城，又向婺源县沱川转移，国民党军补充第四十九师则立即掉头追到了鹤城附近的汪村一线。在婺源县裔村，国民党军补充第一旅随后赶到，又与红军发生激战。战斗结束后，红军发现虽然击毙国民党军官兵数十人，但是自己伤亡却达200余人。

红十军团在皖南被国民党军的"零打碎敲"而损失了相当数

量的人员。方志敏对此十分焦虑，却未设想出妥善的办法，最后，还是决定向着浙赣边界转移。红军经金斗岭向西北转移到了休宁县桃林，然后又转向浙江开化县，翻越马金岭后，立即派出了一支精干的政工小分队借着军威请来了一部分富家们，体面地解决了一部分红军的军费。随后，主力红军经古楼坦、陈村进到齐溪乡西坑口。国民党军紧紧跟随。红军只得不断运动转移，重新北上到丰盈坦、大麦坞一带。第四十九师加速尾追，补充第一旅急驰向东堵截，第二十一旅由歙县、绩溪向淳安县威坪逼近。红军由龙门下经储家坞、樟村翻越毛山岗再次进入安徽歙县石门附近。出乎方志敏预料的是，石门地区也驻扎有国民党军的正规"围剿"部队。红军被迫退到浙江淳安县茶山地区。

严峻的现实面前，方志敏、刘畴西不得不再度审慎考虑红十军团的战略问题。是去是留，是分还是合？红十军团领导人在茶山再次展开紧张的研究。有的人主张分散游击，有的主张一块转移到闽浙边界，更多的意见则是全军经过化（开化）婺（源）德（德兴）苏区进入闽浙赣苏区。方志敏肯定了后一主张，他"依从前斗争的经验，以为到了苏区总有办法可想"。

最为糟糕的事情是，方志敏身边仅有的两部电台均已损坏，无法修理，这样不仅与项英、陈毅主持的中央军区失去了联系，而且又与闽浙赣苏区失去了联络，而此时，闽浙赣苏区已经被国民党军筑上了数道严严实实的封锁线。但对于这一切，方志敏及所率的红十军团都一无所知。

方志敏、刘畴西率领红十军团结束了在皖南地域的行动，1935 年 1 月 10 日，开始向着闽浙赣苏区方向转移。

正在西进途中的中央红军主力，也即中共中央、中革军委率军委纵队于1月9日进驻遵义，15—17日召开遵义会议。会议最初宗旨是："一、决定和审查黎平会议所决定的暂时以黔北为中心，建立苏区根据地的问题；二、检阅在反对五次围剿中与西征军事指挥上的经验与教训。"曾被排斥一边的毛泽东在会前积极而耐心深入地与王稼祥、张闻天、周恩来等高层领导都进行了一系列疏通思想的个别谈话，从而获得了曾留学苏俄的王稼祥、张闻天和留学法国的周恩来、朱德等的默许与支持。毛泽东最有说服力的东西首先是他自通道会议上建议避敌锋芒，放弃与湖南的红二、红六军团会师，改向敌军兵力薄弱的师进军，使红军转危为安以来，使红军继续取得的显赫战绩。毛泽东的高明，使李德、秦邦宪感到沮丧，秦邦宪等与毛泽东的战绩相比，相差太悬殊了。会议以军事问题开场，却以组织问题而告结束，这是十分自然的事情。会议结束后，张闻天替代了秦邦宪，朱德替代了李德，毛泽东重新进入了中央政治局，成为一名协助周恩来工作的政治局常委。

此刻，方志敏、刘畴西率领红十军团首先向浙西开化大龙山地区转移，刚刚到达大龙山地区，即与紧追而至的国民党军第二十一旅遭遇。这场战斗的结果，红军除去增加了旅途的疲劳、枪弹的损耗外，最后与国民党军呈300人比10人的伤亡比数而告终。

红十军团只得寻机撤出战斗，秘密改道经由青岭顶向东转移而去，担任掩护任务的红军小分队则从此散落在当地坚持游击斗争。

## 红十军团四面被围，血战到了最后关头

方志敏率部经溪滩村、清风岭进到了开化县张村、中村。此时天公不作美，饱受旅途战火熬煎的红军碰上了连天的雨雪，道路

泥泞崎岖。急促的行军使众多红军士兵跌倒以致变成泥人，寒风一吹，冷得直打寒噤。红军上午离开溪滩，国民党军第四十九师下午就紧紧赶到溪滩，补充第一旅则赶到了白亭，而浙江保安纵队一部竟先期赶到了龙山街、星口一线。第二十一旅正由淳安南下，很快对红十军团形成了四面包围之势。

红军继续南下，到达航头，恰恰与守候在那里的浙江保安纵队一部发生激战。方志敏、乐少华、粟裕、刘英率领军团机关成员及伤员等约 800 人的先头部队到达杨林以后，考虑到敌情日益严重，没有停留继续前进到了靠近闽浙赣苏区的港头村。刘畴西率领主力部队，也许是因作战和行军疲劳等缘故而忘记了"兵贵神速"的治军格言，紧步方志敏后尘赶到杨林后却停下宿营不走了。

这时，国民党军凭借着占有优势的装备和现代通讯技术，迅速判明了红十军团可能返回闽浙赣苏区或南下到浙闽边界，于是加速追赶。浙江保安纵队第三团连夜从星口急驰 70 里，越过刘畴西统率的红军主力部队，赶到了开（化）婺（源）德（兴）苏区东部边缘的王坂、徐家村一线，占领了堵截红军主力前进的阵地。第四十九师、第二十一旅则向杨林上下庄一线追堵。

刘畴西在杨林一夜的延误，不仅使红十军团主力多走三天三夜的山头野岭，而且几乎陷于无路可走的困境。

红军四面受困的局势，方志敏已无其他道路可以选择，只有冲破国民党军的封锁，才可能获得生存的机会，然而，红军刚刚进入貌似宁静的徐家村，即被突如其来的猛烈枪炮声所震惊。红军先头部队与浙江保安纵队第五团发生激战，红军犹如战场上的活靶子一样完全暴露在国民党军的射击圈内，面对占据高地的国民党军，红军只得迅速隐蔽撤退。英勇善战的红十九师一部留下掩护，主力红军沿菜刀岗向西转移。国民党军"追剿队"急速南下追剿。补充第一旅占领了杨林、东坑口一线；第四十九师向西南插入上下庄一线；第二十一旅从遂安南下马金。红军在南华山三面受敌。

红军此刻面临的不仅是军情的紧急，而且补给严重困难。精疲力竭的红军在战斗与行军后发现，众多的行军锅已不知在何处丢失了。红军士兵在已逃跑的农民家中寻找到了稻米，没有足够的铁锅，只得用搪瓷缸、脸盆等煮饭。一些经受不了如此艰苦的红军士兵便利用这种分散野炊的机会悄悄地也是永远地离开了红军的队伍。

## "把我丢下，你们走吧！我是革命到头了"

年轻的红七军团政治保卫局局长周群在新组编的红十军团中仍然担任保卫局局长，此时，他的创伤重新恶化，只得仍然躺在担架上。这位在担架上躺了上千里的局长目睹沿途发生的一切，再也忍受不住，几乎是恳求地对红十军团卫生部的副部长谭志刚说："把我丢下，你们走吧！我是革命到头了。"当然，红军是不可能将自己活着的军官轻易地留给国民党军的。

红军继续前进。方志敏、乐少华、刘英、粟裕率领先头部队进到了陈家湾村。而刘畴西、王如痴则仍然率领主力红军在港头休息。凭借共事多年的经验，方志敏对刘畴西太熟悉了，他担心刘畴西的优柔寡断贻误了战机，便立即派遣小分队迅速通知刘畴西马上率部跟上。国民党军的枪炮声不断地逼近。显然，先头部队继续坐等也将可能遭到不可预测的困难甚至失败。方志敏决定先将文件、电报等材料予以焚毁，谨防落入国民党军手中，自己留下继续等候刘畴西及主力红军，先头部队由粟裕、刘英率领继续前进，并且必须于当夜冲破国民党军童（家坊）暖（水）封锁线，筹措粮食，配合地方武装前来封锁线附近接应主力红军。

天空飘起漫天大雪。方志敏仅带 10 多名警卫人员冒着随时有被国民党歼灭的危险留下等候刘畴西率领的主力红军。

刘畴西率领红十军团主力此刻正在南华山、玉山一带的冰天雪地里以超常人的毅力继续跋涉前进。

粟裕、刘英率领着先头部队借暗夜在陇首村附近终于冲破了国民党军封锁，进入了尚未全面沦陷的闽浙赣苏区。

刘畴西率军团主力从玉山村出发，翻山越岭进入江西德兴县朱张坞。这里群山逶迤，突然，红军与守候在此的国民党军第四十九师迎面遭遇。刘畴西派出小股武装掩护，主力继续转移到引浆。在引浆，强支病体的方志敏与独臂将军刘畴西会面了。他们没有寒暄，立即决定抓紧时间向西突围，而且只能悄悄地进行。因为，红军太缺枪弹了。

这时，国民党赣闽浙皖边区警备司令赵观涛电令各部加速追剿，各路围剿军先后赶到。俞济时定出 8 万元赏格欲活捉方志敏。这与蒋介石对周恩来初期的赏格是相等的。

红军主力费了九牛二虎之力到了阴庄，又与第二十一旅一部发生了激战，300 多名红军战士英勇战死，洁白的积雪映衬着的血迹更使人感到战争的恐怖。在这里，红军主力被打成两截，一截边战边退到了南华山。在那里，红军抵抗到最后一名士兵。

国民党军怎么也难以理解和想象，饥肠辘辘的红军竟然如此坚强。国民党军不断收缩包围圈。浙江保安纵队第五团坚守白沙关、徐家村封锁线，与原设各线点连成白沙关、九都、德兴、暖水、童家坊、分水关、徐家村、杨林、濠岭关大封锁，第四十九师和补充第一旅由港头、宗儒西进而形成港头、宗儒、桂湖之大封锁线。

1月15日，项英、陈毅主持的中央分局收到了中央政治局发自遵义城的关于要求闽浙赣省委迅速组织挺进部队进到浙江地区长期行动的紧急电文。几小时后，曾洪易在四面受困的上饶县闽浙赣省委新驻地收到中央军区转发的同一电文。粟裕、刘英则正在紧张地进行着接应军团主力的工作。

红十军团主力继续转移寻机突围，经怀玉山的坑岭赶到了陇首、许坞一带。红军无可避免地在给国民党军引路。红军三次发起突围都未成功，后突围改道怀玉山。为了尽可能地通过调整结构来发挥战斗力，红十军团将红二十师缩编为2个团，其中有12个步枪连、2个机枪连；红二十一师直缩为6个步兵连、1个机枪连；红十九师保持原貌，主要担任艰苦的掩护任务。整个军团约有3000人。刚刚整编的红二十师即与国民党军补充第一旅发生激战。这一仗是红二十师史上永远难忘的一仗。师长胡天桃被俘，200多名士兵阵亡。

方志敏、刘畴西率部继续赶到陇首西十五里许坞，连续3次向国民党军的童（家坊）暖（水）封锁线发起进攻。遗憾的是，红十军团仅仅遭到封锁线上一个守卫排的抵抗，刘畴西却以为是又遭遇上了国民党军大部队而被迫折回。事实上，这里正是国民党军的一个空档。倘若从这里冲出去，整个红十军团的历史将出现另外一种结局。红军刚退回怀玉山，红二十师即与补充第一旅展开激战，一团长勇猛冲锋被国民党军生俘，伤亡又过300人。红军只得改向国民党军火力较弱的八际、三亩地区。红二十师在怀玉山的玉邪峰又与浙江保安纵队一部发生了激战。

## 军团长请求给自己再补一枪

中国有句古语叫作"祸不单行"。呼啸的子弹偏偏又将独臂将军刘畴西军团长的另一只手臂打成了重伤。刘畴西疼痛难忍，对身旁的乔信明团长说："我现在路也不好走了，又不能吃饭了，不能坐等着做俘虏，还是请你补我一枪吧！我不愿意因我而影响你们大家的行动。"乔信明团长回答："军团长，我不能这样做，要死就死在一块。"

方志敏临阵不乱地将附近的部队组成为一个加强团，命令乔信明团长准备最后一次的冲锋。红军士兵在怀玉山中表现出了英勇顽强和坚韧不拔的意志，足使国民党军官兵深感惊讶。红军浴血奋战的结果，终于使一部分红军冲破重围而进到闽浙赣苏区，一部分进入皖赣游击区。

1月24日，散落多处的近千名红军士兵在怀玉山与补充第一旅、浙江保安纵队发生了持续反复的激战。正在全力"围剿"中央红军主力的蒋介石接到俞济时已将方志敏红十军团层层围困在怀玉山一线的消息，万分高兴，同时发出手令："凡在未捕到方志敏等之前要求休整者，杀勿赦。"国民党军立即犹如飞蝗般集中到了怀玉山。连天的大雪，将怀玉山变作了银白世界。剩下的红军如同围棋盘上黑色的棋子。

红军已经连续几日没有很好地睡上一觉了。寒冷的天气驱使着疲乏已极的红军士兵尽量地躲在森林之中，到处都是积雪，智慧的红军士兵很快在平坡上刨平积雪，然后背靠背成排挤在一块，依靠体温互相取暖打个盹儿。

激战后，国民党军开始了大搜捕，很短的时间内，七八百名红军士兵束手被擒。

此刻，方志敏也像其他众多的红军士兵一样，隐蔽到了森林之中，冰碴划破了很多红军士兵的脚掌、脚跟而使步履更加艰难。国民党军在丛草森林中搜出了一批又一批束手待毙的红军，有的几乎冻僵。红十九师参谋长、红十军团后期实际上的参谋长王如痴，闽浙赣省委随军组织部副部长唐植槐，红十军团政治保卫局局长周群以及红十军团卫生部正副部长张德华、谭志刚等先后被俘。1月28日，军团长刘畴西被俘。

## 方志敏被俘，搜身的结果太令人失望

国民党军继续不断扩大其喜滋滋地搜捕红军官兵的行动。1935年1月29日，两名国民党军士兵意外地搜捕到了方志敏。凛冽的寒风中，雪花飞舞，方志敏十分坦然地站了出来。当时穿着平时最喜爱穿的由七对布纽扣缝成的长褂，从外观上看更像一名乡村教师。两名国民党军士兵以其在国民党军部队耳濡目染来的经验猜到眼前的这名俘虏是共产党大官的时候，立刻高兴地上下搜查，总希望能从共产党的这位大官身上搜出千儿八百元钱来，可是结果太使人失望了，除了搜到一支方志敏喜爱的钢笔和一只怀表外，其他一无所获。以清贫著称的方志敏是位真正的位高爵显而持廉守正的爱国英雄。

当天夜晚，方志敏即被高兴得手舞足蹈的国民党军独立第四十三旅关押在陇首村。方志敏为该旅俘获，这意味着该旅的长官可以得到一笔丰厚的赏银。第二天凌晨，方志敏即被押解到玉山县。

好大喜功的俞济时迫不及待地于方志敏被俘的当晚急电浙江省府报功："27 日在怀玉山西暖水获刘畴西。29 日晨 7 时半，俞督部搜山，方志敏率 4 匪图逃于程家湾，被俞生擒，并获伪十九师政治部主任李述彬、伪卫生部部长谭伯清（谭志刚）等 11 人"，并急切地表示"俞定 30 日回杭"。当然，请赏是主要内容。

2 月 1 日，方志敏被押到了上饶城赣浙闽皖边区"剿匪"总指挥部，并且召开了颇具规模的"庆祝生擒方刘大会"。会议结束后，又将方志敏装入牢笼沿街示众。这一切都结束后，上饶百姓不但没有鄙视方志敏，反而更加敬佩方志敏，因为方志敏在执政时曾为当地百姓做过一系列实际的贡献。这种示众的效果，是国民党军始料不及的。

蒋介石获悉俞济时已经生俘方志敏、刘畴西等，立即派遣了江西省国民党党部书记长俞伯庆赶到上饶"陪同"方志敏来南昌面叙。这样，方志敏在俞伯庆"陪同"下被押到了南昌蒋介石驻赣绥靖公署军法看守所。

善于捕捉最新消息的新闻记者闻风而至。早在方志敏刚被捕时，信息灵敏的南昌国民党《中央日报》1 月 30 日即在第二版上以《俞济时生擒方志敏》的醒目标题刊载于众了。这次，中央社记者赶到杭州，就如何处置被俘红军以及红军现状等项问题进行了采访提问。俞济时喜形于色地告诉记者："匪股官兵，已非死即俘，实已歼灭净尽。匪首方志敏、刘畴西、王如痴三人已押上饶四省警备司令部审办，匪保卫局长周群直解杭州审处，余皆押在常山，届时将遣回原籍。匪首将由蒋委员长处置，匪众大部解杭州暂于南星桥大营盘中。"

在怀玉山地区仍继续坚持抵抗的红十军团余部集结分水关地

区与第二十一旅展开激战。不足 3 小时，红军便伤亡 300 多人。余下的 400 名红军士兵虽然粮弹两缺仍坚持战斗。粮食没有了，就以草根、树皮、野果核充饥；子弹奇缺，就冒着生命危险到国民党军尸体上去搜，口渴了便以积雪解渴。最后全部壮烈牺牲。

2 月 3 日，南昌《中央日报》第二版上刊载出俞济时在怀玉山所获的战绩："方匪因赣东封锁线坚固，不能生存，突窜皖南，经各军追剿，除寻淮洲等击毙外，方匪等悉数成擒。方匪原有匪众 6000，窜皖时损失 2000 余，此次围剿击毙 2000 余，生擒千余，匪众完全消灭。"次日又刊出消息："此次刘、方七、十两个军团消灭后，全部赤匪军力余一、三、五、九 4 个军团，一、三、五 3 个军团多窜入四川，第九军团为罗炳辉所率。现匪军三分之一实力全失，全部消灭决不在远。"

蒋介石对于部属俘获方志敏备感兴奋，2 月 6 日，亲自在南昌豫章公园举办"庆祝大会"。犹如雄狮般威严的方志敏巍然挺立在铁甲车上，发表了斗志昂然的政治演说。方志敏的精彩演讲，立即激起了国人的共鸣。蒋介石未能料想到方志敏具有的政治演说能力以及在民众心目中所具有的吸引力，他立即命令提前结束"庆祝大会"，将方志敏押回看守所，同时命令禁止一切记者宾客接触采访。

紧接着，国民党的官兵们一个接着一个地前来劝说方志敏放弃苏维埃信仰，他们反复要求方志敏要识时务者为俊杰，要全面地观察社会问题。对苏维埃有执着信仰的方志敏始终拒绝国民党官兵和绅士的劝说，坚信苏维埃能够救中国，贫苦的农工也有能力救中国，消灭贫穷落后和愚昧。激战分水村的红军士兵有如感受了方志敏在南昌坚强不屈的精神一样，一直坚持到最后全部壮烈牺牲。红军的鲜血染红了怀玉山。

# 第 22 章　悲壮的尾声

怀玉山血战，方志敏、刘畴西均被国民党军俘获。因而，完整意义上的红十军团不复存在了。

然而，远在贵州的中央红军主力红一、三、五、九军团，却由于有毛泽东综观全局的屡屡建议，终于逐渐获得了勃勃生机。中央红军的军事领导朱德、周恩来、王稼祥采纳了毛泽东的战略战术四渡赤水河，将国民党军像钟摆一样往来摆弄。

## 红十军团怀玉山陷入绝境，粟裕率先头部队突出重围

3月下旬，中央红军主力进到打鼓场。当时，为了决定是否在此一战，中央红军的领导们展开了热烈的讨论。此事过去 38 年，周恩来仍然记忆犹新："到了打鼓场，这时问题就出来了，一个比较小的问题，但却是个关键的问题，就是从遵义出发，遇到敌人一个师守在打鼓场那个地方，大家开会都说要打，硬去攻那堡垒，只毛泽东一个人说不能打，打又是啃硬的，损失了更不应该，我们应该在运动战中去消灭敌人嘛。但别人一致通过要打，毛泽东那样高的威信还是不听，他只好服从。但毛泽东回去一想，还是不放心，

觉得这样不对，半夜里提马灯又到我那里来，叫我把命令暂时晚一点发，还是想一想。我接受了毛泽东的意见，一早再开会议，把大家说服了。这样，毛泽东才说既然如此，不能像过去那么多人集体指挥作战。"

中央红军能够继续前进而未遇到不必要的麻烦，这也足以证明毛泽东意见的正确。3 月 11 日，中央红军更加顺利地到达了贵州鸭溪、苟坝地区，立即成立了由毛泽东、周恩来、王稼祥组成的三人军事小组。除去李德、秦邦宪，几乎没有人能否认毛泽东所具有的超人的军事才能。中央红军在通讯条件、装备技术极为恶劣以及国民党军日益增多的情况下取得了一次又一次的胜利。

红十军团方志敏、刘畴西部在赣东北的怀玉山陷于绝境。欣喜若狂的赵观涛、俞济时除去连连召开各种类型的"祝捷大会"之外，那就是对苏区的屠杀与蹂躏。一向把苏维埃区域视为"匪区"的国民党当局及其军队，此时开始大肆屠杀苏区的青壮年男子。整片整片的村庄被国民党军烧毁，年轻的妇女被强奸甚至轮奸后卖给城镇妓院当妓女或放之荒野，使其四处流浪。成千上万的苏区农民成了无家可归的难民。苏区所遭受的破坏是罕见的，连中国古代农民起义的遗址也遭受到国民党军的彻底毁灭。江西贵溪县黄巢山、怀玉山乌凤洞分别是唐朝末年农民起义领袖黄巢和元朝末年农民起义领袖陈友谅的基地，都被国民党军的进口炮弹夷为平地。

此时正在重庆亲自坐镇指挥各路人马"围剿"的蒋介石面对红军在眼皮底下打转而又逮不住打不到时，心情极为烦躁和苦恼；在此之时，何应钦代表国民政府去安抚北平市民时，却被北平市民责骂退缩，从而表现出北平市民的抗日情绪高得很。这时，侍从陈布雷委婉建议蒋介石拿行动处置安稳一下华北局势，蒋介石大为生气："什么处置？抽部队人去？你要抽什么部队到华北去和日本顶？共军把我们的人力物力财力都消耗尽了，我拿什么去打日本？"

然而，无可遏制的以贫富悬殊为社会基础的苏维埃运动却再次出现一些足令国民党政府不安的征兆。正当赵观涛向蒋介石虔诚地表示对红军要"克日肃清，以全始终"的时候，粟裕、刘英率领红十军团直属队以及一个步兵连和 4 个无弹药的机枪连，共 800 余人正向着已处隐蔽状态的闽浙赣省委驻地搜索前进。粟裕、刘英率部突围出来准备接应方志敏、刘畴西的红十军团主力，在封锁线附近守候多时，未见方志敏、刘畴西的踪影。后来粟裕、刘英才知道方志敏、刘畴西及军团主力均在封锁线内遭到了国民党军毁灭性的打击。

在即将进到省委新驻地的途中，粟裕、刘英、乐少华收到省委书记曾洪易一份主观性的指示信，信文首先严斥了乐少华身为军团政委竟然带头逃跑，随后命令乐少华集结所部以等候军团主力一同来到省委，同时将随乐少华一同行动的军团政治工作团团长涂振农调去省委协助工作。几天后，当先行出发的涂振农气喘吁吁地面见到曾洪易并报告了红十军团的全部战况后，曾洪易这才知道自己决定的一切太过于乐观了。紧接着，对曾洪易的轻率表态早有意见的涂振农当场指斥了曾洪易的错误态度。

伤势尚未痊愈的乐少华、刘英以及安然无恙的粟裕率部向省委靠近。年轻的共青团闽浙赣省委书记关英结束了战地调查，较细致地了解了红十军团的情况，返回省委新驻地立刻感到一个问题必须提出来：省委书记曾洪易对苏维埃发展工作的部署与指挥是再混账不过了。他首先说服了曾洪易的两个盲目崇拜者应对曾洪易的糟糕言行有所审视，接着便来到了曾洪易的驻地，十分巧妙地对曾洪易的右倾悲观思想作了批评。这当然使曾洪易极不耐烦，但又不便发作。

此时，粟裕、刘英率部经浓烟滚滚的广才山绕到了横峰县篁村槎源坞与曾洪易主持的闽浙赣省委会合。省军区竭尽全力像接待红七军团进入赣东北一样接待了粟裕、刘英的部队。粟裕、刘英所部得到了部分弹药和迫击炮的补充，而人员却未能增加一名。此刻的省军区同样处于严峻的形势之下。

## 从红军北上抗日先遣队到中国工农红军挺进师

2月27日，项英主持的中央分局再次发来急电，要求突围出来的红军北上抗日先遣队余部组建为中国工农红军挺进师，立即行进到浙江地区坚持长期斗争。红军挺进师以粟裕任师长、刘英任政委、姚阿宝任中央分局特派员、王永瑞任参谋长、黄富武任政治部主任、宗孟平任组织部部长、王维信任宣传部部长、刘达云任供给部部长，同时，以上述人员组成挺进师政治委员会。身体欠佳的乐少华与政治工作团团长涂振农则留在闽浙赣省委工作。

对于中央分局将原任红十军团政委的乐少华留在省委，摆在自己眼皮底下，曾洪易感到老大不快，立即心生一计将乐少华发配皖南。曾洪易满脸堆笑地告诉乐少华，让他以省委全权代表的名义将白色恐怖下的皖南地区的地下党组织重新联络发动起来反对妥协和逃跑，并且随时注意收容红十军团失散的官兵，同时设法恢复附近地区党组织的交通。乐少华对此默然不语。

中国工农红军挺进师成立以后，担负的任务已不再是北上抗日，而是到浙江开辟新的苏维埃区域。粟裕、刘英吸取红十军团

时期的教训，采用了更为灵活机动的行军方法，当然也是毛泽东、
陈毅、彭德怀、徐向前等军事领导创建并广为运用的游击战、麻
雀战和运动战的方法。这一举动使国民党军封锁线的威力作用失
去了许多。红军挺进师以经常性的夜宿晓行向着闽北浙西南方向
前进。

红军挺进师悄悄地重返到了方志敏的故乡弋阳县漆工镇以
后，又悄悄地经黄家源、烂泥湾、戴家畈进入贵溪县境。性格坚
强而又极富侠义色彩的贵溪县委书记赵梓明并未被国民党军的屠
杀抢掠行为所吓倒，积极地向粟裕、刘英统率的红军挺进师提供了
他所能提供的军事情报。也正是因为有这位朴实忠诚的地方干部的
支持，粟裕、刘英决定暂改道鹰潭渡信江，经道教圣地上清宫转向
闽北。

红军挺进师谨慎地行进到贵溪裴源地段，获悉有一营国民党
军尾随而来。这对枪弹紧缺的红军也许是个好消息。然而，当国
民党军即将接近红军的时候，粟裕、刘英才确悉原来国民党军有
一个整旅，遭遇战不可避免地展开。活跃在弋阳、贵溪一线的红
三十师闻讯赶来支援，从而使红军挺进师就势脱身退回夏家一线。
这场简短的战斗以双方各伤亡 200 余人而告结束。红军挺进师被迫
退回到西源山。粟裕、刘英率所部第一次偷渡信江的行动计划宣告
失败。

此时此刻，时间对于红军挺进师来说是太宝贵了。粟裕、刘
英在西源山稍作休整又向弋阳仙湖村行进。计划经横峰县杨家门直
渡信江，然后穿过铅山县杨村进到闽北崇安。然而，在横峰县上坑
源，从横峰县的地方干部那里获悉横峰县杨家门地区早有了国民党
军重兵防守。因而，粟裕、刘英所部第二次偷渡信江的行动计划又

没有实现。

粟裕、刘英率所部毫不迟疑，突然直插原省会葛源转入上饶县境，穿茗洋关来到大灵山地区。很是赶巧，在这山巅上，粟裕、刘英见到了曾在苏区显赫一方的上饶县委领导及机关工作人员，从他们那里获得了令人满意的情报。粟裕、刘英决定立即率部像不久前翻越天险南华山一样翻过满是悬崖陡壁的大灵山，日夜穿行几十里，过湖村经枫岭头到达焦石渡，安然渡过信江，终于突破了国民党军的包围圈。

在此同时，憨厚的乐少华，这位出生于浙江宁波的红十军团领导人只得奉曾洪易的发配令扮作一名香菇商，由两名随行人员扮作挑夫，心神不定地重返皖南。出发前，曾洪易只给他10元路费，致使乐少华不得不屈尊在途经婺源时向婺源县的地方党组织借支20元，刚过昱岭关到达歙县的时候，就获悉方志敏留在柯村主持皖南特委工作的王弼已经被国民党军逮捕，并在严刑拷打下供出了一系列共产党组织及人员。这当然是使乐少华惊诧不已的坏消息。面对如此形势，乐少华也如聂洪钧一样径往上海寻找中央地下秘密联络站去了。

## 挺进师大闹浙西，黄绍竑连电求援

红军挺进师马不停蹄地经上饶县南蔡家到铅山县龙西村，与闻讯赶来的国民党军发生激烈战斗，随后顺利进到闽北苏维埃区域。在闽北，红军挺进师进行了一系列极有成效的休整。3月23日，又赶到浙江龙泉县西部地区，同时闽北分区迅速加强了顺昌、将乐、光泽、松溪、政和、建瓯地区的游击活动，并开辟了庆元、政和、松溪、寿守、屏石等游击区域。当然，挺进师不仅神速地与当地可能同情或支持共产党主张和红军行动的民众取得了密切可靠的联系，更为重要的是将共产党与红军部队一向善于建立群众性的社团组织工作付诸现实，如成立一些将枪口矛头直指国民党的抗捐和抗税斗争委员会、粮食斗争委员会，致使国民党地方当局和有产者惶惶不可终日。

粟裕、刘英深深懂得天时地利人和对于军事行动是极为重要的。为了在浙江创造一个大显身手的天地，粟裕、刘英开始秘密地铲挖国民政府和国民党军官兵基脚的行动——派员分化瓦解、制造矛盾，以便各个击破，同时更广泛地争取贫苦的无产者。当然，争取贫苦无产者的活动是伴随着将没收地主财产的财、物分发给贫苦无产者的行动而不断轰轰烈烈地展开来的。

1935 年 8 月 1 日，粟裕、刘英率所部举行了比一年前攻占水口时更加隆重的"八一"纪念大会。当然，会议中心内容仍然没有脱离"鼓舞士气"四字。

纪念大会结束后，红军挺进师在粟裕、刘英的统率下积极展开活动。红军犹如进入无人之境一般，在不足一个月的时间里，即占领龙泉、衢州等几十个县镇，引起了国民党的极大震动。国民党杭州《东南日报》惊呼："自粟、刘窜浙后，匪化已波及全浙，以目下形势论，浙江共匪不亚于四川、江西之匪，若当局不能迅速肃清，前途实可虑。"浙江省政府新任主席黄绍竑为此伤透了脑筋。通过历史和现实的对比，显然比红七军团到来的形势更加险峻。为此，黄绍竑顾不得面子，只得连连向南昌行营的蒋介石发出救援电。蒋介石获悉后立即命令黄绍竑建立浙南"剿匪"指挥部，会同赣闽浙皖四省边区"剿匪"总指挥部共驻江山县城，同时调遣第四十八军罗卓英部、第五十二师、第五十六师、福建新编第三师、浙江保安团和南京税警团主力，共9师之重兵，全力"围剿"浙西南。蒋介石差不多调遣了尚在东南地区所有可调动的国民党军力量。

## 蒋介石欲使朱、毛成为"石达开第二"的希望成了泡影

自贵州的遵义会议召开以后，中央红军似乎与大失败绝了缘分，沿途顺利前进。虽然，蒋介石的四川部属不像广东军阀陈济棠那样暗中拆台，但是，王家烈、龙云、刘湘也同样与蒋介石同床异梦，相互都在做着借刀杀人的美梦，而只是与陈济棠的手法与程度不一样罢了。清王朝时，太平天国农民起义领袖石达开未碰上类似的机运。

当然，红军通过四川地段的主要条件，还是毛泽东神奇精湛的战役指挥艺术。毛泽东机动灵活的军事原则十分为人称道。正在闽东地区坚持游击战的叶飞也发展出有自己特色的机动灵活的游击战术。类似的情况，在中国红军时期的各个根据地都曾独立地形成过。从某种意义上说，各地红军都曾创建过有自己特色的游击战军事原则。

中央红军勇往直前。5月初，红一、三、五军团夺取云南省禄功县皎平渡后，顺利地渡过了金沙江，担任掩护任务的"战略骑兵"红九军团则在罗炳辉、蔡树藩、黄火青、郭天民等指挥下，夺取了四川东川县布卡乡树桔渡口，也顺利地渡过了金沙江，并于6月中旬胜利地与张国焘、徐向前、陈昌浩等统率的红四方面军在四

川懋功会师。

遗憾的是，中央红军在这里突然遇上了极大的困难。首先是国民党中央军的围追堵截和地方军的困扰；其次就是红军内部产生的畏难情绪和稍后的分裂行为。在此情形下，身居要职的毛泽东尽可能地鼓起红军官兵继续前进的勇气和信心，除去各种不稳定的因素，使红军能够紧密地团结在中央的旗帜之下。此刻，拥有 8 万人实力的红四方面军领导人张国焘，曾与毛泽东同时出席中共一大，他对仅有 3 万余人的毛泽东的红一方面军心存不悦，认为毛的资历并不比自己强，军队只有 3 万人，竟然也想统一指挥自己的 8 万之众。早在 5 月 30 日，张国焘即已在四川茂县秘密建立了"中华苏维埃共和国西北联邦政府"，和毛泽东开了一场不大不小的"玩笑"。差不多是在同时，中央红军中林彪、聂荣臻统率的红一军团兵分两路，由杨得志、王开湘与杨成武先后率部两次夺取了天上悬桥泸定桥，从而强行渡过了波涛滚滚的大渡河，使蒋介石欲使毛泽东、朱德、周恩来等成为"石达开第二"的希望成了泡影。

南京国民政府全力"围剿"中央红军，日本军队适感千载难逢，在 6 月 9 日，侵占了华北的日本驻军司令梅津美智郎与南京国民政府代表何应钦秘密签订了《何梅协定》，规定：国民党军第五十一军从河北中国本土撤退，并且取消河北各地国民党的各级党部，取消河北省的反日活动。如此使中华民族丢尽颜面的卖国协定签订的第二天，南京国民政府又奴才相十足地发布了《敦睦友邦令》，指出："对于友邦，务敦睦谊，不得有排斥及挑拨恶感之言论行为，尤不得以此为目的，组织任何团体，以妨国交。"一个星期后，毛泽东与张国焘正式在四川懋功会面了。

## "第二先遣队"到达陕北

　　程子华、吴焕先、徐海东等统率的红二十五军 3400 人，高举"中国工农红军北上抗日第二先遣队"旗帜，历经千难万险，此刻在西安附近击败了奉蒋介石命令前来"围剿"红军的西北军杨虎城所部，这当然是极为有力地支持了正在四川、甘肃地界艰苦行进的中央红军。

　　性格怪僻而任性的张国焘与毛泽东共同北上行动 3 个月以后，便在四川阿坝的巴西地区正式分道扬镳，率所部向西而去。在蒋介石看来，张国焘有 8 万士兵，这比毛泽东要可怕得多，所以一刻也未放松对于张国焘部的"围剿"。

　　1935 年 8 月 6 日，中国工农红军北上抗日先遣队军政委员会主席方志敏，因多次拒绝与蒋介石合作而被蒋介石枪决于南昌市的下沙窝。同时死于蒋介石枪口下的还有该部的其他领导人刘畴西、王如痴、胡天桃等。方志敏当年在监狱中撰写的不朽之作表露了他当时宁死不屈的意志。方志敏的《可爱的中国》后来成为中小学校宣传中华民族传统美德的极好教材。他的《清贫》也使那些唯利是图的政客们无地自容。

　　自中央红军主力离开南方以后，留在南方的诸如红十军团、中央军区及各省军区的红军好汉的死亡率普遍地比湘江大战后的中央红军主力都要高，这是一件十分自然的事情。坚持赣南游击战的赣南军区政治部主任刘伯坚在一次游击战中被国民党军生俘而遭枪杀。曾主持 1927 年中共汉口"八七"会议的学识渊博的瞿秋白，在第一次随军转移中被俘，同样因拒绝合作而被蒋介石枪杀。

1935 年 9 月 5 日，正当毛泽东与张国焘进行反复较量的时刻，程子华、徐海东、郑位三等率领的红二十五军中国工农红军北上抗日第二先遣队胜利到达陕北，并与开辟陕甘根据地的刘志丹等统率的陕西红二十六、二十七军组建成了红十五军团，以程子华任政委，徐海东任军团长，刘志丹任副军团长。

## 踏上新的征程

与此同时，正在浙西南地区四处转战的红军挺进师，在南京国民政府后院不断燃起熊熊革命烈火，这当然深深振奋了对红军远去后逐渐产生失望的无产者。

日军占领华北后的驻军司令多田骏此刻又踌躇满志地公开发布了企图吞并全中国的《我帝国对支那的基本观念》。

张国焘统率所部于 10 月 5 日在川康边境的卓木碉地方心情忐忑不安地成立了新的中央委员会并自任主席，同时成立了中央政府和中央军委。10 天以后，毛泽东、朱德、周恩来统率着从瑞金出发的这一支始终团结一致的中央红军风尘仆仆地击败了强大的国民党军的围堵，胜利地进到了陕北吴起镇。中央红军主力此行所具有的重要意义，无论是日本侵华军队还是南京国民政府都未能充分估计到。此时的张国焘却因选择行进方向的错误而日益陷于困境。

与毛泽东、朱德面临的情况与任务不一样的是，粟裕、刘英此刻需要的是深入国民党腹心分化国民党军和唤起民众，同时寻机进攻国民党军。而毛泽东、朱德所面临的重要事务则是使中央红军能在新的苏区土地上迅速地站稳基脚，因而先进行一番系统的组织安排是必需的。毛泽东、朱德等都深知当前的民族大义不仅是民族的当务之急，而且足可成为团结国民的最有效口号，于是继续进行广泛围绕北上抗日展开的活动。这对于尽可能地团结同情与支持者都是十分重要的。早在到达陕北前，毛泽东即将红一、三军团及军委纵队等部共 7000 余人改编，授予如同秦邦宪、李德、朱德、周恩来主持的中共中央及中共革命军事委员会赋予寻淮洲的红七军团同样的旗帜，即红军北上抗日先遣队，以彭德怀任司令员，毛泽东任政委，林彪任副司令员，杨尚昆任副政委，王稼祥任政治部主任。

中央红军 25000 余里的战略大转移——长征结束了。毛泽东、朱德、周恩来、王稼祥成功了。作为中央红军长征的先遣队，由寻淮洲的红七军团及方志敏领导的红十军团两阶段的中国工农红军北上抗日先遣队历经 4 省，行程 5000 余里，虽然未能完全改变南京国民政府"围剿"中央红军的战略部署，自身却遭受到国民党军的重兵包围，几至于全军覆灭，但是，在客观上对于吸引和调动国民党军"围剿"苏区的兵力，策应中央红军转移，特别是扩大共产党和红军的影响，都起了积极的作用。粟裕、刘英统率突围的一部重新组建了红军挺进师并且成功地建立浙西南游击根据地；留守赣东北的关英、唐在刚、杨文翰在省委书记曾洪易投靠国民党后，仍然更加坚强地坚持了当地的苏维埃斗争，最后也成功地与留在皖南的熊刚、王丰庆、李步新等建立了皖浙赣边区游击根据地。当然，闽东游击根据地的发展也包含着寻淮洲统率的红七军团所留军事人员艰苦奋斗的功劳。

因此，红七军团、红十军团北上的行动在客观上，无论是对唤起农工推翻南京国民政府、抗击日本军队，还是创建共产党的红色政权，都建立了不可磨灭了历史功绩。无论从哪种角度上看，它都应成为中国工农红军长征史上不可分割的一部分。红七军团、红十军团余部不仅坚持南方游击战争数年之久，而且最后还与南方各省游击健儿一同编入新四军，最终走上抗日前线，实现了方志敏、寻淮洲等革命先烈和红七军团、红十军团全体官兵的共同理想。

# 后　记

　　中国工农红军在第二次国内革命战争中进行的世所罕见的万里长征，展示了中国红军坚韧不拔、不怕牺牲的英雄气概。数年前，笔者有幸参加了闽浙皖赣4省党史资料征集研究机构共同承担的《中国工农红军北上抗日先遣队》历史资料的征集研究，开始了被世人称为"功在当代，利在千秋"的艰辛工作。1981年，中共中央发布了《关于建国以来党的若干历史问题的决议》，倡导实事求是地全面客观地研究历史问题。接着，寻淮洲、方志敏的患难战友粟裕将军终于将经过多年酝酿并核查了有关历史资料而写成的《回顾红军北上抗日先遣队》一文公诸于世，才使世人第一次概略地了解到中国工农红军北上抗日先遣队。此后，伴随着全国各地中共党史资料征集研究机构的成立，这部分历史资料才得到进一步的发掘与整理。笔者在从事多年的历史资料征集研究中，尽可能地运用翔实珍贵的资料，客观地叙述红军勇士们的英雄壮举，并以此奉献给诸位读者。正因为先遣队的研究工作多少年来处于空白状态，使作者更增强了历史的责任感，只求真实，无须穿凿，使之成为一部资料性极强的历史纪实。真实性是本书的生命。对一些历史事实概由的叙述也不是以"胜者王侯，败者寇"来论之。对历史经验教训也力求客观地去进行总结，如红七军团、红十军团中军令不能统一，军事指挥技术薄弱等。当一支军队物质条件比较缺乏时，倘若不加强精神条件补充，则其后果是不堪设想的。军队靠什么来维系军心，增强战斗力？不外是物质与精神方面。从某种意义上说，中国工农红军北上抗日先遣队失败的重大原因就在于缺少行之有效的政治思想工作。中共中央在此前后派出的几支队伍，人数比红七军团、红十军团要少，条件更差，遇到国民党的堵截军队更强大，为何都能冲破"围剿"，取得胜利？就是粟裕根据方志敏命令，率部先行突围的仅800余人的红军队伍，在浙江西南不也顶住了国民党军队数十万强兵的"围剿"，并且还建立起浙西游击根据地？其关键就是不断加强了军队的政治思想教育。

与此同时，笔者在叙述中始终坚持无论是纪实史学的思辨性还是哲理性，都只有通过历史的真实才能反映，力求以往的一些历史疑云能在本书中得到一些阐释。比如，红军北上抗日先遣队与王明、秦邦宪等到底是什么关系，该部的军事行动到底是谁在战役指挥，该部在行动中其军团领导人是怎样配合的，该部的赏罚升降是怎样进行的。还有，这支军队的纪律规定与实践如何，他们对科技知识、社会财产的一般认识与所采取的处理态度是怎样的，等等。

在近十年的征研工作中，先后得到中央档案馆，中国历史第二档案馆，军事博物馆，军事科学院，福建、浙江、安徽、江西四省档案馆；原中共江西省征委余伯流，中共上饶地委党史办公室杨子跃、郭殿英、蔡水泉、钟永光，中共上饶地委党校罗时平、封肖平，中共横峰县委宣传部金星明；中共福建省委征委王念祖、王村民，原中共福州市委党校薛宗耀，中共罗源县委党史办公室陈智源；中共浙江省征委毛飞云、杨福茂，浙江大学社会科学系邱焕章；中共安徽省征委方明治、陈海楼、王泽华，中共黄山市委党史办公室吴敬行、胡开明、叶良彪等的积极支持。中共中央党史研究室许祖范编审在百忙中审阅修改了书稿并作了《序言》。军史专家王晓剑同志审校了全稿，对书中的许多人名、地名、史实作了认真的审核，并提出了许多宝贵的意见。湖南大学人文系中国革命史教研室的吴江雄先生对全书作了修改润色，使文稿增色不少。在此，一并致谢。

由于笔者水平有限，疏漏错误在所难免，欢迎读者指点帮助。

邰建辉

1995 年 4 月

# 再 版 后 记

    对于本人而言，24 年前，也就是 1995 年的金秋十月，显然是一个值得纪念的好日子，这不仅在于是中国抗日战争胜利 45 周年的纪念日，而且也是《天殇——红色抗日先遣队殉难始末》一书在中国社会出版社出版问世的年月。

    本人因长期在黄山市党史办工作，在 20 世纪 80 年代的中共党史资料征集研究中，曾不辞辛苦，长途跋涉，围绕"中国工农红军北上抗日先遣队"的行程进行实地走访和收集资料，并在此基础上，撰写了这部以史话见长的反映红军北上抗日先遣队鲜为人知的光辉历程的作品。该书主要内容如下，1934 年 7 月，瑞金中央红军长征前夕，在一个静悄悄的夜晚，以红七军团 6000 余人为主体的红军北上抗日先遣队从瑞金秘密出发，为了吸引和调动国民党"围剿"中央苏区的军事力量，深入闽浙赣皖国民党统治腹地，一度打入蒋介石老家，威逼南京，使蒋介石和他的"追剿队"——俞济时、伍诚仁、王耀武等手忙脚乱。红军一路艰苦转战，不断打击敌人，扩大红军影响，并在中央主力红军出发长征后，剩余的 3000 余人于寒风瑟瑟的 11 月底，到达赣东北德兴县与红十军 3000

余人合编为红十军团，以方志敏为最高指挥，继续高举红军北上抗日先遣队旗帜北上，12 月中旬不幸在皖南太平县谭家桥地区遭受敌军重创，在 1935 年 1 月返回江西怀玉山地区时又遭受国民党军 10 倍以上兵力的"围剿"，红军指战员在冰天雪地中与国民党军队进行浴血奋战，终因敌我力量悬殊巨大，红军主要领导方志敏等被俘，余部 800 余人在军团参谋长粟裕的带领下突出包围，胜利到达浙江并建立新的抗日根据地。

该书自 1995 年出版以来，至今已近二十年。恰逢今年是中国抗日战争胜利 74 周年，又是中国人民解放军建军 92 周年，更是新中国建立 70 周年大庆的喜庆之年。为了让更多的人了解这段闻所未闻的长征秘史，为了讴歌红军指战员不屈不饶、英勇奋斗的可歌可泣精神，学习、传承和弘扬红军精神，彰显其正能量教育意义，人民出版社决定请作者修订，以《红色抗日先遣队殉难记实》为书名，重新再版。本人作为作者，遵从出版社意见，以不断完善历史真实性为己任，继续查找历史资料，做了部分修改和完善，如军队后期整编和谭家桥战斗决定情况等，使得该书更加贴近历史真实，基本做到了句句有出处。对于人民出版社此次重新再版，本人表示衷心感谢！特别是对人民出版社哲学编辑部主任方国根编审认真细致、一丝不苟的敬业精神，表示由衷的敬意和感谢！同时，也借此机会，对于第一次出版时给予支持和关心的有关部门和有关人士再次表示感谢！

部建辉

2019 年 7 月 9 日

责任编辑:方国根

**图书在版编目(CIP)数据**

红色抗日先遣队殉难纪实/郜建辉 著. —北京:人民出版社,2019.11
ISBN 978－7－01－020547－2

Ⅰ.①红…　Ⅱ.①郜…　Ⅲ.①纪实文学-中国-当代　Ⅳ.①I25

中国版本图书馆 CIP 数据核字(2019)第 192356 号

# 红色抗日先遣队殉难纪实
HONGSE KANGRI XIANQIANDUI XUNNAN JISHI

郜建辉　著

人民出版社 出版发行
(100706　北京市东城区隆福寺街 99 号)

北京汇林印务有限公司印刷　新华书店经销

2019 年 11 月第 1 版　2019 年 11 月北京第 1 次印刷
开本:710 毫米×1000 毫米 1/16　印张:19.25
字数:220 千字

ISBN 978－7－01－020547－2　定价:60.00 元

邮购地址 100706　北京市东城区隆福寺街 99 号
人民东方图书销售中心　电话 (010)65250042　65289539